摸金传人

MO JIN CHUAN REN

8 上古恶龙

SHANG GU E LONG

罗晓 著

SPM 南方传媒 | 广东人民出版社

·广州·

图书在版编目（CIP）数据

摸金传人．8 / 罗晓著．— 广州：广东人民出版社，2022.7

ISBN 978-7-218-15601-9

Ⅰ．①摸… Ⅱ．①罗… Ⅲ．①长篇小说－中国－当代 Ⅳ．① I247.5

中国版本图书馆 CIP 数据核字（2021）第 262692 号

MO JIN CHUAN REN . 8

摸金传人 . 8

罗晓　著

出 版 人：肖风华

责任编辑：李力夫
责任技编：吴彦斌　周星奎
策划编辑：祁　鑫　吴　冰
装帧设计：天下书装

出版发行：广东人民出版社
地　　址：广东省广州市越秀区大沙头四马路 10 号（邮政编码：510102）
电　　话：（020）85716809（总编室）
传　　真：（020）85716872
网　　址：http://www.gdpph.com
印　　刷：三河市万龙印装有限公司
开　　本：710mm×1000mm　1/16
印　　张：18　　**字　　数：**250 千
版　　次：2022 年 7 月第 1 版
印　　次：2022 年 7 月第 1 次印刷
定　　价：40.00 元

如发现印装质量问题，影响阅读，请与出版社（020-85716849）联系调换。
售书热线：（020）87716172

目　录

Contents

第一章
赌　石

话说这天，恰逢卫南疆前来拜访朱笑东，闲来无事，朱笑东又想起了赌石的事情，一行人便驱车来到了林志文的那间赌石场。

打过招呼，卫南疆也很是礼貌地称林志文一声“林叔”，然后才说：“今天特地请了朱笑东过来，陪我玩上一把。”

见这位大少爷说要玩上一把，老板不敢掉以轻心，特地叫来一个服务员跟随卫南疆一行人。

林志文指派给卫南疆他们的这个服务员姓宋，年纪跟卫南疆差不多，挺斯文、长相还算甜美的一个女孩子，很礼貌地让卫南疆和朱笑东等人称呼她为“小宋”。

接着，小宋便像超市里的导购一般，介绍一些原石的品类、价格等。

当然，小宋不是这里的原石鉴定师，自然也不会知道哪块原石会出翠，哪块原石不会出翠，介绍的也都是一些大家熟知的东西，比如，“金腰带”“沙皮翠”“满天星”……只能看到表象的原石以及一些趣闻逸事。

原石里会不会隐藏着翡翠，这可是现代高科技都检测不出来的事情，即使是最有经验的鉴定师也不敢百分之百确定哪块原石会出来什么样的翡翠，要不然直接不用赌了。所以，小宋也一再声明，她知道的，大家也都知道，至于能不能解出来翡翠，她可不敢保证。

卫南疆等人自然是微微一笑了之。

小宋带着卫南疆、朱笑东等人，挨个逛了好几个货架，卫南疆跟杨薇两人好奇地在这块石头上摸摸，朝那块石头上看看，但是并不开口说要买哪一块。

其实，他们是没兴趣——对货架上的原石不感兴趣，对赌石的这个“赌”也不感兴趣。

这时，解石台那边的电锯声停了下来，估计暂时没人要解原石，解石头的电锯不开，场子上顿时清静了许多。

朱笑东跟着小宋走到第四个货架边，指着一块褐里透着红、标价一百二十万元、脸盆大小的沙皮，笑着对小宋说道：“宋小姐，你认为这块石头出翠的概率大吗?”

小宋微笑着，吐了吐舌头：“这个嘛，我还真不敢说，不过一百二十万元，又或者一千二百万元，对几位老板来说，应该都只是九牛一毛，几位老板要是看中这块，相信不管能不能出翠，都不会在意的，对吗?”

卫南疆“嘿嘿”一笑：“宋小姐这是在堵我们的嘴巴吗?”

杨薇在后面笑着说道：“小卫，不管宋小姐怎么做，她都是在尽她的本分，我们可不能为难她。”

朱笑东也点点头，笑道：“其实，像宋小姐她们这样的人挺为难的，说真话吧，有出卖商业机密之虞；说假话吧，又有坑骗顾客之嫌。不管做得好不好，都是两头受气，所以，小卫你还是不要吓她。”

小宋感激地望着朱笑东，说了句：“朱老板，你真好，知道我们这种人的苦处。”

“得，好人全被你们两个做了！”卫南疆抱着手臂，笑了起来。

朱笑东笑了笑，也不再多说，指了指那块沙皮，对小宋说道：“既然小宋说我们不在乎这一百二十万元，我看就这块了，赌它一把。”

小宋眨巴着一双美丽的大眼睛，有些担心地问道：“老板，您真的看中这块？那边还有更好的，您不再考虑一下？”

其实，遇上卫南疆这样的人，对小宋来说，最好的办法就是“拖”，现在已经是下午四点多了，能拖到六点不出现卫南疆发飙的事情，就算是大功告成了。到那时候，小宋就该下班了，至于后面来接班的，小宋可不敢去顾及那么多。

但是，这种“拖”讲究不露声色，不然被人看出来，又是她的不是，一个不慎，被告到林志文那里，轻则被呵斥责罚，重则丢了饭碗都是有可能的。

朱笑东理解小宋的难处，当下笑了笑，说道：“宋小姐请放心，不管怎么样的结果，都与宋小姐无关，你不是说了吗，一百二十万元，对我们来说是九牛一毛，为这一根毛，我们要是动怒了，岂不是小家子气了！”

“既然这样，我就只有祝几位老板好运了。”小宋悄悄苦笑了一下，叫来专门负责帮人运送原石的服务员，把那块脸盆大小的原石装上运送原石的车子。

朱笑东刷卡结了账，这才和卫南疆、杨薇一块儿去看解石。

解石头的主要还是那位黄师傅，旁边那位年轻的，几个月也没解出来一块像样的翡翠，自动辞职了，换了一位年纪跟黄师傅差不多的老头子。

这时，黄师傅刚刚给别人解完一块原石，是一块废料，一抬头见到朱笑东，不由笑了笑，这个年轻人给他的印象太深了，红包好处就不说了，关键是那份淡定，无论出不出翠，赌涨赌垮，朱笑东的那份超乎想象的淡然，都让黄师傅记忆犹新。

见朱笑东又来解石，黄师傅笑着点点头，算是打过招呼了，接着，也不用朱笑东吩咐，与那位送石头的工作人员一齐抬着朱笑东的那块沙皮，小心翼翼地固定到解石台上。

依旧是按规矩问了朱笑东，要怎样解，朱笑东拿了一叠现钞，塞给黄师傅，又说："随便解！尽量快一点就成。"

黄师傅点了点头，开始操刀解料，虽然电锯声刺耳至极，但是卫南疆跟杨薇两个都忍不住死死地盯住那块原石，细细体味那一刀下去不是生就是死的刺激。

朱笑东却是东张西望，毫不在乎。

虽然宋小姐先前把话说在了前头，但是到了真正解石的时候，她也是万分紧张，既担心解不出来翡翠，又担心会解出来一块上好的、超过原价的翡翠。

解不出来翡翠，卫南疆等人稍有不满便有可能发飙，这可是她无论如何也应付不了的。一旦解出来上好的翡翠，在林志文那里又不好交代，毕竟，在赌石场上与顾客里应外合，这更是吃罪不起的事。

黄师傅这一刀下来，大约切掉原石一寸厚的石皮，稍微检查了一下，茬口灰白之中，零零星星地带了几点绿，每一点都不大，筷子头般，有的更小，总共七八点，想不到一块沙皮一眨眼变成了"满天星"。

一般来说，"沙皮"出翠的概率比"满天星"要稍微高上一些，但是"满天星"要是能切出翠来，质量比"沙皮"里面的要好上一些。总的来说，也算是各有所长，但是像这种"沙皮"一转眼就变成了"满天星"的原石，还是极为少见的。

看到这个变化，黄师傅都忍不住“哦”了一声。

杨薇和卫南疆两人根本不懂赌石这一道，见黄师傅脸上有些诧异，一颗心都不由得提到了喉咙，还以为这块一百多万元的原石，仅凭着这一刀就已经判定了生死。

黄师傅笑了笑，说：“那倒未必，只是这块原石有些奇特，应该就是极为少见的‘金镶玉’，要是能出翠，就必定是一块极品翡翠，呵呵，小朱老板眼力不错，一出手，就拿到这样的好东西。”

杨薇和卫南疆两人均是吐了一口气，小宋却是暗自皱了皱眉头，反观朱笑东却是一脸微笑，波澜不兴，看不出来他到底是高兴还是不爽，仿佛这块石头就是一块石头，一块普通的石头。

这时候，一个老头子也抱了一块原石过来。

朱笑东认得这个老头，就是上次活生生把一块翠王扔进垃圾里的杨老头。

杨老头也依稀记得朱笑东，那次他走了之后，朱笑东拿出了大手笔，一下子买了十几块原石，报废的多，解出来翡翠的也不少，这事他后来也听说过。

今天再次见到朱笑东，杨老头忍不住上前打了个招呼。

朱笑东稍微客气了一下，这杨老头是个暴脾气，朱笑东是领教过的，所以朱笑东并不想跟他把关系拉得太近。

“杨老也过来了，真是挺巧的。”纯属虚情假意，敷衍了事。

杨老头却是笑道：“据说，上次你捡了我的那块废料，说是要作为戒赌的警示，怎么，还是抵不住诱惑？呵呵，年轻人适当的时候来找些刺激，这样才有生气！”

本来朱笑东还吃了一惊，以为自己捡了杨老头翠王的事情被泄漏了出去，没想到杨老头却只是倚着老，想要在朱笑东面前再卖一回老而已。

“说实话，这里的刺激的确挺大，再说，上次我在这里也算是小赚了一笔，所以，时常就想着再来体会一把。”朱笑东继续敷衍道。

“时常想来体会一把，呵呵……”杨老头笑了笑，“这里可不是什么人都能时常来体会一把的，不过据我所知，以朱老弟天然集团大股东的身份，要时常来体会一把，还是有那个可能的。”

朱笑东“嘿嘿”笑了笑，不再作答，杨老头这么说，明着是捧他朱笑东，实则并不怎么看得起他。

朱笑东并不打算去理睬这杨老头，可惜的是，杨老头并没打算停止对朱笑东的嘲弄：“据说小朱以前也就是个开当铺的老板，不过，以方天然的身价，居然会把女儿嫁给你，我就有些奇怪了，想来，小朱必定是有过人之处吧，呵呵，能不能说说看……”

朱笑东淡淡一笑，更不想去理睬他了。

一边的杨薇却有些忍不住，一把拉开朱笑东，站到杨老头面前：“杨老伯，对不起，我尊重你年纪大，但是我不希望你在我面前对他说三道四，我可以告诉你，笑东的过人之处，不是一般人能见得到的。”

“哟！”杨老头满不在乎地看了一眼杨薇，然后两个鼻孔都朝天，又重重地“哼”了一声，“情人眼里出西施！哼哼，不就是一个拿着老丈人的钱，花天酒地、胡作非为的浪荡子吗，有什么了不起！”

见杨老头越说越不像话，朱笑东上前把杨薇拉到身后，笑了笑，对杨老头说道：“杨老伯，如果有什么得罪的地方，我这里跟你赔个不是，对不起了！杨老伯，我还有正事要办，就不打扰了。”

说着，朱笑东自顾自地拉着杨薇去看自己的那块原石。

这时候，那块金镶玉已经切下来三分之二了，茬口上始终是那七八处星点，估计这块金镶玉是不会出翠了。

杨老头见朱笑东不理自己，解石台上的原石又没什么机会出翠，顿时很是得意地说道：“怎么样，小朱，据说你那块石头可是一百多万元呢，要不要我替你付账。”

朱笑东转头看了看杨老头，淡淡说道：“这块石头的账我已经付过了，杨老伯手里这块要不要我给你付账?”

“你……”杨老头暴脾气，最不容人小看他，本来他也知道，朱笑东上次一口气就买下了十几块原石，价钱差不多超过了两千万元，也算是大手笔了。但是区区两千万元，在杨老头看来，同样是小菜一碟儿，自己上次一出手还花了五千多万元呢，说实话，哪一个月下来，自己不是出手上亿元，两千万元算什么。

杨老头黑着脸，猛地吐了口气笑道：“小朱，我想跟你赌一场，敢不敢跟我赌?”

朱笑东摇了摇头：“对于赌博，我没什么兴趣，我说过，我还有事要办，对不起了老爷子!”

杨老头点了点头：“我就欣赏以前的男人，凭着自己的能力，一脚一手打拼出来的江山，就算是败，也败的心安理得。哼！现在的男人……”

其余的人一听说有赌局，顿时来了兴致，开始是一两个，不到片刻，几个人周围便围拢了十好几个人。不过，大多数人都是跟杨老头长期厮混在一起的，所以，杨老头看朱笑东不顺眼，这些人自然也是。

“笑东，跟他赌!”杨薇最气人家拿朱笑东不当一回事，何况，这姓杨的老头子一再紧逼，再要让下去还不知道他会说出什么来。

朱笑东笑了笑，说道：“杨薇，别小孩子气，你连他要赌什么、怎么赌你都不问清楚，你赌什么啊?这么快就让杨老伯刺激得不能自制，乱了自己的阵脚!”

他说话不徐不疾，眼里也由尊敬变成了不屑。

在一旁的卫南疆微笑着盯着杨老头跟朱笑东等人斗嘴，一点儿插手的意思也没有，也不方便插手。

小宋见杨老头这一闹，反而有些高兴，从这一阵的情形来看，卫南疆对原石一窍不通，指望的就是朱笑东，朱笑东要是跟杨老头纠缠不休，自己担心的风险就降低了不少，要是这老头跟朱笑东两个一发疯，那赌石场更是可以大赚一番！

“你要真有那能耐，我们就各选三块石头，看谁的能出翠，出的翠好，输了的付账，怎么样？”杨老头说道。

不错，上次朱笑东是一口气花了将近两千万元买下了十来块原石，也解出了几块翡翠，但是在杨老头看来，那一次朱笑东是占了便宜。那一次的原石大部分是刚刚进回来的，没被别人挑选过，自然就有便宜可占。况且这十好几块倘若半块翡翠都解不出来，那林志文这解石场还不得就此关门。再说，十几块原石，就算是瞎猫碰上死耗子，也应该碰上一块两块的。

除了这些优势，那就要凭自己的真本事，至少，自己长年泡在赌石场里，无论是经验或者见识，都要比这个门外汉强得多。

一听说还是要赌石，卫南疆松了口气，就更懒得去管朱笑东他们这场赌局了，干脆转过头去，专心致志地看黄师傅解石。

朱笑东盯着杨老头道：“杨老伯，我认为不要赌的好，这原石没人拿捏得准，就算是亿万富翁，搞不好栽在上面也是有可能的……”

杨老头依旧两个鼻孔朝天，冷冷地说道：“不要跟我说那些大道理，我用不着你来教训，你真要是男人就跟我赌上一局。放心，我不会一下子让你把方天然的家产败光！”

赌石场会不会赚上一大笔钱，围观的人并不关心，关键是朱笑东不愿意跟杨老头对赌，这就有点让人心生蔑意。

“笑东，跟他赌！”杨薇再也忍不住了，从朱笑东背后钻了出来，“笑东，我看好你！你知道，我最不能容忍你被别人说成是吃软饭的家伙。”

朱笑东苦笑着，盯着杨薇问道：“你真的很在意这个？”

杨薇咬着牙，点点头：“我真的很在意！”

“那好吧，不知道杨老爷子你要赌多大？”朱笑东转头，似笑非笑地望着杨老头。

“哼！”杨老头依旧是一副高高在上的样子，说道，“我先前说过了，不会让你把方天然的家底一下子败光，我们也不赌太大，就一个亿，你敢不敢？”

朱笑东貌似松了口气，颇有调侃地说道：“我还以为要赌个十亿八亿，没想到就一个亿！”

“你！”杨老头一张脸顿时拉到了地上，两眼喷出一股怒火，“你这叫好心当作驴肝肺，也好，你嫌小是吧！我们就赌……赌……三个亿！”

“好，我就跟你赌三个亿！”朱笑东笑了笑，但是语气里带着一股浓浓的意犹未尽的意思，很明显，就是这三个亿的彩头，似乎还是小了一点，不够过瘾。

“三个亿！”围观的人群顿时哗然，没一个人能想象的出来，朱笑东这家伙居然敢跟杨老头一下子赌三个亿，什么叫不作死就不会死？上次朱笑东走了狗屎运，赌涨了几块原石，这一次不把老本都吐出来才怪，这就是作死的节奏！

一听说两个人要赌上三个亿，卫南疆终于忍不住回过头来，看着朱笑东，问道：“你真要跟他赌这三个亿？”

朱笑东看了看杨老头，苦笑了一下：“看样子，我不赌这一把，就只有夹着尾巴走人了！你说，我要不要赌这一把？”

卫南疆歪着脑袋盯着朱笑东，过了片刻，才说道：“对于送上门的钱，你会拒之门外？”

“我不在乎倒贴给他三个亿，可是……眼前不是打了脸……”朱笑东摇头苦笑。

“好，我也支持你赌这一把，但是别太过分，不要让小宋难做。”卫南疆说着，淡淡地转过头去，不再理睬这边的事。

这赌石场，标价最高的原石也不超过三千万元一块，五千万元、上亿元一块的根本就没有，也就是说，他们就算选择最高标价的原石，三块加在一起也不会过亿的，所以无论谁输谁赢，都用不着这三亿元。

不过杨老头的目标当然是这三亿元，扣除几千万元的付款，还有将近两个亿的现金，这可不是一个小数目。

杨老头冷笑着说道：“三块原石，当然用不了三个亿，我要赌的就是这样，你只花一百万元也好，花上一亿也好，只要谁的三块原石能解出来比对方好、比对方价值高的翡翠，这三亿元就归他。”

“嗯！”朱笑东点了点头，问道，“我还有个小小的问题，是要三块原石全都出翠，还是只要有一块高过对方全部就成？”

杨老头嗤之以鼻，三块原石全部出翠，那就是要百分之百的把握，谁有那么厉害？朱笑东这一问，明显就外行了。

除非要选择的三块原石都是开了门子的，但是，就算是开了门子的原石，解出来的翡翠也未必就会是独一无二的。要知道，在原石上开门子，噱头其实大过了实际价值，这是因为原石内部的结构就算是现代最先进的仪器也无法检测出来。再说，翡翠这东西，在原石里面说有就有，说没有，即使门子上一汪青绿，说不定不足一寸就全部消失了，没人能说的准。

所以，杨老头听说是不是要三块原石都全部出翠，便嗤之以鼻，块块出翠，但出来的还不及人家一块的价值多！又有什么用。

“既然这样，那就好！”朱笑东笑了笑，“那我们就开始吧。”

说着，就要转身去找原石，但是一回头，见杨老头站在原地不动，顿时又醒悟过来，说是要赌三亿元，那也不能空口说白话，这些钱得先押着。

只是这钱，该先押在谁手里呢？

这时，朱笑东先前那块“金镶玉”已经完全解开了，废石料一堆，一百二十万元让朱笑东和卫南疆知道了“沙皮”也有可能变成“满天星”，更有可能是一块废料，仅此而已。

不过，虽然他首战失利，一百二十万元打了水漂。但朱笑东、杨薇、卫南疆三个人倒是无所谓，打水漂就打水漂吧，百十来万元，还扔得起。

人群里，幸灾乐祸的有，扼腕叹息的也有，只不过，没有人张扬而已。

杨老头确实有些幸灾乐祸，拿出一张银行卡，趾高气扬地叫来服务员：“从我这卡里划三个亿，存到你们账上，待会儿我解完原石，多退少补！”

朱笑东也把自己的卡拿了出来，学着杨老头，跟服务员交代了一番。

这事早就惊动了林志文，但是他这个时候躲在暗处偷笑起来，眼看就要关门下班了，居然还来了一单大生意！

出这么大的价钱，谁还不死命地去找那些开了门子的原石，好的开了门子的原石，一块就是两千多万元，现在一口气就能卖出去六块！呵呵……

都把钱押在了服务员手里，杨老头才大摇大摆地走向价格最贵的那一排原石的货架旁，细细看了起来。

价格最贵的原石，当然都是开过门子的那些。

所以，前呼后拥的杨老头为了稳赢第一局，就选择了一个巴掌大的门子，足有半米来高的“金腰带”，这块原石，价钱是两千六百万元，仅仅门子上就已经露出了大半个巴掌大小的翡翠面，极有可能是中上乘的冰种水清地，只要这块冰种水清地能有一寸厚，两千六百万元就绝对超值了。

不过严格说来，“金腰带”在所有品种的原石里面，出翠的概率并不是很高，还比不上“沙皮”，两千六百万元对这块原石来说确实已经算是天价了。

杨老头却有些犹豫了，这块冰种水清地在质量上只能算是中上？会不会让朱笑东给比下去，要知道，为了赌局，自己都选择开了门子的原石，难道朱笑东就不会？再说，就算是开了门子的原石，在真正意义上还是赌！

这老头子想了半天，最终下定了决心，如果第一块就来个冰种水清地翡翠，直接就能把朱笑东的气焰压下去不少。

当下，他便叫来工作人员，调来运送原石的车子，把这块原石送到解石台边。

朱笑东这边围观的人，除了杨薇、卫南疆两个，就再没有其他人了。

与杨老头不同的是，他并没去看标价最贵、开了门子的那些原石，而是信步在摆满原石的货架中间穿行，不时伸手去摸一下这块，看看那块，一脸无所谓。

看得杨薇都有些焦急起来，三亿元那是小事，杨薇也知道朱笑东不看重这个，但是会不会在杨老头面前丢了面子，这就让杨薇有些担心。

朱笑东信口说道：“杨薇，你担心什么啊，不就是个‘杨白劳’吗，再厉害能厉害到哪里去？”

杨薇一听朱笑东把杨老头叫成“杨白劳”，顿时“噗”的一声笑了出来，半晌，才没好气地说道：“人家是杨白劳，那你是什么，地主黄世仁，还是那个留着山羊胡子的穆仁智？”

顿了片刻，又说道：“你嘛，不能是黄世仁，只能是穆仁智！”

朱笑东漫不经心地摸着一块“满天星”，回头问杨薇：“为什么我不能是黄世仁，嘿嘿，我就是一地主老财。”

“不行。”杨薇“咯咯”笑了一阵，才说道，“杨白劳家里没有喜儿，所以，你不能当黄世仁！”

“杨白劳家里没有喜儿，你知道的这么清楚？”朱笑东笑问。

“不行就是不行！”杨薇口气蛮横，却是笑容满面地说道，“你只能是穆仁智，这是我说的，你不依不行！”

“呵呵……”朱笑东笑道，“居然还有这么一说！行，就依你，我就是那个穆仁智！”

话锋一转，又笑着说：“哎，杨薇，你说这个‘杨白劳’家里，不会真有个‘喜儿’吧？”

“你什么意思？”杨薇一下子绷了起来，但是掩饰不住眼里的那股笑意，“你还真看上那个喜儿了，你敢！”

朱笑东转头去看另一块原石，嘴里却说道：“我有什么不敢的……”

话音刚落，赶紧又补充着笑说：“‘杨白劳’家里的‘喜儿’我是不敢了，不过我身边的这位‘喜儿’，就没什么敢或者不敢的了，黏着呢！”

杨薇气得咬着牙，伸手在朱笑东腰上掐了一把，又啐了一口，才说道：“谁黏着你了，还真当你是块宝了，还有，我可不要当喜儿，你是穆仁智，又不是黄世仁。”

卫南疆在两人身后，听得眉头大皱，直接就来了句：“见过肉麻的，没见过你们这么肉麻的。我说你们两个正经一点好不好，现在是赌局，你们尊重一下那位‘杨白劳’，就算那家伙是‘杨白劳’，你们也不要直接挂在嘴边上，好不好。”

卫南疆也是一口一个“杨白劳”，让朱笑东和杨薇两个一齐“噗”地笑了出来。

三个人转了一大圈，也到了放最贵的原石货架边，不过，这一排货架与“杨白劳”他们那一排货架隔了三排，加上“杨白劳”他们那边人头簇拥，人声鼎沸，这边说什么，他们那边基本上就听不见，相反，他们那边说什么，这边却听的一清二楚。

朱笑东把货架上的原石都看了一遍，这些原石或大或小都开了一处门子，当然，门子的地方毫无例外都露出一片艳绿，如同浓浓的秋水，极为夸张地吸引着每个人的目光。

朱笑东对这些原石并没多少兴趣，这时，听见“杨白劳”那边已经叫了服务员过来运送原石，朱笑东随便指了一块标价两千三百万元、门子处有指头大一点阳绿、差不多比面盆大了一圈的原石，让服务员一并送到解石台那边去。

往解石台这边走没几步，一个货架旁边的角落里，有一块巨大的“沙皮”，上面落满了灰尘，也没看到标价，估计是放在这里有不短的时间了。

走到这块原石面前，朱笑东略略怔了怔，随后又若无其事地继续往解石台走过去。

“杨白劳”的原石先到解石台，恰好黄师傅这边也没人解石，几乎所有人都去观看这场豪赌，也就没人再去挑选那些原石了。

黄师傅一向运气不错，解石头的人大多找他，而旁边新来的那个老师傅，依旧跟前任伙计一样，生意冷清得可以。

“杨白劳”先到，自然毫不客气地占了黄师傅这边的解石台，高傲得如同君临天下的帝王，掏了四五百元，扔到解石台上，又对黄师傅说道：“解出来翡翠，我再给你打赏！”

黄师傅跟这种人，尤其是这杨老头子，打过的交道不止一次两次，也知道他的性格，当下默不作声，收起解石台上的几百元钱，跟那个运送原石的服务员一起，把原石固定在台子上。

杨老头这家伙，每次赌石赌涨了固然大方，但是赌垮了，黄师傅少不了都得要跟着受些鸟气。

等他在原石上做好记号，黄师傅就按动电钮，开始解石。

朱笑东这一块原石后来了几秒钟，也懒得去等杨老头把原石解完，直接就让服务员把这块原石往旁边的解石台上一搁，要新来的刘师傅跟那边的黄师傅一起下刀解石。

刘师傅有些紧张，平日里都是在黄师傅忙不过来、而且买家完全不知情、又或者是原石价值不高的时候，才会在他这个台子上进行切割，平时照顾他生意的人寥寥无几，红包自然也就没有黄师傅拿得多了。

朱笑东拿了一叠钱出来，也没看有多少，笑了笑递给刘师傅："师傅，我这也就是随便拿的一块，你老就看着办，怎么快就怎么切!"

刘师傅捏着那一叠钱，有些激动，平日里，他连三万元以上的原石都没解过，今天突然之间就要解两千多万元的原石，这可是他这一辈子的第一次!

收好钱，刘师傅又细细看了一遍这块原石，门子上那指头大一点的阳绿确实是夺人眼球。看了好一阵，他才抖抖索索地对朱笑东说道："老板，为了……避免对里面的……翡翠造成不……可挽回的损害，我建议……从这……从这门子的背后开始下刀，怎么样?"

朱笑东轻轻拍了拍刘师傅的肩膀，很是亲热地说道："刘师傅，不用紧张，它不就是一块石头吗，你觉得怎么好、怎么快，就怎么切。放心，就算切废了，我也不会怪你!"

一时间，整个场地再也没有人说话了，只剩下电锯的轰鸣声。

第一刀都很快，两台解石器几乎同时停了下来，黄师傅那边是“杨白劳”亲自做的记号，所以几乎连切下来的原石茬口都不用仔细去检查，直接就开始上第二刀。

刘师傅这边却是由刘师傅自己做主，第一刀切下来，自然要去细细检查一下茬口上的情况。

说是检查，也就是用水清洗一下切面上的石屑灰尘，看看有什么变化，然后根据买主或者是解石师傅的经验，再确定下一刀要切的位置和厚度。

朱笑东却无所谓，任由刘师傅自己做主。刘师傅看了一阵石料上的茬口，便决定下一刀的厚度稍微加大一些。

两三刀下来，朱笑东这边的进度反而比那边快了很多，不到半小时就已经解下来三分之一。

只是每一次解石机停下来，杨老头那边就是一阵欢呼，估计他今天走了大运，有希望解出来一块翡翠。

而朱笑东这边，切下来的原石茬口依旧是一片灰白。

看着这边冷冷清清，杨薇咬着牙，脸上开始有些泛白，三个亿杨薇的确是没放在心上，但是朱笑东的面子不能丢。

比杨薇稍微好点的是卫南疆，他紧张的却是后果，万一朱笑东输了，杨老头要羞辱朱笑东几句，他该如何处之。

可惜的是，到目前为止，他在朱笑东身上除了看到不在乎钱之外，什么也看不到。

又过了将近一小时，终于等到了两边的结果。朱笑东这边，那一点阳绿就是一个幌子，解出来的那块翡翠不足两分厚，宽窄也不过五分，真的就是指头大的一片，而且质地虽然是蛋清地，但是颜色不匀，昏暗而凝滞，中间还带有杂色。

一句话，这两千三百万元就算是“哐当”一声，白白扔在水里了。

老头这边，呼声也不如先前的热烈，他手里的原石虽然一如先前门子上看到的一般，是冰种水清地，但质量不算顶级，也就中等略偏上，而且个头儿不大，先前看到的有半个手掌大小，完全解出来后，个头儿却小了一大圈，始终不是一块上品。

在场的多半都是玉器场上打滚的人，一眼就能看出来这块翡翠的价值冲破天也就八九百万元，不会超过一千二百万元。

不过就算是如此，一干人看着两手空空的朱笑东，也打心里笑了出来。杨老头得意洋洋地走到朱笑东面前，鼻孔朝天“哼哼”笑了两声：“小朱老板，朱大股东，怎么样，现在退出赌局，我只收你五千万元！要不要考虑考虑?”

杨薇盯着杨老头，一口银牙差点咬碎，半晌才说道：“你不要小看人，我们还有两次机会。”

朱笑东也认真地说道：“杨老伯，如果我是你，我就不会说这样的话，要笑也得把最美的笑容留到最后，那时候，笑起来才会灿烂!”

杨老头“嘿嘿”干笑了两声，又说道：“年轻人有闯劲，不服输，这一点我很欣赏，可惜，有句俗话叫作‘识时务者为俊杰’，对于不识时务的人，我这人一向不怎么看好。”

“说的不错!”朱笑东叹息了一声，接着说道，“不过，识时务的俊杰，好像与杨老先生也不怎么沾边。”

“你……”杨老头指着朱笑东差点儿就要破口大骂起来，好不容易忍住怒气，一甩手便撇下朱笑东等人，又大踏步跨进货架丛中。

见杨老头等人全部离开解石台，黄师傅苦笑着过来说道：“小朱老板，据我所知，这杨老头在赌石场浸润数年，你们这赌局……不是我对小朱老板你没信心，关键这是完全靠经验技巧和运气的事。

再说，你们又把数量给卡死了，要是不限制原石的数量，我倒相信小朱老板真不会输给他，不如……”

黄师傅叹了口气，又说道：“老话说，留得青山在，不怕没柴烧，退一步海阔天空，小朱老板不如忍一时……”

刘师傅也过来劝道：“小朱老板，说实话，我看您这经验技巧实在不如杨老头，这么赌，明摆着就是白送便宜给他，不划算的！”

朱笑东笑了笑：“黄师傅、刘师傅，你们两位的好意我心领了，说实话，我也真不想跟他赌什么局，不过现在也是骑虎难下，就算我输，我也只能输得光荣一些……”

要不是他们都觉得朱笑东人好，还真没人来劝阻这事。黄师傅跟刘师傅两人一起叹息了一声，转身回到解石台旁不再多说。

接下来就要选择第二块原石，这时候，服务员小宋已经下班，林志文躲着不再出来，也就再没人跟着朱笑东等人。

朱笑东依旧闲庭信步，穿行在货架之间，毫无目的地在这块原石上摸一把，往那块原石上看一眼。

卫南疆跟在后面，半晌终于忍不住说道：“你觉得你有把握赢了这场赌局？”

朱笑东回过头来，笑了笑，很干脆地说道：“没有！”

“这么说，你真的能坦然接受‘杨白劳’对你的羞辱？”

朱笑东苦笑了一下：“那我还能怎么办？放弃？逃跑？还是拉起你这张虎皮去吓唬‘杨白劳’？就算拉你去做虎皮，你愿意啊！”

“那得要看你是什么事？”卫南疆摇着头说，“就你跟他赌局这事，我不是不愿，根本是不能。”

“除了赌局这事，其他的事如果我要借借你的虎威，你肯不肯？”朱笑东笑着问道。

“那也得看看是哪方面的事，能帮你的，我自然会义不容辞，不能帮的，你求我也没用！”卫南疆很认真地说道。

朱笑东却是一副嬉皮笑脸的模样，毫不在意地问道：“比如说，有人一定要给我送钱，又比如说，有人想要陷害我，再比如说，我平白无故被人追杀，被人围攻……”

“别再比如下去了，那些事跟你的赌局根本不是一回事，真要有这样的事情发生，你认为我会袖手旁观？”卫南疆打断朱笑东的话头，反问道。

朱笑东不再说话，却是一脸笑容，转头对杨薇说道：“杨薇，待会儿我们两个就要一起被‘杨白劳’羞辱了，反正闭着眼抓瞎，这第二个机会，不如就由你来把握。”

杨薇看着朱笑东，一想到不但要输钱，还要被人羞辱，眼里不由得蒙上一层雾意。

朱笑东依旧是笑了笑，指着面前货架上的一排原石，说道：“什么经验技巧，都不如运气好，我相信你的运气。”

杨薇不肯，也实在没有那个勇气，现在要面对的是夫妻两个的荣辱大事，朱笑东虽然说不相信经验、技巧，但是纯粹瞎蒙，岂不是白白浪费掉一次机会。

朱笑东却是毫不犹豫地鼓励杨薇：“你的运气一直都比我好，我相信你，不用怕，你选择一块就是。”

“可是我什么都不懂啊！你叫我怎么去选？”杨薇差点哭了出来，摇着手，晃着头，始终不肯去选择货架上的原石。

“没关系，我教你。”朱笑东依旧笑嘻嘻，“杨薇，你这样，心里默念这块就是翡翠，这样默念十遍，然后诚心诚意地念上十遍南无阿弥陀佛，之后你选哪块，哪块就能出翠，不然待会儿我们两个人一起挨骂的时候，你心里肯定会不平衡，一准说是我拖累了你。”

杨薇知道朱笑东是在胡说八道，忍不住“噗”的一声，破泣而笑。

过了片刻，杨薇指着一块标价八十万元、脸盆大小的黑沙皮，对朱笑东说道：“你一定要我选，我就选这块。”

哪知道，朱笑东一本正经地问杨薇：“你心里默念过‘这块就是翡翠’这句话没有？还有，十遍南无阿弥陀佛，你念完没？”

杨薇一怔，这两句，自己还真没念过，她望着朱笑东，怯怯地问道：“一定要念吗？”

朱笑东很认真地点点头：“那是必须的！”

“好！我这就念！”杨薇说完，果然闭上双眼，双手合十，诚心诚意地默念了起来。

朱笑东盯着她的小嘴儿，又差点儿没忍住笑，好不容易忍住了，杨薇也念完了，只是她双手合十，还不肯放开，又加了一句：“救苦救难观世音菩萨保佑！”这才睁开眼睛问朱笑东，“够了吗？”

朱笑东捂着嘴巴，过了好久，才回答道：“够了够了，还有多的了。哎，服务员……”

这时，杨老头的第二块原石也已经选了出来，又是一块开了门子的、价格高达两千一百万元的“满天星”。

这一次，朱笑东先到解石台边，但是他任由杨老头抢先占据了黄师傅的解石台，依旧是刘师傅为自己解石。

“杨白劳”趾高气扬地给了红包，又在原石上做好了记号，才让黄师傅下刀解石。

朱笑东依旧是比杨老头多给了一倍的红包，好言好语地安慰了刘师傅几句，便不管了，浑然没把这一块被杨薇“念力”加持的原石放在心上。

第一刀仍是很快就切了下来，灰白的茬口，看不出来半点要出翠的痕迹。

第二章

一刀穷一刀富

趁着两台解石机都停了下来，两位师傅检查原石茬口的当儿，朱笑东跑到黄师傅那边，笑着对黄师傅说道：“请问黄师傅你有烟吗？能不能给我来两根。”

见朱笑东来要烟抽，黄师傅自然是客客气气地把一大半包烟都塞给了朱笑东，连打火机也递给了他。

这一耽搁，杨老头就来气了，两只眼睛鼓得像牛卵，瞪着朱笑东喝道：“堂堂一个大老板、大股东，想抽烟还找人讨，你老婆管你也管得太紧了吧！”

没想到朱笑东嘻嘻地笑道：“俗话说‘烟是和气草’，就杨老先生你这么重的火气，只怕躺在棺材里，也会把棺材给烧着了，抽支烟消消火吧！要不要来上一支！”

“你，敢咒我躺棺材……”杨老头暴跳如雷，要不是围观的人死命拉着这“杨白劳”，估计他真会上来跟朱笑东拼命！

朱笑东打了个哈哈，满不在乎地拿着烟，回到刘师傅的解石台这边，问过了刘师傅要不要来一支，刘师傅摇摇头说不抽，朱笑东也不勉强，直接给卫南疆拿了一支。

卫南疆把一支烟叼在嘴上，并不让朱笑东点燃，而是趁着两人十分接近之际，低声问道：“你故意的？”

朱笑东苦笑着摇头：“不是，是他自己火气太大！”

卫南疆看着朱笑东，片刻，才说道：“我记得你根本就不抽烟的。”

“马上就要被他喷个狗血淋头，我压力大啊！抽支烟缓解一下压力行不行？”朱笑东苦笑道。

卫南疆“哼哼”地干笑了两声：“这确实是个很好的理由，不过，我希望你真是因为压力过大！”

朱笑东只好嘿嘿笑了两声，不再答话。

恰在这时，两台解石机又同时响了起来。

不知不觉间，黄师傅那边围观的人群居然渐渐地稀少了起来，有的转身到朱笑东这边来看，也有的干脆就到货架那边去看原石了，很明显，杨老头那边的情况不容乐观。

尤其是那杨老头，虽然现在两台机器轰鸣，听不见他在吼些什么，但是看得见他已经开始又蹦又跳了。

两台机器停歇的间隙，朱笑东这边的人群突然迸发出一阵高呼，出了翠，而且极有可能是很大一块，那茬口上已经隐隐看到一片绿意。

刘师傅用手电仔细打量了里面绿色的大致范围，然后确定了下一刀下刀的位置。

虽然出了绿，但是朱笑东依旧跟先前一样，一脸淡淡的笑意，甚至都没去多看一眼原石，完完全全地交给了刘师傅，自己绝对不插手。

杨薇却是差点儿就跟着围观的人群跳了起来，朱笑东的法子真的很灵，依着他的法子，闭着眼睛都能抓到宝贝！

卫南疆吐了口气，但是一脸复杂地盯着朱笑东。

很快，这一刀下来，依旧要看上一遍茬口，待清洗干净茬口上的灰尘，刘师傅突然脸色一片煞白，抱着那薄薄的一片切下来的废料，踉踉跄跄后退了两步，然后一屁股坐到了地上。

本来很是淡然的朱笑东等人，顿时吃了一惊，怎么回事，不是刘师傅出了什么问题吧！

三人赶紧越过解石台，一齐围在刘师傅身边，一齐连声惊呼："刘师傅，怎么回事？你要紧吗？"

半晌，刘师傅才极为痛苦地说道："对不起！小朱老板，我，我……我把你的翡翠，解废了！"

自古以来，解切原石，那都是一刀穷，一刀富，一刀生，一刀死，刀刀切得心惊肉跳。切得好了，一块原石，价格十倍、百倍地往上翻，一个不慎，价格便十倍、百倍地往下跌。一刀下去，一刻暴富，一刀下去，一贫如洗！是贫是富，是涨是垮，那都是一刀之间的事。

解石头的师傅当然是希望每一块原石都能出翠，除了能拿红包，良心上也过得去，一个好的解石师傅，最怕的就是把人家的翡翠切坏，毁了人家，也毁了自己的前途。

朱笑东弄明白刘师傅跌坐到地上的原因，顿时安慰道："刘师傅，你可把我给吓着了。不就是一块石头吗，你这一刀切的这么薄，就算坏，又能坏到哪里去！何况，就算全部切得一文不值，不也就只是八十万元吗，不打紧的。"

杨薇也劝道："刘师傅，没关系，只要出了翠，那就是您老人家的功劳，好坏我们并没看重的。"

刘师傅眼圈都红了，这样的事，要是发生在别人身上，少不了会招来一通臭骂，更有甚者，还会直接找来经理，当场解雇解石师傅。这两个年轻人却丝毫没有责怪自己的意思，这只能说明，他们的气度、心胸较之那边又蹦又跳、高声怒骂的杨老头不知道要宽广豁达了多少倍。

过了片刻，刘师傅把怀里清洗干净的废料片拿了出来，递到朱笑东面前。

这片废料块上，有酒杯口般大小的一块地方露出让人耳热心跳的阳绿，虽然先前大家都已经知道这块原石肯定能出翠，但是实在没人想到会有这么大一块。

本来，这块原石到切出了绿来的时候，所剩下的也就只有不到原来的一半大小，出了绿之后，朱笑东不肯干扰刘师傅，杨薇、卫南疆又不懂，刘师傅为了慎重起见，就从那一点出了绿的侧面开始切割。

刘师傅计算好要切割的厚度，也不过两厘米厚，没想到一刀下去，还是伤着了至少一分厚的翡翠。

出了翠本来就已经是好事，没想到这翡翠超出想象的大，离被切坏的这一边的石皮都不足两厘米！

从切坏的翡翠面来看，这绝对是一块上等的冰种水清地，水头十足，颜色浓绿，没有丝毫杂色，质地细腻，虽然比不上老坑种玻璃地极品，但也绝对是上上品！

刘师傅见朱笑东和杨薇两人并没有丝毫责怪他的意思，又过了片刻才站起来，有些迟疑地问道："两位老板，还让我解下去吗？"

"接着解啊！怎么不让，我对这玩意儿可是一窍不通啊！"朱笑东笑道。

刘师傅又怔了半晌，这才慢慢走到解石台边，盯着解石台上已经只有足球般大小的原石看了半晌，才叹了口气，把原石换了个方向固定住，然后按动电钮，启动电锯。

已经切坏了一刀，接下来刘师傅就十二万分地小心起来。即使是石皮，刘师傅的每一刀都不敢切去太多，甚至有时候只切到一半，刘师傅就停下电锯，敲开已经切下的石皮，细细看上一阵，直至确认无误，才敢继续切下去。

趁着刘师傅停下电锯检查茬口的当儿，卫南疆低声问朱笑东："那一刀恐怕切掉了你几十万元，你真不心痛！"

朱笑东一怔，随后笑笑，答道："就算心痛那又能怎么样？能恢复回去？嘿嘿……说到钱，你又不是不知道，我真的不在乎！"

"你真看得开！"卫南疆吐了一口气，说道。

"嘿嘿……"朱笑东笑了两声，正要说话，刘师傅又已经启动了电锯，卫南疆也未必会听的清楚，所以干脆就闭了嘴。

这个时候，黄师傅已经把他那块原石切割完毕，翡翠是出来了一块，但是是油青地的，而且比火柴盒子大不了多少，要说值钱，倒也能值上千百元，但是对杨老头本人来说，就可以算得上是分文不值了。

黄师傅解完原石，唯恐杨老头要冲他发脾气，抹了一把汗水，一声不响地溜到刘师傅身边，不时跟刘师傅交头接耳一下，估计是跟刘师傅交流切割经验，这样一来刘师傅的进度就大大加快了。

杨老头见没人再围在他身边，也忍不住到朱笑东这边来观看结果。

由于有黄师傅的交流和帮助，又过了半个来小时，刘师傅便将朱笑东的这块原石解了出来。

这是一块长度将近二十公分、腰围几达十五公分的一块椭圆翡翠，从几个露出翠来的地方可以确认，这绝对是一块真正的上上品，当场就已经有人表示，如果朱笑东愿意出手的话，可以给八千万元！

到目前为止，朱笑东的翡翠价值已经远远地超过了杨老头那块，要赢朱笑东，除非他能找到一块比朱笑东这块更大更好的翡翠！

朱笑东转头，见这个对手就站在身后不远的地方，忍不住从人群里挤到他面前，淡淡地说道：“杨老先生，我看我们的赌局可以结束了，放心，我不会要你的钱……”

杨老头不等他把话说完，一头黑线：“什么意思，怕我输不起？我告诉你小子，我……我还有一次机会！鹿死谁手还是个未知数，你得意个什么劲儿？”

朱笑东没想到自己一番好心却做了无用功，忍不住苦笑了一下，不再说下去了。

看着已经全部站到朱笑东身后的人群，杨老头黑着一张脸，狠狠地把这块火柴盒子般大小的翡翠“啪嗒”一声摔在地上，翡翠落地顿时四分五裂，连千百元都值不上了！随即，他看了一眼朱笑东，二话不说，一跺脚，再次钻进那些货架里边。

杨老头走后，好几个人都围着朱笑东试探他的口风，看能不能转手这块翡翠，要知道，在赌石场里盘进半成品的翡翠，比盘进完全成品的翡翠利润空间要大得多，而且也绝对不担任何风险，所以才有了刘元平他们那一类专门在赌石场里吃别人残羹剩饭的人。

只是朱笑东却很是客气地拒绝了，今天所有的东西他都不会卖出去，这不关乎赚不赚钱，对于钱，他是真的不是特别感兴趣。

卫南疆拿了那块翡翠，在手上掂了掂，笑问道：“如果我要你把这块翡翠送给我，你送不送？”

朱笑东摇了摇头：“不能送！”

卫南疆一笑，却又听他接着说道：“我只能卖，而且，我要的价钱非常贵。从这儿出去有家开夜宵店的，那店里的一顿饭，这块翡翠，值不值这个价钱？”

那个夜宵店一顿饭，冲破天也就千百元钱，朱笑东说不送，其实还是送，不过让卫南疆花钱请上一顿客，也算是卖了！

“就值这个价！”卫南疆笑了笑，早就知道朱笑东不会要他一分钱，花钱请客，那又是另外一回事，

朱笑东认真地点了点头：“只值这个价！这破石头，还能值多少？”

杨薇在朱笑东身后，笑道：“什么都不要，就要吃，你就是个吃货！”

杨薇虽然不太懂翡翠，但还是认得的，再说，已经有人出了七八千万元的价钱要买这块翡翠，她哪里还会不懂得他们目前已经遥遥领先了杨老头，心情自然不错，见两个人闲聊，也忍不住插嘴。

“我要钱，你还会说财迷呢！”朱笑东很是“委屈”地说道，“钱也不能要，吃的也不能要，我还能要什么，难道我去向小卫要官！小卫他能答应吗？真是的！”

卫南疆知道朱笑东跟杨薇两人打情骂俏，也不在意，问道：“接下来，你打算怎么做？”

朱笑东想了想，说道：“这个赌局，本来我也不想再继续下去，可是你也看到了，就这么退出，恐怕不大容易……”

“赌石这玩意儿，只要你还在赌，没人能说得准下一刻会发生什么事。就说刚刚吧，要不是杨薇她运气好，我又哪里能立足不败之地呢？”

“就目前来说，我们虽然立于不败之地，但是杨老头也说过了，他还有最后一次机会，说实话，让我拿钱给他我不愿，但我更不愿让他把我骂个狗血淋头，所以我只能坚决、彻底地打败他！”

卫南疆笑了笑，揶揄道：“你不是想把他给消灭掉吧！”

朱笑东摇了摇头笑道：“那倒不敢，不过，给这样的人一个教

训，免得他以后老是仰着脑袋看人，这也未必不可。”

“你有这个把握?”卫南疆漫不经心地问道。

“没有，但是我相信运气！我们的运气一向都不错!”

一行人一边聊一边看原石，不知不觉又到了放置最贵原石的那一排货架面前。

杨老头这一次虽然也在这一排货架跟前，但是他迟迟没敢下手，开了门子的原石到底怎么回事，他其实比谁都明白，但他就是受不了那个刺激，尤其现在朱笑东的原石的价值已经远远超过他的，他的心情就更难平静下来。

其实，这就是赌石者的大忌，一旦红了眼，很多原本用得上的经验技巧就根本不去用了，只是凭着一股意气行事，那将会输得很惨，可惜的是，现在的杨老头已经回不了头了。

朱笑东带着杨薇、卫南疆，依旧是闲庭信步地在货架之间穿行，看过了最贵的那一排原石，觉得没什么中意的，又往回走。

无意之间，走了一圈，又到了角落里那一块看不见标价的“沙皮”旁边。朱笑东有意无意地伸手在上面按了按，收回手掌一看，满手掌都是灰尘，真的不知道被搁置多久了。

本来，货架上价钱稍高一点的原石，每天都有人淋上一两次清水，因为清水能养翡翠，不过，因为赌石场里原石太多，所以淋水也就差不多成了一个可有可无的工序，经常被淋到的自然是货架上的那些，至于闲置在一边的也就没人去特别注意。

朱笑东拍了拍手上的灰尘，笑着说道：“杨薇你运气好，选了一块原石，让我们大大地露了一把脸，我却是一连两次失手，这一次，我也想再试一把，要不，就这块!”

对于要选择哪一块原石，杨薇跟卫南疆两个没有发言权，不过卫南疆还是建议了一句：“看这样子是没人要的，都不知道摆了多久，你不再考虑一下？”

“我相信运气！”朱笑东说道，“大不了最后这一次机会就输给杨老头，呵呵，不就是一顿臭骂嘛，我已经做好思想准备了！”

既然朱笑东都已经做好了思想准备，杨薇他们也没什么好说的，当下叫来服务员，准备付款买石。

负责收款的服务员一看这块原石，顿时犯了愁，找不到价格啊，看看旁边的货架上的价格也就三十多万元一块，最高的也没超过五十万元。

服务员不敢擅自做主，当下摸出电话打给林志文，问这边有块没有标价的原石，现在有人想买，该要价多少。

本来这也正常，偏偏卫南疆耳力异常灵敏，居然听到林志文在电话里说，按照旁边货架上最高的价格翻两番卖出去！

见那服务员还在跟林志文说话，卫南疆把这个情况跟朱笑东一说，本来是想要劝他重新选一块有标价的石头，免得不明不白挨宰，只是朱笑东淡淡一笑，还就认定了这一块。

卫南疆顿时有些气闷起来，枉自己还跟林志文叫一声“叔”，这不是连自己都坑吗？不，是当着自己的面坑自己的朋友，真要是值得起两百万元，会放在地上都没人管？

卫南疆不乐意，朱笑东却是大大方方地按照服务员说的价钱，划账付款，然后拉着原石到了解石台边上。

这一次，杨老头却晚了足足十多分钟，选来的是一块比较少见的“松花”，表皮上隐约可见一些像干了的苔藓一样的团块、斑块和条带状物，这是原来翡翠原料上的绿，风化后渐渐失色留下的痕迹，也叫“癣”。

不过正因为这样，这块原石的标价已经达到惊人的两千八百五十万元，就直径不超过六十公分的一块原石来说，这已经算是天价了！

反观朱笑东这边，依旧是块“沙皮”，最常见的“杨梅沙”，本来这种“杨梅沙”就是公认的中低等石种，解出来的翡翠一般都是豆种，颜色、水头都不会很好，又容易起牛血雾，可以说，稍有经验的赌石人，基本上都不会看好这种“杨梅沙”的，要不然也不至于被人遗弃在角落里。

至于说价格，这可是卫南疆亲耳听到的，林志文黑了良心，按最高价翻了两番卖给朱笑东的，所以他都有些怀疑是不是朱笑东要故意输给对方。

这一次，杨老头依然后来居上，抢先占了黄师傅的那一台解石机。

朱笑东跟着刘师傅和服务员一起，把原石放上石台，不过这一次，朱笑东淡淡地笑着对刘师傅说道：“眼看天色也不早了，我也不能再把您耽误下去，这样吧，我来做上一些记号，您就可以放心大胆地切了，要是有翡翠的话，就算是您给切坏了，也用不着担心对不对？”

刘师傅虽然是求之不得，但是一看朱笑东画的那记号，还是吓了一跳，这根本就没把这块原石当成钱来看！明明就是直接要他给解废的节奏，要这么切，两刀下去就像切西瓜一般分成四份，真有翡翠也交代了，还真有不把原石当成钱的人！

刘师傅疑惑地看着朱笑东：“真要这么切下去？”

朱笑东毫不犹豫地点点头：“就这么切！”

犹豫了半晌，刘师傅终于还是按下了电钮开动了机器。

“杨白劳”那边也早就开动了机器，第一刀下来就出了绿，很正很纯的阳绿，比杨薇先前选择的那一块原石里切出来冰种水清地还要好，除了不知道块头大小，质地上基本就可以决出胜负了。

一时间，杨老头那边的呼声又高了起来，杨老头甚至挥舞着双手，满面笑容地大喊：“各位老少爷们儿，待会儿我请大家喝酒，不去我可就要骂人了……”

而朱笑东这边，刘师傅按照记号一刀下去，“杨梅沙”一分两半，茬口上出现一片怪异的颜色。

说是怪异，是因为刘师傅解了这么久的原石，从来没见过原石茬口有这种肉红的颜色，说是肉红，其实又深了一些，说是火红，却又淡了一些，总之，要不是表面质地粗粝、砂砾斑斑，是有名的“杨梅沙”，刘师傅几乎要认定这是一块怪石。

怔了半晌，他才放下其中一块，按另一块上面的记号，固定下来，又深深吸了一口气，才启动机器，慢慢切割起来。

只是越往下切，刘师傅就越是心惊！

解石头的锯片上面有根小小的水管，是专门为金刚石锯放水降温的，随着解石锯的转动，降温水会溅射出来，当然，不会让降温水四处乱溅，所以在前面挂了一块布料，降温水溅到布料上，落回排水槽。

因为含有石料的石屑灰粉，一般的降温水都是白色或者乳白色，但是这块“杨梅沙”的降温水渐渐变成了红色，溅射到遮挡的布片上再落下来，竟然就像是一股鲜血！这种情形，除了怪异，简直就是恐怖！

刘师傅按捺住激动的心情，一口气把这一刀切了下底，然后迫不及待地抱起切下来的半块石料，用水清洗茬口。

在清洗干净石料茬口的那一刻，刘师傅忍不住“啊”的叫出声来。

从这一块石料的茬口上，可以清清楚楚地看出，被固定在机台上的那块石料里面有块红翠！

一般来说，红色翡翠的红色，是翡翠在次生地质作用下形成的颜色，主要出现在翡翠原料的表皮上，或沿裂隙分布在翡翠中。在风化、河床搬运、地质液体浸泡等作用下，自然界的铁质元素进入翡翠的晶体间缝隙或翡翠的裂缝，在化学作用下，二价铁离子变为三价铁离子，从而形成各种红色调的颜色。

但是因为铁质元素比较难进入种水好、致密度高的翡翠中，所以种水好的翡翠一般较少有艳丽的红色。换句话说，大多数的红色翡翠的种水都不会很好，颜色好的红色翡翠一般种水都差，种水好且颜色好的红色翡翠非常少。红色翡翠最好的色调是接近鸡头顶上的鸡冠颜色，翡翠行内称为“鸡冠红”，其红色色调亮丽、鲜艳，如果这样的红色翡翠玉质细腻通透，则是红色翡翠中的极品，难得一见，可遇而不可求。

就价格来说，红色翡翠的价格与红色色调、色调的深浅、翡翠的种水、翡翠的体积有着密不可分的关系，豆种、色淡的红色翡翠挂件价格在几百元到千元之内，能达到玻璃种的红色翡翠较少，特别是颜色鲜红、透光度较好、玻璃光泽质地水润的天然红翡很稀缺，价格极高，可遇而不可求，价格可能会高到几十万元甚至近百万元，这还只是小小的挂件！

这个时候，因为杨老头那边也出了翠，而且估计出翠的价值不低，那边围观的人群情振奋，根本就没人注意朱笑东这边发生了什么事。

这边的三人不得已再次上前安慰了刘师傅一通，朱笑东又重新在固定在机台的原石上做好记号，刘师傅才战战兢兢地开动机器。

随着金刚石锯起落，朱笑东每一次都要上去亲自做上记号，他说这是为了更快地把翡翠解出来。

不到一顿饭工夫，一块足足有五公斤以上的血红翡翠便让刘师傅给解了出来。

清洗干净上面的石屑灰尘，露出来翡翠的地方像是一团团跳动着的火焰，由里而外泛发出妖异的纯红，又红又亮，惊艳夺目。

刘师傅的眼里噙着泪水，喃喃念道：“有生之年，能解出来这样的东西，这辈子值了！”

恰好在这一刻，杨老头那边的原石也已经解出，不过解出来的翡翠让他大为气馁，不超过两寸长、一寸来宽，不到八分厚，扁扁的一块玻璃种翡翠，虽是极品，但是体积过小，要论价值，不过百十来万元而已。

一群人一回头，看见朱笑东手里捧着一团火焰似的红翡翠，顿时发出一声喊，纷纷挤上前来，争相去看，场面相当混乱，不少人都生出一股要据为己有的冲动。

想要观看的大有人在，但是想要捣乱趁机打主意夺取的也有，有个人被后面人推倒在地，不但没人去扶，还被人故意踩上几脚，倒在地上的那个人发出惨叫声，被人群的呼喊彻彻底底淹没下去。

卫南疆一看这情况不大对头，没想到朱笑东一块红翠居然引出这么大的轰动，连忙挺身上前，想要阻拦涌上前来的人，只是在这一刻，所有的人都推推搡搡、挤挤撞撞，他一个人哪里能够阻挡得住！不消片刻，就差点被人群淹没。

朱笑东一手抱着红翠，一手拉了杨薇，不住地往身后货架里后退，可是人群哪里肯放过他们，朱笑东拉着杨薇退一步，人群几乎要前进两步，货架都被挤得倒了下去，货架上的原石滚了一地。

突然之间，赌石场上爆起一声尖锐刺耳的枪响，骚动的人群立刻安静了下来，只是短短的片刻之后，又有人想要往前涌动。

“啪……”又是一声枪响，接连两声枪响，人群好像立刻明白过来这是怎么回事，一个个惊叫着抱着脑袋，唯恐有颗子弹不长眼睛，奔着自己飞过来。

出了这么大的事情，早就惊动了林志文，他根本就没过问到底是怎么回事，而是直接动用了所有的保安，直扑这个场地。

要知道，能来他这个赌石场的人非富即贵，尤其是今天还来了卫南疆这儿个刺头儿，林志文生怕事情闹大了，有个什么闪失，他可是无论如何也吃罪不起的，所以只能首先镇住场子，不能让人浑水摸鱼，伤到卫南疆。

保安进来，十分快速地就把一群本来就或蹲或趴在地上的人镇住，连朱笑东和杨薇两人都没放过。一群人一齐抱着脑袋，蹲到地上。

前来赌石的人中唯一一个站着的是卫南疆，因为他手里还拿着一把枪，只不过枪口朝天，没有对准人的意思。

稍过了片刻，林志文走到卫南疆身边，一脸悻悻地说道："小卫，我们已经控制了局面，来，放下枪！"

卫南疆看了一眼林志文，一边缓缓地收枪，一边说道："好，林叔，今天这事你是清楚的，不是我在挑事儿……"

林志文点点头，说道："我清楚，完全清楚，有监控录像的，你先把枪放下！"

卫南疆点点头，收好枪，又说道："我那两位朋友在你这里是做正常的买卖，我得把他们带走！"

林志文点点头，朱笑东的一举一动早就在监控录像当中，赌石赌出了红翠，他早已看到了，虽然他同样对那块红翠有据为己有之心，但是卫南疆居然拔枪射击，冲着这一点，他倒是不敢再起异动之心。

卫南疆大踏步上前，走到朱笑东身边，拉起朱笑东和杨薇两人，又大声对林志文喊道："我这朋友在你这里做生意，事先预付过账款，得多退少补，把服务员叫过来……”

林志文依言叫过来服务员，与朱笑东结账，一共三块原石，总计不足两千六百万元，把这两千六百万元除去，押赌石场账上的还有两亿多元，全部退还给了朱笑东。

这边服务员与朱笑东结算清楚，卫南疆一不做二不休，直接找到杨老头。

杨老头此时正抱着脑袋蹲在一个倒在地上的货架旁边，瑟瑟发抖。

卫南疆蹲下身子，笑了笑说道：“‘杨白劳’，你跟朱笑东的赌局还算不算数?”

杨老头本来就有些惊慌失措，听卫南疆叫他“杨白劳”，一时之间还没反应过来，过了片刻才慢慢地站了起来，喃喃说道：“是我错了……”

“很好，你知错了也好。”卫南疆站起身来，不再理睬对方，转身走到朱笑东身边，说道，“他说他已经知错了!”

朱笑东淡淡一笑，知不知错也无所谓了，自己又没想着要他跟自己认错或者怎么样。跟林志文打了声招呼，就此要走人。

只是没走两步，杨老头在背后高声叫道：“站住……”

朱笑东望着卫南疆苦笑了一下，就知道这暴脾气的家伙不会轻而易举让自己走人。

果然，杨老头红着眼，咬着牙说道：“姓朱的，我输了，只是输在运气上，我依然不会对你服气，有机会，我还要跟你比一场!”

朱笑东无语至极，还能说什么呢，这暴脾气的“杨白劳”!

“我输，我输的是自己一手打下来的江山，我输得起。”“杨白劳”几乎是声嘶力竭地叫道，“就算是败家，我败的心安理得！你用不着那副表情看着我、可怜我吧！我告诉你，这三个亿我不在乎，总有一天，我会从你手里再拿回来的！”

杨老头一边厉声大叫，一边要服务员给对方转账。

朱笑东苦笑着，看着卫南疆，这暴脾气的“杨白劳”，还真就要往自己手里硬塞钞票。

路上，卫南疆并没请朱笑东去吃这一顿饭，还让他一个人坐进了他的切诺基。

卫南疆开着车子，走了好一段，才沉沉说了句：“看来，我还是小看了你！”

坐在副驾驶位子上的朱笑东无辜地一笑：“小卫，有什么话你就直说，咱兄弟俩也用不着绕弯子。”

卫南疆眼睛盯着前面，面无表情：“怎么看出来的？”

“瞎琢磨出来的！”朱笑东模棱两可地答道。

沉默了一阵，卫南疆又说道：“好吧，你不想跟我说实话，你有这个权利！”

朱笑东赶紧说道：“兄弟，其实吧，你找我要东西，我就知道了，你是在试探我，不过我也没有其他的办法，只好去赌上一把。”

卫南疆终于回过头来，看了一眼朱笑东，随即又说道：“你掩饰得很好，真的让人看不出来破绽，尤其是让杨薇嫂子替你选择那块石头，我怀疑你是不是用了我们还不知道的暗语或者是暗示？”

“没有！”朱笑东毫不犹豫地说道，“赌石，我凭的是百分之九十以上的运气，其余的是我对原石的了解，这一点我绝对没说谎。其他的我是卖弄了一点儿小聪明，你我是兄弟，你得相信我！”

“我相信你，但是这没用。”卫南疆突然差点咆哮起来，“你知不知道，你两次进入赌石场，两次都是满载而归，而且两次都赌中了价值数亿以上的翡翠，你用一句‘运气’敷衍我，可以敷衍得了别的人吗？你知不知道你已经进入了别人的视线之内！”

过了一阵，他突然有些粗暴地说了句：“我今天又干了一件蠢事！”

说着，卫南疆特别烦躁地一巴掌拍在方向盘上。

一个人，在不到一年的时间里，家产以超乎正常人想象的速度迅速累积，不到一年的时间里，手里就拥有了无数的奇珍异宝，不招来奇怪的眼光才怪。何况，奇怪的眼光里，大部分是嫉妒，一旦有人奇怪，有人嫉妒，还能不成为别人枪口前面的焦点！

卫南疆把话说到这个份上，相信他已经为朱笑东出过了不少的力气，但是就算卫南疆倾尽全力，在社会形势的大环境下，也未必完全罩得住朱笑东，这一点，朱笑东怎么会不明白。

朱笑东很是无奈，只得说了声：“对不起！是我连累了你。”

过了片刻，他努力地把心情平复下来，毫不讳言地说道：“林志文跟我们很熟，熟到你想象不出来的地步，他把全部的监控录像拷贝了一份给了我，只要没人过分去挑刺，相信是可以蒙混过关的，不过我希望你记住，以后，你最好不要再去赌石，很多人都在调查你，你应该知道‘调查’这两个字的意思。”

“小卫，谢谢你！”朱笑东当然知道卫南疆说这番话的分量。

“用不着谢我，还是谢你自己的‘运气’吧！对了，那块红翠我得拿走，让人把它弄成一块价值不大的低级货，要不然，过不了老头子那一关……”

卫南疆叹了口气，又继续说道：“还有一句话我要说给你听，梁奇宝的事情，无论到头来你找到什么、发现什么，不管那些东西有多值钱，有多精美，你最好一样都不要去动，不要去触动某些人的神经，免得到时候我想帮也帮不了你！”

卫南疆说完，脚下用劲，把刹车踩得“嘎吱……”一声，估计轮胎都冒出烟来了。

停下车，他没好气地说道：“滚吧，我看着你就烦！”

朱笑东苦笑了一下，往窗外看了一眼，忍不住又叹息一声，说道：“你总不能就把我扔高速公路上吧……”

“要不要我直接拉你进号子……”卫南疆没好气地说道，“怀特的事情我们既然已经正式插手了，你就不用再担心什么了，你该干啥就放心干啥去……”

朱笑东无奈，只得下车。

见朱笑东下了车，卫南疆又丢了一句话给朱笑东：“还有，回去告诉梁三，他那两件东西算是我没收了，让他以后不要再拿着那些东西到处乱窜，就算是他拿着去做善事，被别人逮到，我也保不住他。”

朱笑东一怔，就在这一怔之间，小卫发动车子，绝尘而去。

回到方天然的别墅，杨薇见朱笑东一脸疲惫，很是心痛，让厨子熬了些粥送过来。

胖子一早听朱笑东说这次不但遇到卫南疆，还又去了一次赌石场，兴奋的不得了，硬缠着朱笑东，一定要他把经过说上一遍，最主要的当然是要看看那块红翠，像火焰一样的红翠，那得多稀罕啊！

朱笑东考虑了好一会儿，才淡淡地回答说：“其实，那根本不是一块什么翡翠，那是一块祸根！我千忍万忍，怎么就没忍住！”

看着朱笑东表情有些痛苦，胖子却更来劲了：“东哥，怎么回事？是不是这上好的东西让小卫给拿去了，你心痛了？要不，我去替你要回来！”

“要个屁！”朱笑东没好气地说道，“胖子，我早就说过，贪心会害死人的，你就不相信，这下好了！”

“怎么怎么，咋又和我扯上了？”胖子一脸委屈，“今儿这事，我可是一点边儿都没沾啊，说去找小卫要红翠回来，我也就是那么说说，要是见到小卫，他要喜欢，你不送我还不肯呢，怎么说我们也是兄弟，对吧！”

见朱笑东不大正常，梁三也插嘴问道：“小朱老板，到底怎么回事？能不能把话说明白一点，我怎么越听越糊涂。”

“好吧，既然你们都在，我就全部说给你们听听，省得你们老是胡来，小卫今天来，是告诉我几件事情的……”朱笑东叹了口气，然后简洁地说道，“第一，是来试探我；第二，是来警告我；第三，是来通知梁三哥的。”

胖子瞪着眼睛，一脸茫然：“什么什么，这哪儿跟哪儿啊，试探什么，警告又是怎么回事，怎么又扯上了梁大个儿，又关梁大个儿什么事？”

“是我的那两件东西惹的祸。”梁三不由得有些愧疚地低下头去，说道。

“对，就是那两件东西，只不过不是由你的那两件东西开始的。”朱笑东的声音提高了一些，“梁三哥的那两件东西，小卫说了，是他派人来没收的！小卫还说，就算梁三哥你是要做好事，以后也得注意一点，不要动不动就拿那些东西出来四处晃荡，会害了你自己以及那一次所有的参与者的！”

“什么？梁三哥的东西是小卫没收的……”虽然杨薇、胖子也算得上是枪林弹雨里摸爬滚打出来的，但是一听到这话，还是像踩中了地雷一般，吃惊得张着嘴巴，半晌没能合拢。

“中午梁三哥出事，我们把梁三哥从医院接回来，不到一小时，小卫就追到京荟典当铺，你们认为事情真的这么简单！我估计是有其他方面的人盯上梁三哥，恰好小卫也知道了，但是又不能亲自出面，才让人抢先把证据拿走，懂了吗？再说，大家都还记得，梁三哥住院，却一早有人帮忙付了医药费这事吧，现在你们该明白小卫要试探我什么，要警告我什么了吧！只是我当时以为，小卫真的就只是要我帮忙找块好点的翡翠而已！”朱笑东有点失落地说道。

胖子、杨薇和梁三顿时都说不出话来，屋子里一片寂静。

过了好久，梁三才叹息了一声，说道：“我就知道，那些东西带来的，绝对不会是福，反而是祸。哎，能不能想个办法，我们一起把它出手，拿在手里是祸不是福，早晚都会出事的。”

“事到如今，我哪里有什么好办法！这事儿反正小卫也知道了，没想到好的办法之前，暂时还是拿在手里吧，不过千万要注意！别再生出什么岔子来。”

胖子和梁三只得老老实实地点点头。

“还有，小卫警告过我们，这次去探查梁奇宝的事，我们绝对不能起半点贪心，任何东西都不能去碰。胖子，我特别提醒你，你去不去没关系，但是你再要动上半点私心杂念，从此以后，我们兄弟都没得做了。”朱笑东威胁道。

胖子嬉皮笑脸地答应了一声，说保证这一次真的只是去玩，只去经历，只去发现，绝对不会去动半点东西，更不会据为己有，一转头，却又嘟囔着低声说：“每一次出去，花费都是自己的，又没人搞个赞助，又不准去碰值钱的玩意儿，老这样下去，就算是有座金山用不了多久也会搞光的。”

“你说什么？”朱笑东喝道。

“没，没什么……”胖子赶紧嬉皮笑脸地转移话题，“我是在想，梁大个儿说，那几件宝贝他可能有点发现！”

朱笑东一怔：“发现？什么发现？”

第三章
消失的胡族

梁三诺诺半晌，不敢确定地说道：“我们这一支人，据说大约是在魏晋南北朝时期从少数部族改姓发展而来。传闻说，我们有个族徽，但是这个族徽早在很多年前就已经丢失了，到现在没人知道那个族徽到底什么样儿，不过我看了那两张纸以及那些东西，就觉着，会不会就是那个失传的族徽！”

朱笑东一听梁三这么说，眼前顿时一亮，隐隐觉得这困扰了自己半个多月之久的“七宝”似乎马上就要水落石出了。一想到这个，朱笑东禁不住又兴奋起来。

这可是最近唯一的一个好消息！

杨薇却忍不住问道：“族徽这么重要的东西，怎么就给弄丢了呢?”

“这个我也不知道，大约与朝代更替有关吧，几千年里，大大小小的战争毁去了多少东西，没人说的清楚。”朱笑东说道。

梁三点点头：“的确如此，一个小小的家族，相对于一场国家之间的战争，实在不值一提。何况，历史上长达几年、几十年的战争又不是一次两次，再加上天灾人祸，要湮灭一两样东西，确实比弹指一挥还要来得容易。”

朱笑东站了起来，明天就要走了，与其坐在这里磨嘴皮子，不如趁现在还没有困意，把那些东西拿出来再看看，会不会有什么新的发现。

那几样东西就放在杨薇的房里，两分钟不到，朱笑东就拿了出来，然后一股脑儿放在胖子找来的桌子上。

杨薇手脚轻快，早已找来四个凳子放在桌子边，几个人一起围到桌子边，准备大开一场诸葛会。

朱笑东问梁三：“你对已经失传的族徽有没有什么印象，比如说，传说里族徽的形状，有什么含义，或者象征什么之类的?”

梁三想了许久，才说道：“这些东西，本来我二叔知道得最多，可惜……”

此时梁三的二叔早已埋葬在新月古墓之中，只是如此一来，这梁奇宝的事又陷入了困境。这几件东西虽然形象奇特，梁三又说可能与他们那一支人的族徽有关，但是也仅仅只能说是“有关”而已，会关联到什么程度，连朱笑东都没法子确认。

杨薇拿着那两张差点就要把边磨到发毛的纸张，毫无意义地翻来覆去看了一阵，胖子瞧了会儿，两只眼睛渐渐有些发酸了。

现在时间本来还不算晚，才晚上九点多，方天然外出应酬尚未回来，只是胖子今天一个下午都在忙进忙出，大包小包地准备也是累了，加上前一个晚上又没睡好，现在困意上来也就不奇怪了，王晓娟可是早就睡去了多时!

梁三这一段时间也因为几十个孩子的事情奔波不已，可以说是身心疲累，到了现在，资金上有了着落，总算是一块石头落了地，顿时人也懈怠起来，忍不住打了个哈欠。

想了一阵，还是想不出个头绪来，朱笑东看着胖子和梁三两人都昏昏欲睡，便说道：“算了，估计我们又进入了一个死角，还是暂时先把这事放一放，大家都先去休息吧，明天一早还要赶路!”

胖子“哦”了一声，站起来就要上楼去，没想到昏头昏脑地居然走错了方向，绕过桌子，还把杨薇撞了一下。

杨薇正恍然出神，不知不觉被胖子撞了一下，手里的两张纸片顿时飘落下桌子。

两张纸片飘落，其中一张在空中翻了个面，背面朝上，然后掉到地上，却又无巧不巧地覆盖在先落地的那一张上面，如此一来，两张纸变成了一正一反，相互贴合。

胖子打了个哈欠，看也不看杨薇，自顾自地又掉过头来，找对方向上楼。

就在这一刻，朱笑东脑袋里突然灵光一闪，居然忍不住一拍桌子，叫道：“我明白了，原来是这样……”

本来就要上楼的胖子被朱笑东吓了一跳，睡意顿时去了一半，回过头来，问道：“东哥，什么样啊?”

本来要弯腰去捡那两张纸的杨薇也是吓了一跳，直起身子，呆呆地看着朱笑东半晌才问道：“笑东，怎么回事?”

梁三盯着朱笑东，问道：“怎么回事?”

朱笑东眼里露出少有的兴奋，说道：“我明白了，安禄山是胡人对吧，也就是我们现在所说的少数民族，梁三哥说他们这支人也是少数民族改姓而来的，这么说，在当时，梁奇宝也应该就是改姓而来的少数民族。”

胖子拍着嘴巴打哈欠，呜呜说道：“这不梁大个儿早就说过的吗，没新意!”

杨薇看着朱笑东，半晌才说道：“笑东，你是说，梁奇宝就算是改姓，但是由于改姓的时间不长，应该还保留着他们那个民族特有的习性?”

“对，我就是这个意思!”朱笑东兴奋地说道，“这是我们以前一直都忽略过了的地方，我们一直都在以当时汉人的思维方式来解决这个谜题，却忽略了梁奇宝应该还保留着改姓前的生活习惯以及信仰，这才让我们无数次走进死胡同!”

胖子拍了拍脑袋，茫然问道：“可是我们哪里去知道，梁奇宝当时保留的是什么样的少数民族的风俗习惯啊。”

朱笑东“呵呵”一笑：“这个就不用你操心了，上电脑查查那个时代有哪些民族存在，不就解决了。”

朱笑东这么一说，杨薇哪里还能忍得住，弯腰捡起地上的纸张，往桌子上一放，然后起身去找电脑。

胖子一见有了些头绪，睡意立刻消去了一大半，又坐回凳子上静等杨薇回来。

梁三也撑住要打架的眼皮，毕竟这事关系到他们家族的一段秘密。

无意之中，朱笑东一眼扫过杨薇随手放在桌子上的那两张纸，一怔之下，又伸手拿了过来，举到眼前，对着灯光细看了起来。

这两张纸都是半透明的那种，上面是胖子以前想办法拓印下来的，因为王晓娟偶尔发现把两张纸重叠起来就能看到上面的“地图”，所以大家在这张“地图”上倾注了不少的精力，只是一直都没找到与之吻合的地形。

但是，从来没人想到一正一反地把两张纸叠起来看看，要不是先前胖子无意中撞了杨薇一下，致使两张纸在巧合之下正反重合，他也想不到要这样试试。

这一试，居然让朱笑东看出了一些端倪，这一正一反叠在一起，再慢慢地横向移动纸张，到了一定程度，上面居然出现了玉如意、手镯、戒指、酒壶、玉牌、发簪等几样朱笑东手上的东西。

而且，几乎就是实物的原比例素描图。

朱笑东一看之下，竟然忍不住哈哈大笑起来！

找到了！至少李嵘的戒指里那块随手涂鸦的帛书上的秘密算是被揭开了，这确实是一幅图画，只不过被梁奇宝巧妙地分成了两个部分，要不是一正一反地叠合，根本就没法发现这个秘密。

梁奇宝把这一张图纸拆分成两个部分，分别放在戒指和酒壶上的微雕里，这两个部分缺一不可不说，尤其是酒壶上的那个微雕，不要说发现难，就算是发现了，还要结合戒指里那块帛书上的比例临摹下来才能对上，那就更难了。

这要放到古代社会里，几乎可以说是不可能做到的事情，然而对现代的科技来说确是小菜一碟。

梁奇宝将图形拆开，设计上正反面，再把一部分藏进戒指，一部分微雕在酒壶上，这机巧的心思，实在让人不能不叹服。

胖子睡意全消，竖起大拇指，对朱笑东说道："东哥就是东哥，这么深奥的问题，在你手里，三下五除二，四下五除一，立马就给摆平了，顷刻之间便有了重大发现，胖子我是大大地服气了。"

朱笑东笑了笑："胖子，拍马屁的话就少说了，问你一句，李嵘那边，是不是现在就应该给他一个交代了，免得他老人家牵肠挂肚的。"

胖子乐呵呵地笑道："要不，我们回陶都再亲自去跟他说？呵呵，你不知道吧，上次我在他那里可学到了不少东西，尤其是李老一手独门的红焖鸡，那叫一个香啊。嘿嘿，你说要亲自跟他详谈，他会拿什么来招待我们！"

"吃！你就知道吃！"朱笑东笑着，却没好气地呵斥胖子，"你就是一个吃货！”

胖子摸着滚圆的肚皮，嘻嘻笑道：“是啊，我就是一吃货，我是吃货我光荣！”

杨薇抱着笔记本电脑回来，恰好听见胖子说这句话，忍不住在一旁笑着说道：“胖子，你光肉还差不多，光荣哪有你的份！”

胖子呵呵笑了一阵，也不反驳杨薇，掏出手机，翻出李嵘的电话号码直接就拨了过去。他答应过李嵘，一旦戒指的秘密解开，要第一时间通知李嵘，到目前为止，李嵘戒指的秘密算是解开了。

胖子得意至极，把电话开了免提，让几个人都听得见。

电话接通，是李嵘的孙女李慧接的电话，声音柔柔的，问是谁。

胖子见不是李嵘亲自接的电话，顿时有点懊丧，李慧知道这事，再去跟她爷爷说，哪有自己亲口告诉李嵘来得“高大上”！

不过，既然电话打通，不说这事是不可能的，所以胖子稍一犹豫，还是说道：“小妹妹，是我，胖子……”

杨薇在一旁“噗”的一声笑了出来，胖子这一声“小妹妹”，叫得要多暧昧就有多暧昧，幸好王晓娟睡了多时了，要不然凭着这一声“小妹妹”，胖子不鬼哭狼嚎上好一阵才怪。

“是这样的，李老那戒指里的秘密，我们经过极为艰苦的探索，经历了千辛万苦，终于有了重大的发现，我现在打这个电话过来，就是想向李老报告这个重要的成果……”

胖子这家伙一辈子都这样，最喜欢把一说成是一百，把芝麻大的事情硬生生夸大到比西瓜还大，不就是把两张纸正反面叠起来，看到上面几样东西的素描画吗，这能重大到哪里去，还千辛万苦，吃得多了吧！

李慧那边却半点兴奋的态度也没有，只是淡淡地“哦”了一声。

本来胖子兴奋不已，被李慧这盆冷水一浇，顿时没了什么兴致，差点就不愿再说下去："李老戒指里的那张帛书上的图画，结合另外一张图，我们发现，是另外几样东西的素描画，这另外几样也是李老已经见到过的，也就是说，李老的戒指里的秘密，就是这样了！"

李慧依旧淡淡地"哦"了一声，又过了片刻，才说道："好，待会儿我就去告诉他这事，还有其他的事吗？"

这语气，分明就是不愿意再与胖子多说一句话！

如此一来，胖子闹了个大大的没趣，只得讪讪地说了句再没有其他的事了，然后灰头土脸地挂了电话。

杨薇一边查资料，一边笑道："胖子，看来这一次李老绝不仅要请你去吃红焖鸡了，你立下了这么大的汗马功劳，该请你去吃满汉全席才对！"

胖子很憋气地看了杨薇一眼，只是没过片刻，又笑容满面地说道："这李老头子发了神经，下次见到他，非好好地讹他一顿大餐不可。"

朱笑东懒得去理胖子，把注意力完全集中在电脑上，杨薇在电脑上输入的标题是"历史上的少数民族"，然后搜索，不到片刻，就出来数千条之多。

朱笑东粗略地看了几条，不由得抽了一口凉气，这些结果五花八门、应有尽有，不过总的来说，现在的少数民族差不多都是由原来的五个部分演化而来，即东胡、突厥、通古斯、羌藏以及匈奴，不过，这五个部分的主体大多已经演化或者分化成为其他民族，那些被同化的民族有的已经在历史上消失了，有的分支与其他民族融合后形成了一个新的民族，或者由于历史上的种种原因迁移流动，甚至还有的出了国门。

而梁三家族的这种情况，估计是追溯不出在形成过程中占重要地位的主体族源了，或许他们一开始就是几个原始部族的混合体，又由于梁三说他们是改姓过来的，这要在电脑上追查他们的源头，难度就不是一般地大了。

朱笑东一目十行地看了几十条信息，觉得有用的东西并不多，这样查下去反而没多大帮助，搞不好还会把自己再次带进岔道，绕弯子走路。

胖子在一旁不怀好意地说道："我看这事就怪梁大个儿，你说你什么东西不知道不好，非要不知道你们家里的事，你看你这梁奇宝的后裔当的！"

梁三红着脸，半晌才说道："这可怪不得我，娘老子家里穷，挣口吃食都难，哪有精力跟我说那些，情况稍微好上一点，老爹老妈又走得早，就算我想知道，谁跟我说啊！我是梁奇宝的后代这事，都还是二叔告诉我的。"

梁三这么一说，朱笑东赶紧对胖子喝道："什么话到你嘴里都变了味儿，我问你，你知道这朱家的来源和根底吗？"

胖子"嘿嘿"一笑："现在的年轻人，谁还会去注意那些啊……我就知道我老子叫朱长青，我妈叫王桂花，我爷爷叫……"

朱笑东毫不客气地说道："你这朱家的子孙当的！"

"得，东哥这一说，我又成了朱家的不肖子孙了，成，既然也没有重大发现了，我这不肖子孙也该去睡觉了。免得明早起来晚了一分钟，又该让朱家子孙编排……"胖子说着，伸了个懒腰，起身离开桌子，回房去睡了。

朱笑东看了看梁三，让他先去睡，自己和杨薇要等方天然回来，暂时还不能去睡。

梁三点了点头，但是并没有立刻就要去睡的意思，而是拿着那两张纸，指着上面一处地方说道："小朱老板，我觉得这里好像有点奇怪……"

梁三指的地方是发簪的位置，朱笑东仔细看过去，略一比较，顿时大吃了一惊，的确，图上的那只发簪很怪异。

先前朱笑东发现，这两张纸上画的是手里那几件东西的素描图，尤其是大件，比如，玉如意、手镯等，这些大件的东西都描绘得十分精准，根本就用不着一一对照，当时胖子又在一边打岔，戒指、酒壶等这些小件儿朱笑东也就忽略过去了。现在细看，又把发簪拿出来对比，实物和图纸上的差异就明显地凸显出来了。

说是怪异，那是因为画面上的那支发簪跟实物相比，有不小的区别，簪子的头部这端没什么差别，但是到了簪身就有了变化，实物是很普通的、直直的造型，但是画上的簪子微微有些弯曲，不但弯曲，还有些扭曲，就像是把这根玉石发簪活生生给拧了一转，看起来十分怪异。

最对不上号的地方是发簪的尾部，图纸上发簪的尾部很是奇特地弯曲成一个钩状，虽然这个钩的弧度并不大，但是同实物相比天差地别。

图纸上发簪的末端居然还带有一颗齿，或许，说是“齿”也不太准确，就是一个凸出来的小点，很小的一个点。

杨薇说：“会不会是胖子在拓印的时候没注意，让那个地方多了一点墨迹，或者是什么其他原因造成的，比如说，梁奇宝把图画分成两部分的时候，因为是手工绘制，就出了差错。”

朱笑东皱着眉头，很是肯定地说道：“应该不会出现那样的情况。你看这画上的位置，除了这根发簪，其余的东西都可以用精准来形容，我看，可能是我们漏掉了些什么！”

杨薇摇了摇头：“这画上就是七件东西，这说明，梁奇宝的‘七宝’基本上可以认定就是这几样东西了，会不会是这发簪也有戒指上那样巧妙的机关，笑东你没发现。”

“你是说这发簪可以变形？不对啊，这发簪我检查过了很多遍了，没发现有什么特异的机关啊！这是玉石的，又不是金属，怎么可能会变形呢？”

梁三在一边插嘴问道：“会不会你手上的发簪并不是梁奇宝的东西，只是像而已？”

朱笑东摇了摇头，“这东西我是不会认错的，可以肯定地说，不会错！”

杨薇叹了口气：“难道说，我们又一次进入了死胡同，或者走上了一条岔道？”

朱笑东不语，这是很显然的事情，可是他搜肠刮肚、绞尽脑汁也想不出来到底在什么地方又开始出错了。

这时，一阵笑声从门外传来，是方天然回来。

杨薇低头看了一下时间，都晚上十一点了，方天然怎么才回来！

打开门，一脸红光的方天然身后居然还有两个客人，一个瘦瘦的、二十多岁的年轻人，戴着啤酒瓶子底一般厚实的近视眼镜，显得有些腼腆，很书生气的那种。

另一个是老头子，五十岁开外，头发、胡子都有些花白，但是精神矍铄，两只眼睛时不时露出一抹精光，一看就是一个搞学问的老学究。

两个人都是西装革履，看样子不是一般普通做学问的。

果然，方天然笑着向朱笑东等人介绍，老头子是黄诚教授，研究古文物的，年轻人叫钟俊然，黄诚的得意门生，现在给黄诚当助理。

一阵寒暄之后，众人在沙发上落座。黄诚开门见山地说：“这次听说你们要到某地去实地勘察一座古迹，有个叫卫什么的给我发了一张请柬，邀请我一同参与。”

还能有卫什么！小卫，卫南疆呗，朱笑东苦笑着心说，小卫肯定还是不放心自己这一帮人，特意邀请黄诚出面，不过，有黄诚这教授出面，倒是给自己减去了不少的麻烦。

不过，朱笑东想不出来老丈人方天然跟这黄诚有什么关系，在态度上那么亲热。

朱笑东笑了笑，自然只能对黄诚他们表示欢迎。

黄诚大大咧咧地说道："小朱你放心，我知道你们的兴趣只是去经历、发现，到了地儿，你就去经历你们的，我们就搞我们的，大家各行其是、互不干扰，呵呵……"

看黄诚说的，好像这一次出去根本就是旅游一般！

过了片刻，黄诚又问朱笑东："就现在来说，有一个重大的发现还是比较难的，现在搞这门学问的人多如牛毛，不知道小朱打算什么时候出发，还有，出发前还需要准备什么？"

一听黄诚这口气，估计是怕时间拖得太长，能早点出发肯定会少很多麻烦。

不过还好，朱笑东早就已经决定了，明天一早就和梁三一起出发。

黄诚呵呵笑了一阵，才对方天然笑道："现在的年轻人行事拖拖拉拉，早已经成了时弊，想不到你的女婿还保持着果断的性格，这一点，我很欣赏！"

黄诚身份特殊，有点儿高高在上的意思，但是掩饰得很好。

方天然笑着客气了两句，又转头问朱笑东："真的明天一早就走？"

言语里很是有些不舍的意思，朱笑东这次到京城来，原本还说要多留些日子，这前前后后也就不过两天时间，在一起仅仅吃了几顿饭，当真是聚少离多！

朱笑东叹了口气，摇了摇头。

方天然很想要杨薇能留下来陪他几天，杨薇却是两头为难，许久，她才说道："因为笑东答应过要给人家一个交代的，就这一次让我陪在笑东身边，等把这次事情了结好了，我就永远留在老爸身边，侍奉老爸，绝对不再出去游山玩水，不务正业了！"说得方天然又是心痛又是好笑，见女儿搬出了诚信二字，也只好放手了。

又耽误了近两小时，转眼便到了凌晨，朱笑东实在有些支撑不住了，这才回到房里休息。

第二天一早，朱笑东醒来，杨薇、胖子等人早已经忙了好一阵了，等他洗漱完毕到了客厅，众人基本上就已经把装备之类的东西安排完毕了。

方天然也起了个大早，安排厨师做了一顿丰盛的早餐，跟大家一块儿吃了，算是为大家这一次出门饯行。

吃过早餐，杨薇等人依依不舍地跟方天然、王晓娟道了别，这才上车出发。

一上车，朱笑东才发现黄诚这家伙居然带了他的得意弟子钟俊然抢了最宽敞舒服的后座。而且，两个人还把空出来的地方都塞满了他们的东西。

尤其是黄诚，从那一堆东西里面探出头来，还露出了个"可爱"的笑容，说道："对不起啊小朱，知道你们有车，我就正好搭个便车了。"

朱笑东无语，原本自己这边五六个人准备两部车，还想着黄诚他们师徒两个会自己有车的，没想到这两个家伙根本就不客气，直接就占了一部车，看样子，还得为他们配备一个专门的车夫！

如此一来，朱笑东不得不再加上一部，好在上次买来的几部越野悍马车还有三部，倒刚好！

一路上走走停停，越走越荒凉，两天之后，终于到了梁三的老家，一个贫穷落后、大山深处的小镇。

胖子在镇里下车，看了一下，忍不住叹息了一声，这个镇比他去过的很多地方还要差，说是镇，基本上就跟南方大一点的村子差不多，十分钟不到就能逛完整个镇里所有的街道。

趁着朱笑东和高原等人去找地方寄存车子的当儿，杨薇找了一家文具用品店，买了几大箱书本、铅笔什么的。

黄诚和钟俊然两个人听说杨薇是买去送给孩子们的，硬是磨唧了半天，才掏了一百元递给杨薇，要她帮忙置办一点书籍之类的，算是一份心意。

杨薇才一犹豫，黄诚手上那一百元就被胖子拿走了。胖子嬉皮笑脸地说：“这是没收。”

这里离梁三的老家还有四十里山路，这么多东西，胖子一个人也背不过来。

黄诚两个压根儿没有出钱请人的意思，不出钱怎么办，不还得靠胖子他们来出钱解决，这一百元，再少也是钱啊！

梁三轻车熟路，不一会儿就请来十四个人，说好把这些东西送到地儿，一个人两百元。十四个人当中，倒有八个人是帮黄诚和钟俊然背东西的，其余四个是帮助杨薇运送那些孩子们的用品的，真正帮助朱笑东等人的，不过就是两个人，而且背的大多数还是众人这一路上需要消耗的食物和水。

对于黄诚跟钟俊然的加入，胖子打心里就有一块疙瘩，要不是朱笑东暗地里讲明了这两个人的身份来历以及作用，胖子绝对不会去理他们。

这里的山太大，又险要，山路上过往的人，每个都背着一个竹篾背篓，大大的，一个背篓里装什么都能装上好几十上百斤。

见杨薇好奇不已，梁三解释说，这种背篓叫“花篮背篓”，当地人专用的运输工具，因为陡峭的山路比比皆是，不像平地上可以用扁担挑着走。

“这得有多陡峭啊!”杨薇忍不住问道。

梁三笑着说：“我敢保证，你要是走过一回，绝对不想再走第二次了!”

胖子笑了笑说道：“别吓唬我，什么样的路胖子我没走过，你可得记住，我们是从枪林弹雨里摸爬滚打出来的，革命的道路再艰难，都是我们走出来的。”

梁三笑了笑，不再说话。

这时候，朱笑东、高原、萧劲三个人寄存好车子，回来一看，都忍不住笑了起来。

一长溜儿的花篮背篓，就像一朵朵怪异的蘑菇，偏偏里面又装满了东西，让人忍不住担心会不会一不小心就连人带背篓来个倒栽。

梁三笑了笑：“这些人最是有走山路的经验，知道吗，他们当中，有的人曾经用这背篓一次背三百多斤煤炭，走了四十多里的路。”

萧劲惊呼了一声：“我的天哪，那岂不是赶上了特种部队的训练!”

队伍出发，出了镇子不远就开始上山，此时，大山上野草枯黄，一片萧索，不少灌木都染上了一层厚厚的秋霜，树叶红得像火，夹杂在枯黄的野草之间，已经有种初冬的味道了。

一开始，杨薇、萧劲、胖子等人看着这种纯天然的环境，那心情好得像要飞起来似的，拿着水壶蹿前跑后，一会儿问问这个要不要喝水，一会儿问问那个要不要吃点东西。

很快，就下了第一道山梁，到了山谷里面，山谷里有条小溪，上面架着窄窄的小木桥，过了木桥，一道陡峭得差点接近六十度的石头梯子直直从山脚蜿蜒上去。

这个时候，杨薇等人才认识到什么叫“山路”!

背着背篓的人爬在这石头梯子上，鼻尖差不多都能碰到石头梯子，而杨薇等人几乎就是手脚并用，饶是身上的重量比背背篓的人少了将近一半，还是忍不住叫起苦来。

尤其是胖子这位从枪林弹雨里摸爬滚打出来的，爬这梯子不到一小时，就喘着大气，向天哀叹：“下一次，我一定要减好肥，再到这里来……那个，梁大个儿……这样的路，还有多远?”

梁三早已爬得高高的，回过头来，笑着说道：“早着呢，要到我家里，这样的路一共有十七处，这一段路是最短的一段。”

“东哥……”胖子闻言，号啕大叫起来，“我头晕脚软，快来扶住我，要不然你们就到下面河里去寻人……”

朱笑东在胖子头顶上喘着粗气，没好气地说道：“省省吧胖子，少说话，多留点力气爬梯子!”

背背篓的队伍里有几位妇女，听见胖子大叫，忍不住笑了起来，一个说：“这城里人，才走这么几步居然就嚎开了，男子汉大老爷们的，怎么比我们都不如。”

另一个笑了一阵说：“你没看见啊，人家那肚子大的，连脚下的路都看不见了，还能走这道儿。”

还有一个沙哑着声音的妇女，也是笑了一阵，低声说道：“这家伙这么肥，不知道他媳妇儿……”声音越说越低，到后面就听不见了，不过，估计后面的话多半不是什么好话，以至于几个妇女突然间爆发一阵哄笑，其间还夹着几个男人有些暧昧的笑声。

胖子恼怒，自己是胖了，那又怎么样，你们不就是比自己多背了些东西，比自己走得快一点儿，有什么了不起。

胖子一发狠，头也不晕了，脚也不软了，腰板儿也有力气了，奋起直追，硬是一个冲刺，直接钻到那几位妇女堆里，要去跟她们比上一比。

要说走山路，朱笑东、杨薇、胖子、高原、萧劲五个人都还马马虎虎、勉勉强强跟得上队伍，黄诚跟钟俊然就不怎么样了。还没走到半山腰，黄诚就嚷着说："不行了，不行了，我再走下去，就看不见了，弄不好真的就会滚到山沟里面去，这太危险了，我们休息一下再走。"

背着东西走路，最怕的就是停歇下来不走，你再慢，就算是一步一步往上挪都好，一旦坐下来，或者躺下来，就根本不愿意再起来了。

可是黄诚顾不得这些，在石梯旁边找了处勉强能站稳的地方，喘着粗气，断断续续地叫道："蜀道难，难于上青天，这比那蜀道还要难之百倍啊！想不到，到现在还有这样艰难的地方！"

钟俊然的脑袋几乎就顶在黄诚的脚跟上，摸了一把汗水，也叹道："这根本就是天梯，我们在上天啊！老师，那个姓梁的说还有十几处，我们要不要退出？"

"退出？"黄诚一愣，"小钟，这么快你就想要打退堂鼓了……你知不知道你说这话什么性质！你这是好逸恶劳，说重了就是贪生怕死，你是我的得意门生，你怎么能说这样的话来，这要是传了出去，别人会怎么看你？你把你的前程又置于什么位置……"

钟俊然呼呼地吐了两口气，才说道："对不起老师，是我错了，不过我这么说是担心你的身体……"

"算了，不用说了。"黄诚叹了口气，"好好地喘上几口气，赶紧跟上吧，要不然就会掉队。"

胖子钻进几个妇女的队伍中间，大大咧咧地说道："刚才，是哪位大嫂谈论俺的身材，还有俺家里那口子，说得挺幽默的，很好笑，再说一遍，让我也笑笑……”

胖子不说还好，这一说，几个妇女都住了口，随口说说而已，再说，帮着背东西的钱多半还得在这胖乎乎的人手里拿呢，悄悄说笑一下没关系，可不能真把他给得罪了！

胖子等了半天，也没听见有人说话，吭哧吭哧地喘了几口气，又鼓励几位妇女说：“我这人最怕的就是一路上死气沉沉的，说吧，要有能说出来好笑一点的，能把气氛搞得热烈一点，我有奖励！”

四十多里山路，二十多个人，一直走到傍晚时分才到达梁三他们的村子。梁三的家是两间土坯房子，说是在村子里，倒不如说就是有四五户人家的一个院落，每户人家都差不多相隔着几十米远，跟普通人想象中那种数户人家朝夕相处的院落实在是天差地别。

见这么大一队人到来，村子里涌出来不少的老老少少，都很是好奇地围了过来，只是奇怪的是，五六十岁的老人和几岁的孩子居多，年轻人基本上没有。

不过，朱笑东等人想想也就释然了，年轻人自然是不甘于平庸的生活，让这些老人和孩子们留守在家，他们却结伙邀伴外出务工去了。

十四个背背篓的人都差点累坏了，胖子、黄诚、钟俊然就更不用说了，直接瘫倒在梁三家门前的地上，差一点没号叫起来，事实上，他们也累得叫不出声来了。

朱笑东等人卸下背包以及背篓里的东西，老人们见一下子来了这么多人，还带这么多东西，便主动上前卸东西，端茶送水。

梁三苦笑着对朱笑东等人说，没法子，到现在都还没娶上老婆，家里够乱的。

其中一个七八岁的男孩子很是好奇地看着那些东西，不时还去摸上一摸，不过黄诚对那些箱子、袋子看管得特别严，一有孩子靠近，两人就赶紧告诫。

杨薇却是很喜欢那些小孩子，那些孩子也很快缠上了她。

那个七八岁的男孩子眨巴着一双黑溜溜的眼睛问杨薇：“阿姨，你跟我们秋老师一样，好漂亮啊！”

杨薇笑了起来，现在的小孩子！不过这小孩子提起了他们的秋老师，杨薇顺口说道：“你们秋老师可比阿姨要漂亮多了。对了，小弟弟，你叫什么名字？你们秋老师住在哪儿？”

小男孩子歪着脑袋，说他叫梁润，指着山的另一边，说道：“离这里好远的，起码要走一个多钟头，可惜今天是星期天，要不然，我就可以带阿姨去看我们秋老师了。”

杨薇点点头，问胖子要了一些零食，给梁润和其他几个小孩一一分了，几个稍微小一点的孩子开心的跳了起来，有个四五岁的小女孩还特地为杨薇唱了一首歌，说是秋老师来家里的时候教的，小女孩稚嫩的歌声里掩不住那份可爱的童真。

几个小孩和杨薇一起打着拍子，跟小女孩哼唱起来。

见杨薇跟小孩子们打得火热，胖子也要凑热闹，不过，胖子除了大把地给这些小孩零食之外，也没有其他的招了。

最后一抹晚霞消失在山的那一边之后，梁三家院坝上生起了一堆篝火。

因为地方少，屋里用来招呼几个女的地方已经够挤了，老爷们儿只能打地铺，胖子倒不在意，正好可以弄个烧烤，露一手。

为大家服务当然只是他的借口，今天爬天梯似的走了一天，自己走掉了几斤肉，得趁这当儿补回来。

食材是几户老乡家里养的鸡和小猪。

本来，老乡家里这些家养的家禽牲畜都是留着过年过节或者儿孙后辈们回来的时候才用的，但是没人能抵挡得住胖子的金钱攻势。

胖子付了钱，便邀请大家一块儿去吃烧烤，本来不好意思去吃的人抵挡不住胖子烧烤的那股香味，于是整个村子五家人，干脆就一起参加了胖子的这个烧烤晚会。

因为人多，所有的活儿几乎都是大家在帮忙，杀鸡的杀鸡，杀猪的杀猪，连上架烧烤都有人专门帮忙翻动，而胖子就专门负责为几个烧烤架子上的食材添加佐料，整个儿一条龙的生产！

黄诚跟钟俊然两个人一开始还不敢去吃那些让人垂涎的烧烤，太贵了！

偏偏胖子又跟黄诚开玩笑说，这是真正的无害土鸡、土猪，绝对天然的绿色食品，一只烤好的鸡，成本加手工怎么说也得要五百元吧，烤猪就不用说了，成本都一千多两千元呢。还说的一本正经，吓得黄诚更不敢下手了。

好在朱笑东见胖子吓唬黄诚师徒两人，大大呵斥了他一顿，又拍着胸脯保证，不会要黄诚他们一分钱，连生活费都不用，还管够！

如此一来，黄诚师徒两个顿时放开了手脚，风卷残云一般吃了起来，而且一吃就停不下来，两个人居然吃了三只鸡，虽然不断地打着饱嗝，但是手上还拿了一块猪排，要不是胖子把食材准备得极为充足，估计这两个家伙就能吃掉四五个人的份额。

村子里的老人、孩子从来没吃过这么好吃的美味，简直连舌头都要吞下去了。

就算是镇上那十几个来背东西的都吃得肚子滚圆，再也吃不下去，这才罢手。

胖子一边剔着牙齿，一边嬉笑地对朱笑东说道："东哥，怎么样，还满意吧！"

朱笑东笑了笑不答，这家伙找他说话，多半又是金钱上的问题。

果然，胖子接着说："这一顿啊！七七八八也就两万多元，这钱东哥肯定不好意思要我拿出来的，对不对！”

“有什么不好意思的！”杨薇在一旁故意说道，“两万多元不是钱啊，你当我们的钱是捡来的！”

“完了！”胖子叹了口气，说道，“东哥，你跟我一样，也摊上了一个要钱不要朋友的主儿！完了，这辈子完了。”

朱笑东懒得理睬胖子，这家伙，买食材用的现金还不是自己贴上去的，自己出不出有什么区别！胖子这家伙就是得了便宜还卖乖。

烧烤晚会结束，几个女的跟着到几家人里去投宿，几个男的将就着到梁三家的两间土坯房里歇着。朱笑东、胖子等人就只好在梁三家的院坝里支起帐篷，反正又不是第一次在野外露宿，也算是习惯了。

一夜无话，第二天一早，那十几个送货的结伴走了，孩子们也早就去上学了，村子里的鸡、猪，昨天晚上被胖子干掉了一大半，顿时清净了许多。

黄诚忙着把他的那些仪器拿出来，又是测量，又是绘图什么的，连朱笑东都看得有些糊涂了，不是说这师徒俩是来搞考古的吗，怎么搞起科考这一套来了。不过黄诚也不解释，反正早先就说过了，到了这里大家就各忙各的，互不干扰，各行其是！

胖子心急，还想要趁早跟梁三去看看那个无字碑，朱笑东跟杨薇两个人却说，既然来了，少不得要去看看秋可仪，胖子无奈，只得跟着梁三、朱笑东等人一道先去看秋可仪。

第四章
梁家的祖坟

秋可仪就住在邻村，有一个多小时的路程。

再见到秋可仪的时候，是在一栋木头房子面前，很小的一个院坝里挤满了孩子，此时正是孩子们课间活动的时间。

院子虽小，但是还算优雅，九柱三间的正屋，两边是厢房，院子里的角落边上还有一口条石镶起来的水井，水井很深，蓝幽幽的能照得见人影。旁边是一株不小的桂花树，有一个人合抱起来那么粗，可惜现在花季已过，实在难寻半点“芙蓉泣露坡头见，桂子飘香月下闻”的意境。

梁润一见到朱笑东跟胖子等人，格外亲热，胖子又准备拿出零食招呼那些小孩子，朱笑东踹了他一脚：“这是在学校，你想让这些孩子们受罚啊!”

胖子一想也是，那就留着吧，待会儿放学的时候再给也不迟。

见到朱笑东等人扛的扛，背的背，大包小包的，全是孩子们要用的东西，秋可仪默然无语，以前，自己为了那个治平差点害死了朱笑东跟胖子两个人，没想到现在见到他们，他们不但没有提及以前的事情，甚至连一点责怪的意思都没有，这让秋可仪无地自容。

杨薇发现秋可仪憔悴了许多，估计是为孩子们操心太多了。

杨薇拉着秋可仪已经显得有些粗糙的小手，笑着问秋可仪：“近来这一段时间，过得还好吧，还有，那个他呢，怎么没见着?”

秋可仪咬着嘴唇，过了许久，才淡淡地摇了摇头，她跟治平已经分手了，现在也算是看清了治平的嘴脸，早知道是这个结果，当初无论如何也不应该去陷害别人。

杨薇有些吃惊，秋可仪为那个治平做得可是够多的了，那家伙居然说分手就分手，这还算是一个男人吗!

秋可仪叹了口气，不说治平的事了，那是一道深得无法抚平的伤痕，还好，现在她找到了自己的位置，而且，还有梁三时不时地照顾着，秋可仪说，她已经很满足了。

胖子在一旁吸了口气：“难怪梁大个儿这家伙甘冒奇险……”

朱笑东暗地里踹了胖子一脚，就算梁三是为了秋可仪，胖子你说出来干什么！你一说出来，不是让秋可仪为梁三担心!

秋可仪指着远处一块砾石堆积的地方说：“那里原来是教孩子们读书的地方，只是山洪暴发的时候，连那一栋土砖房子都给冲塌了，梁三哥说想办法筹钱，不过怎么也没想到把你们给找来了，我替孩子们谢谢你们了。”

胖子一拍胸脯：“咱们是什么人啊！这事我们怎么能不帮着点。对了，梁大个儿那里有我们的联系方式，以后要有啥事，直接给哥几个打电话，别的事帮不了你什么，一点小钱哥几个还是能拿得出来的。”

梁三在一旁有些腼腆地拿出那张银行卡，要递给秋可仪：“秋老师，这里面是胖子他们捐的，有一百万元……”

胖子一听梁三提及自己捐了一百万元，整个人顿时不由自主地

“高大上”了起来，很是爽快地说道：“也不多，就是意思意思，先用着，回头我想办法再帮你凑点过来！”

秋可仪淡淡地摇了摇头，推开梁三的银行卡说道：“钱你就先拿着吧，三叔答应先把他的房子腾出来，借给孩子们。”

“别介！你先把钱拿着。”梁三有些发急，“我寻思着，孩子们起早摸黑过来上课也挺危险，我想，能不能想办法让孩子们住读，这样孩子们就不用上学、回家两头黑了！”

秋可仪望着梁三，过了半晌，才说道：“那样一来，孩子们的住宿和生活都要花上很多的钱，我怎么负担得过来。”

梁三“嘿嘿”一笑：“不怕，有我呢！”

胖子在一边“呵呵”笑着说道：“不错，梁大个儿其实是个很好的人，最关键的是，这家伙是块很好的当保姆的材料……”

朱笑东在胖子屁股上踹了一脚，低声说道：“一边儿去，就你多嘴。”

胖子不满地说道：“我一边儿去，那你呢。”

“我也要滚到一边去，没看见现在什么时候啊！非要留在这里当电灯泡。”说着，朱笑东拉着杨薇主动撤退。

在木头房子旁边的小路上，几个人等了很久，梁三才过来。

一见梁三，胖子忍不住上前一拍梁三的肩膀，笑道：“行啊，梁大个儿，都到什么地步了……”

朱笑东在一旁，差点又踹胖子一脚：“胖子，你的思想能不能纯洁一点儿，满脑子龌龊。对了，梁三哥，什么时候请我们喝喜酒？”

梁三笑了笑，不答，过了片刻才说道：“我三叔出去给人帮忙了，估计傍晚才会回来。怎么办？是先回去，还是先去看看那墓再说？”

“你三叔是谁？”胖子问道，只是这一问，胖子自己都忍不住笑出声来，梁三的三叔，就是梁三的三叔呗，还能是谁！

梁三却一本正经地说道：“我三叔就是我二叔的弟弟，他也是排行老三，比我长了一辈，我就叫他三叔了。”

杨薇和朱笑东等人乐了起来，这两个家伙，真是活宝一对！

偏偏梁三却依旧一本正经地说道：“我三叔没有正式的大名，长辈都叫他梁三！平辈的叫他老三哥，小辈们就叫他三叔！”

胖子嘻嘻笑道：“那要你们俩在一起，别人一叫‘梁三’，你们俩还不搞混了？”

“不会的，叫三叔的人一般都会加上一个‘老’字，叫我三叔‘老梁三’，而我，大多叫我‘小三子’。”梁三回答道。

“哈哈……”胖子抱着肚子狂笑了起来，“梁大个儿居然被人叫作‘小三子’，你说好笑不好笑。”

朱笑东不想跟胖子一样，去扯那些不着边际的东西，问梁三：“你的意思是说，三叔他老人家很有可能知道一些东西，对不对？”

梁三点点头，他们这一支人丁凋落，二叔梁国华和三叔老梁三对家族历史做过的研究最多，不过，三叔和二叔并不怎么合得来，所以，两个人基本上就是各研究各的，研究出来的成果也互不通报。

还有这样的事？胖子抓着脑袋，既然人丁凋落，兄弟间就应该和睦团结才是，怎么又会合不来呢？

既然老梁三不在家，先去看看那墓也好，毕竟什么事都不能光靠等。

梁三想了想，也不再多说，前头带路，直接奔向他们的祖坟山。

梁家的祖坟山也不远，两个多小时的山路，不过并不像昨天那么险要，反而是比较平坦的一段路。

所谓祖坟山，也并不是一座真正的山，而是在一圈小山头围了个出口朝南的半圆平台里，取面南背北之意，面积很大，十多亩地的一个平台，周围还有石头雕砌的围栏，地面上也铺着青石方砖。

估计梁三他们这支人在鼎盛时期也算是名门望族，有这样一块藏风聚气、风水不错的墓地不说，还把整个墓地搞得如此豪华。

不过眼下就难说了，杂草小树，一丛丛的从青石方砖缝隙里冒了出来，差不多都有半人高了，也没人来清理一下，石头栏杆更是残破，也倒塌不少，增添了几分凄凉荒芜的感觉。

看着坟地里的景象，不用梁三自己说，大家心里都明白，这是因为梁三他们这一支人丁凋零、门庭败落所致。

朱笑东随手扒开荒草堆，一个墓碑出现在面前，细看上面的碑文，是三十年前的一位梁姓老者的，没什么特别的介绍，只写了梁某公生辰周祭之类的，对朱笑东来说，没什么太大的用处。

越往后走，墓碑上的年代越久远，最久远的一座墓碑已经是康熙年间的了，然而奇怪的是，再后面还有四座墓，而且都没有墓碑！按照越往后面墓葬的年代越久的情况来推断，这几座墓应该是康熙年以前的，但是具体是哪个年代的，就算是梁三也说不出个一二三来。

只是到了这里，后面就剩下一座墓了，这座墓也就是梁三以前提到过无字碑的那一座墓。

在地形上来说，这座无字碑的墓主刚好葬在环绕墓地的小山脚下，站在墓前，往外朝南看出去，很有气势。

对于风水，鱼传道曾经简略地跟朱笑东这么说过：水流在土外，叫外气，外气横行成为界水，土内的生气自然止聚；又说，浅深得乘，风水自成，土为生气之母，有土才有气，气是水之母，有气才有水，所以藏在干涸燥热地方的气要浅，藏在平坦地带的气要深。

所谓“气乘生气也，气乘风则散，界水则止，聚之使不散，行之使有止，风水之法，得水为上，藏风次之”。

就梁三家的这块祖坟地而言，虽然有些气势，但始终因为山高缺水，而“山主人丁水主财”，意思就是择山可以令后世人丁兴旺，择水可以令财源滚滚。石为山之骨，水为山之血脉，仁者乐山，智者乐水，水是生命之源，山有了水才有了生命，没有水的山就仿佛没有灵魂，所以梁三家的这块祖坟之地，也就只是一块“次之”的“藏风”之地而已。

这座无字碑也就是一块稍加雕琢打磨过的青石，上面苔藓斑驳，因为年代久远，受雨雪风霜的侵蚀，已经现出很多深深的裂纹。

梁三很是无奈地对朱笑东说：“这无字碑的先人坟墓曾被人刨过!”

朱笑东一惊：“谁啊，谁这么大的胆子敢刨人祖坟，被人抓住还不得弄死他!”

“就是二叔!”梁三苦笑着说道，“其实，二叔跟三叔闹矛盾，也就是因为这事儿!”

朱笑东哑然，幸好胖子去看那些石栏了，要他在，多半要说上一句“连自家祖坟都敢刨，怪不得会死得那么惨!”

“其实……”梁三叹了口气，接着说道，“我们这支人，到了最近两代，就剩下二叔、三叔、我这么几家人了。二叔家里就只有一个儿子，那个堂弟又早年夭折，三叔家也就是一个妹妹，二叔认为这是祖上风水变坏，龙脉已死的缘故，本来是想要迁移祖坟，但是为这事，二叔、三叔大干了一架，二叔一怒之下就把这座无字碑的祖坟给刨了。”

原来是这样，先前梁三说他们这支人对梁奇宝的研究最杰出的，就是他二叔梁国华，朱笑东还以为肯定还有其他人，想不到，他们这一支人就剩下三个男人，整个儿就是三个人比赛，除了冠、亚军，就剩第三名了。

朱笑东吐了口气，本来还以为梁国华只是贪图祖坟里面的黄白之物，没想到还关系到梁家烟火后代，这事就不好做评判了。

胖子看了一圈围栏，觉得那些围栏上面除了花就是草，就算是有几个人物图像，也是粗糙无比，根本就没有什么看头，偏偏转到这无字碑旁边时，听说梁国华一怒之下刨了自己的祖坟，忍不住好笑。

“那么，你二叔在坟墓里找到什么没有？比如说，黄金、美玉……就是稍微值点钱的那些？”

“没有！”梁三回答得很是干脆，“我当时差不多也就十四五岁吧，记得也就是二叔的儿子死了不久，二叔就来刨坟，当时事情闹得很大，院子里好多人都在场，三叔当时也在场，就因为当时二叔刚刚丧子，情绪有些失控，院子里好多人都无法阻止，连三叔都阻止不住，二叔和三叔的矛盾也就从那个时候开始了。不过，二叔刨完之后才发现，这无字碑下面竟然是座空坟！除了一幅地图，里面什么都没有！”

地图？朱笑东清楚地记得，在新月谷的时候，梁国华不时地拿一幅地图出来比画，后来，临死之际又把地图交给了梁三，只是朱笑东当时一心想着找虎子等人，根本就没有去注意那幅地图。

“对啊！我怎么把这事给忘记了呢！”梁三抓着脑袋，说道。

胖子有些抓狂起来：“梁大个儿。你要早说你有幅地图，我跟东哥哪里用得着绕那么大个弯子，好几个月啊！真是的！”

梁三有些尴尬，从认识朱笑东跟胖子等人开始，就没人跟他提过梁奇宝的事，要不是这次到京城，他都还不知道这些事呢！

“那还等什么啊？”胖子迫不及待地催促梁三，“赶紧拿出来啊！说不定你一拿出来，什么事都解决了。”

朱笑东也满眼期盼地看着梁三，既然他手里有地图，说不定这事真的立马就能解决了，自己对卫老头也有了交代。

梁三有些犹豫：“从小，二叔就对我疼爱有加，临死之际，把那幅地图交给我，回来之后，我依言给了二婶一千万元，又把那幅地图当作二叔的遗物一起交给了二婶，没想到二婶有了一千万元，又有了地图，为梁国华守满了七七四十九天便回到娘家，随后又再嫁出了门。”

现在，去找她要那幅地图，恐怕……

胖子听了梁三的话，气得一脚踹在无字碑上，但是立刻又一屁股坐到地上，抱着脚痛得大叫了起来。

朱笑东恼骂了一句：“自作自受！”片刻，又对梁三问道：“你估计，找到你二婶拿回那幅地图会有多大的难度？”

梁三摇摇头：“这个恐怕很难，二婶现在改嫁到了县城，要找到她本来就不是一件容易的事。再说，二婶那人，嗯……这么跟你说吧，我的钱用光了之后，本来是想去找她帮忙救急，开口要了一万元，但是二婶只给了我一百元，说是来回的路费，还说以后就不要再去找她的麻烦了。”

人世间的冷暖朱笑东经历过很多了，也看得透了，再说像梁三的二婶，既然重新嫁了人，她也有她自己的家庭，要过她自己的生活，不让梁三再去打扰她，这也无可厚非。

胖子勉强从地上站了起来，踮着那只痛脚，咧着嘴说道：“这么说，你二婶是喜欢钱了，只要她喜欢钱，这事不就好办了？我这人，什么都不缺，就更不缺钱！”

朱笑东没好气地喝道：“心眼呢，你不缺吗！”

几个人在墓地里转了一转，见再也没有其他的收获，只得先回到梁三家里，等等另一位对梁氏有研究的人，梁三的三叔老梁三！不然，就只能返回到县城，去找那位已经改嫁的二婶了。

回到梁三家里已经时过中午，黄诚两师徒已经不再测绘了，不知道在哪买来了一些食物蔬菜，自顾自地吃起了饭。

见到朱笑东等人回来，黄诚有些手足失措地抹了抹嘴，失声问道：“你们怎么这么快就回来了？”

胖子故意捣蛋似的问道：“黄老，都吃的些啥啊？看来很好吃的样子，给我们留下了没？”

钟俊然慌忙站了起来，说道：“没……没……没有了，我，我就煮了我们两个人的。”

黄诚慌忙解释说：“唉，这……都怪……我，哎！这么说吧，昨天晚上胖子小兄弟出了那么高的价钱去买东西，我们今天再去买，原本够我们两个人用一天的生活费，现在只能勉强吃上一顿！哎……没办法，这经费困难！”

胖子一听黄诚说经费困难，搞得现在勉强一天只能吃上一顿，顿时“噗”的一声笑了出来，这两个家伙不怎么招人喜欢，看看他们两个人的窘境也好。

朱笑东踹了胖子一脚，这黄诚两人怎么说也是自己的队友，还真能看着他们一天一顿地饿着？当即他便跟两人商量了一阵，委托两人当了个“后勤部长”，全权负责大家的伙食供给。

当然这个“后勤部长”是只管买、做的话，胖子第一个不同意，所以几句话便打发两人外出继续“考察”去了。见现在没什么事，萧劲提议，这山里虽然荒芜，但是估计有不少的山鸡野兔之类的，不如去抓些野味回来，不但可以改善伙食，还能减轻生活负担。

这可是胖子求之不得的，于是在他的极力怂恿下，大家很快做出了决定。

朱笑东跟杨薇两个不愿去，因为还有很多事情要做，胖子口里说大家一块都去，自己却是因为胖懒得走，也是不去的，他真正怂恿的也就只有高原跟萧劲两人。

高原算是看出来了，想着现在的情况并不危急，正巧自己也想出去活动活动，当下笑着叮嘱了朱笑东等人几句，就出发了。

简单地吃过了午饭，梁三很想再去看看秋可仪，朱笑东等人表示理解，尤其是胖子，还拿了不少零食之类的塞给梁三，说："哄女孩子，有时候零食也是一种武器，胖子我今天就破例，把我最爱吃的零食拿给你……"

杨薇在一旁笑着说："王晓娟是怎么看上胖子的，一直以来都是一个谜，现在这个谜总算是解开了，原来是胖子发动了零食攻势！怪不得王晓娟也有发福的趋势，看来都是胖子害的！

胖子嘻嘻哈哈地说道，发福有什么不好，起码就占了个"福"字，再说，这也叫心宽体胖！

正嬉闹着，梁三都还没走出院坝，又退了回来，身后还跟着一个人。

乍一看到这个人，朱笑东、胖子、杨薇三个都吃了一惊，居然忍不住一齐站了起来，失声叫道："梁国华……"随即三人才恍然大悟，这想必就是梁三口里的三叔了。

老梁三跟朱笑东等人打过招呼，才解释说，本来是去给人家帮忙的，但是那边人手多，事情很快就做完了，没什么事做，也不好意思赖在人家里等晚饭吃，听秋老师说有人找，就过来看看。

梁三找来小凳子，让老梁三跟大家一块儿在院坝里坐了，又迫不及待地直奔主题："三叔，是这样的，这位小朱老板，手上有些我们梁家祖先梁奇宝的东西，我带他过来，就想弄清楚一些事情。"

谁知道，先前一刻还好好的老梁三"呼"的一下子站了起来，指着梁三，满面怒容地呵斥道："梁三，你什么意思？别忘了，你是梁家子孙！你又想学你二叔去刨我们梁家祖坟是不是？你信不信我这就去告你！"

老梁三这暴脾气把所有人都吓了一大跳，怎么会遇上这么个人，什么事都还没讲清楚呢，就冲着人发起了脾气。

梁三张了张嘴，还没等把话说出口，老梁三口气有些吓人地说道："梁三，别以为你跟你二叔背着我干那些勾当我不知道，我忍住不说，就是看在你是我们这一支人最后的希望的份上，不然，随便抖一件事出来，就够你去蹲上十年八年的。

"以前我不说，就是希望你能浪子回头，想不到你不但不思悔改，还变本加厉，直接带着外人把主意打到我梁家祖坟上来了。那好，我今天就把话跟你说个明白，老二的死，你梁三要负全部责任，这事你今天就得给我交代清楚，要不然咱们骑着毛驴看唱本，走着瞧！"

胖子在一旁毫不在意地咧着嘴，伸着胖乎乎的指头挖着他的耳朵，好像这事完全与他无关一般。

杨薇看着指手画脚、唾沫横飞的老梁三，忍不住有些心惊肉跳，什么事她都不怕，就怕挨骂，尤其是一个长者对小辈的骂。

老梁三一口气骂了这么多，见没有一个人敢站出来反驳，稍微松了口气，黑着脸重重地坐回到凳子上，自顾自地喘着粗气。

朱笑东微微笑了笑，好整以暇地说道："三叔，我们这帮年轻人是不成器，您老人家骂得好，不过，请问您老人家骂完了没有，要是没骂完，请继续！"

老梁三气哼哼地看了朱笑东一眼，朱笑东是外人，比不得梁三是自己的亲侄子，就算有气，也不能毫无理由地乱骂外人。

见老梁三不答话，朱笑东站了起来，背着手，一边在院坝里踱步，一边说道："事实上，我们这次前来，本想归还原本属于梁家的一些东西……"

"你……"老梁三一怔，有些不相信地看着朱笑东。

朱笑东笑了笑，转过身去，又走了两步："我是一个做典当生意的人，在无意间得到了几样贵祖上流传下来的东西，我不知道这些东西对梁家的后代重不重要，但我想我既然跟梁三是好朋友，这物归原主，也算是美事一桩！”

老梁三“哼”了一声，又说道：“你怎么就敢肯定是我们梁家的东西？”

朱笑东笑了笑，说道：“胖子，去取一件出来，让这位梁先生看看，如果梁先生说不是梁家的东西，我们立马走人！”

胖子挖着耳朵，不紧不慢地走到存放背包的地方，挑挑拣拣，拿了那只最不值钱的白玉牌子出来，然后一边在手上抛着玩，一边不紧不慢地过来。

走到老梁三面前，才把牌子拿在自己面前晃了晃，然后咧着嘴，露出一副贪婪的模样，笑模笑样地说道：“这玩意儿可是我冒着生命危险从湘南带回来的，您老可要看仔细了，最好您老发句话，说这不是，呵呵，胖子我就能发一笔小财了！”

老梁三只看一眼那白玉牌子，脸上顿时露出迷惑之色，待胖子把白玉牌子塞到手里，老梁三拿在手里仔细地看了好一阵，脸上的迷惑更浓。

良久，问道：“你们从哪里找来的？”

老梁三虽然没说这白玉牌子到底是或者不是，但是从他的话里已经可以肯定，这的确是真的了！

胖子露出一个很是失望的表情，然后嬉皮笑脸地说道：“哪里来的？当然是从湘南深山里带回来的。嘿嘿，您老就发个话，说这不是，好不好？这样，我就好正大光明地收回来了，也免得东哥说我贪财！”

老梁三瞪了胖子一眼，没好气地说道：“就这么一样？这就是个孤件，我怎么知道是不是伪造的？”

胖子嬉皮笑脸地说道：“对对对，我这东西就是伪造的，也就是说，与您老人家半点关系也没有，不过，我还是想请您老人家当着我东哥的面，直截了当地说上一句‘不是’，就求求您老人家说上一句，好不好？”

老梁三沉默不语。

胖子又死皮赖脸央求老梁三：“三叔，您看，这东西又不值钱，又与您老人家没关系，您老就说上一句‘不是’好不好，要不，我叫您老一声爷爷……”

说着，胖子还真恬不知耻地叫了一声：“三爷爷！”

朱笑东、杨薇等人差点就笑出声来，对付暴脾气的老梁三，找胖子还真是找对了人。

老梁三顿了片刻，才虎着脸，说道：“你叫我‘三爷爷’也没用，这东西是……真的……”

不等老梁三说完，胖子赶紧说道：“不对，三叔你看错了，梁家老祖宗梁奇宝是什么人物啊，他老人家身上的东西，怎么能是这分文不值的破白玉，再怎么不成，怎么着也得弄块上等的翡翠或者羊脂白玉，对不对……”

梁三上前，对老梁三说道：“三叔，这位胖子兄弟最喜欢开玩笑，您老别计较，还有，这不是孤件，一共七件，他们全部都找到了！”

“什么？七件全部都找到了！”老梁三一下子站了起来。

胖子在一边按着老梁三的肩膀，连声说道：“别激动，别激动，不就是几样小玩意儿吗，也许您老就是看花了眼！待会儿我一件件拿给您老仔细看看，不过，我千万请求您老人家说一句‘那不是’！”

朱笑东回转身子，走到老梁三面前，笑了笑：“梁先生，这胖子的确是喜欢胡说八道，对不起了！不过，那几件东西，是与不是，确实需要梁先生仔细查看一下！”

说完，朱笑东又转头吩咐胖子：“全部拿过来，让梁先生好好地检查一下。”

胖子应了一声，转身连同整个背包一并提了过来。

这边早有梁三准备好的一张小木桌子，胖子提着背包过来，却并没有一股脑儿全部放上桌子，而是一样一样地往外掏，还做得像是在割他身上的肉一样，拿出来一件，就皱着眉头，肉痛上一阵，才往桌子上放。

虽然梁三一早就跟老梁三说过了七件东西已经全部找到，但是胖子每拿出来一件，老梁三的眼皮子就猛地跳上一阵！

胖子把东西全部掏完，然后眼巴巴看着老梁三，一副期待不已的表情。

想不到老梁三一一细看了一遍之后，居然转头问朱笑东：“你是说，这次来，是归还这些东西的？”

朱笑东毫不犹豫地点点头：“是的！”

“没有任何其他的条件！”老梁三眼底露出一丝喜意，但是脸上依旧不动声色！

“有两个条件！”朱笑东笑了笑，说道：“第一个，弄清楚这些东西到底起什么作用；第二个，揭开这些东西最终的秘密。”

“这么说，究根结底，你们还是盯着那些东西！”老梁三吐了一口气，冷冷地说道。

“不！”朱笑东摇了摇头，说道，“因为我答应过一个人，要把这些秘密弄清楚，但同时我又答应了他，不去碰这些秘密里面的任何一样东西，绝不，包括我这边所有的人！”

老梁三有些轻蔑地看了朱笑东一眼，并不搭话。

朱笑东自然是看得懂老梁三的眼神，淡淡地笑道：“其实，归还梁家的东西只是因为我跟梁三哥朋友一场，要是说到秘密，这些东西在我眼里，即使还有没弄清的地方，也并不是太多了，找梁先生来，只不过是因为我要给另外一个人一个比较圆满的交代而已。”

老梁三一怔，忍不住说了句：“你已经知道一些秘密？”

朱笑东点点头：“也不算太多，比如，戒指里面的帛书，比如，小酒壶上的微雕……”

老梁三一下子变了脸色：“你已经全部都知道了？”

朱笑东又摇摇头：“不是，比如说，‘七宝之首’之争，比如说，这七宝最终用途等，我就不大清楚！”

“你怎么会知道这么多？”老梁三惊讶无比，脸色由土灰变成黑红，显然是激动不已。

要知道，就算大半辈子都在惦记着这些东西、钻研着这些东西的老梁三，有几样朱笑东知道的，他都还不知道。

先前老梁三还认为，就算朱笑东找到这些东西，也根本不可能知道这些东西里面的秘密，这才有些轻蔑。但是现在，朱笑东随口就说出来这么多他自己都还不知道的“秘密”，他的心情此时何止是震撼。

“你怎么会知道这么多？”老梁三再次问道，神情比先前要激动得多了。

“其实，最开始，我也只是在一本残卷上看到有这么回事的，但是我一直都没放在心上，认为时过境迁，宝物不可能再有聚集重合的日子，后来，就是这个胖子，偶然间买到了这只戒指，在无意之间又陆陆续续得到几样，我真正花了力气去找的其实只有一样，就是这支发簪！”

朱笑东没说半句假话，那一对戒指，其中一只是胖子买来的，另一只是李嵘送过来的；手镯是胖子在雪山上顺出来的，或者说是“偷”的；玉牌是在湘南山洞里无意中见到的；玉如意是刘元平打了眼，自己用两千万元买来的；酒壶是师傅姚观心白送的，自己确实就只有在黄山上发现的那一支发簪。

老梁三叹了口气，这些东西，自己都还在计划之中，都还没准备好要去寻找，现在竟然就直接送到了自己面前，不知道这是天意，还是人为！

“你们除了要归还这些东西，真的只有那么两个要求！”老梁三盯着朱笑东，眼底竟然露出一丝颓废。

朱笑东很是认真地点了点头：“绝对没有半点谎话！”

梁三在一边说道：“三叔，小朱老板绝对是个一言既出驷马难追的人，我相信他。二婶的事，您也是亲眼看见的，说给五千万元，实打实的就给了！还有什么话好说，还有，你也可以去秋老师那里打听一下，看看小朱老板是什么样的人。”

老梁三又是一怔，对秋可仪，老梁三很是喜欢，当然，不仅仅只是因为她跟梁三的关系，也不仅仅因为秋可仪是位支教教师，更重要的还是秋可仪的人品。

秋可仪把老梁三当作自己的父辈，在治平离开秋可仪那一段最艰难的日子里，也在无意间隐隐约约吐露过她曾经因为治平而陷害朱笑东、胖子等人的事，只是老梁三始终没想到，眼前这几个人，就是秋可仪曾经害过的人。

一直在一边没说话的杨薇见老梁三这么说，淡淡地笑着说道：“秋小姐其实是个可怜的人，再说为了心爱的人，迫不得已那么做也无可厚非，换作是我也有可能去做！”

胖子咧着嘴，嘿嘿地笑道：“其实，那件事的罪魁祸首并不是秋小姐，相反，秋小姐对我们还特别好，我对她真的有些感激，何况，现在秋小姐又跟梁大个儿……嘿嘿，不说这个了，我说老爷子，事情就已经摆明了，我们不要再闲扯下去，直奔主题，直奔主题……”

老梁三重重地叹了口气，然后问道：“这件事，你们到底知道多少了？”

胖子从背包里把那两张拓印下来的纸片又拿出放到桌子上，然后看着老梁三，说道：“这两张纸，一张是从戒指里的帛书上拓印下来的，一张是从酒壶的微雕上拓印下来的，两张纸上的图形合起来，就是这几个物件的描绘，就是这张图上有一根与实际物件不合的发簪，其他的方面，比如说，梁大个儿提到这是你们这一支人的族徽……”

老梁三点点头，过了半晌，才向梁三招了招手，说道：“小三子，过来，今天我要告诉你一件极为重要的事情。”

梁三走到老梁三身边坐下，低低问道：“三叔，什么重要的事？”

“关于你爹和你妈真正的死因！”老梁三的脸色在说出这句话之后再次变得灰了起来，是死灰！

梁三一下子愣住了，老爹老妈不是病死的吗，还有什么真正的死因？

看着老梁三的脸色，朱笑东等人一下子沉默了下来，估计老梁三要说的事可能与手上这些东西有关。

那个时候梁三还很小，梁国华才刚刚娶妻生子，老梁三则是个天不怕地不怕的愣头青。

由于世道艰难，也因为老梁三当时是个愣头青，便想着要改变一下生活窘境，就打起了歪门邪道的主意。听说文物挺值钱，老梁三就想到自家祖坟山里多的是古老的祖坟，虽说现在梁家人丁单薄，但是以前，梁家还算是少有的大户，那么多的祖坟里，随便挑上一个两个，挖出来一件两件东西，说不定这一辈子都能享用不尽了。

那个时候，梁家人丁比现在兴旺了许多，叔叔伯伯、子侄兄弟，精壮的男人有十多人，老梁三一个人自然不敢随便造次刨自个儿家的祖坟，要被他们知道了，不送去坐牢，也会被他们揍死。

于是就偷偷找了大哥，梁三的老爸梁宏，商量着要去做那事。

梁宏几乎是想都没想就答应下来，其实，那也是没办法的事。那个时候梁宏拖家带口，一年到头又种不出来多少粮食，以致于常常吃了上顿没下顿，饿得老婆孩子嗷嗷叫，能想办法改变一下生活状况，梁宏哪里还能不答应。

只是老梁三说把目标定在自己家的祖坟里的时候，梁宏沉默了很久，最后还是答应了下来。

老梁三越说，脸色越是阴沉，气氛凝重得几乎要让人喘不过气来。

胖子最怕就是这种情况，忍不住插嘴："三叔，您跟梁大个儿的老爹刨出来好东西没有？"

老梁三白了一眼胖子，懒得理睬。

朱笑东却是暗想，多半是一无所获了，真要是刨出来个什么，怎么会到现在还如此之穷，别的不说，手里有了钱，谁还会待在这老山之中受这份不死不活的罪。

老梁三继续说，那天晚上，梁宏把家里仅存的一点粮食都拿出来，让梁三的老妈煮了，兄弟两个饱饱吃了一顿，然后摸黑直奔祖坟山。

那个时候，梁宏、老梁三都是血气方刚、年轻力壮，只是对于掘墓取宝之类的事却又一窍不通，两个人也不管三七二十一，随便找了一个坟茔就开始挖了起来。

梁三在一旁很是惊讶，"这么说，二叔去挖祖坟，其实还在你们之后！"

老梁三满脸痛苦，点了点头，但是没说关于梁国华的事，过了片刻才说道："现在，小三子你已经是我们这一支人唯一的香火了，有些事我不能不跟你说，你好好地听，这些事就算不光彩，但也是我们家族的历史！"

第五章

第八件宝贝

听了三叔的话，梁三点点头，不再插话。

老梁三记得，当时第一个刨开的是祖坟山里东北角上的一座坟，兄弟两个刨开之后，才用火柴点燃蜡烛照明。那个时候，照明用的大多是煤油灯，一根蜡烛几乎就要花上半斤煤油的钱，梁宏带来的半截蜡烛，算得上是相当珍贵的东西，所以，兄弟两个在开挖的时候，基本上就是摸黑，只有开棺取宝的时候，才舍得点燃蜡烛。

两人借着蜡烛微弱的火光检查了一遍，棺材里除了一具先人的骷髅，已经朽烂得不成样子的衣物，还有沉沉的阴气外，什么都没有。

两兄弟毫不气馁，盖上棺材，然后又把挖开的土填了回去，勉强做好伪装，前前后后差不多花了两个多小时。

第一座坟里没找到要找的东西，本来梁宏已经心生退意，怕在坟地里待得久了让人发现，老梁三却不甘心，好说歹说才劝住了大哥。

随后两个人换了个地方，到了中间，选了一座坟，两个人一直忙活到了深夜，依旧是一无所获，连压口的铜钱都没找出来一枚。

兄弟两人坐在坟堆里，商量了好一阵，觉得这样随便乱刨，多半也是瞎子点灯白费蜡，可是，这祖坟山里少说也有上百座坟堆，到底哪一座坟里面才有值钱的东西！

商量了一阵之后，梁宏说，要不就从最老的老祖宗那里开始，也就是那座无字碑的坟茔，老梁三点头赞同，兄弟两个合计好了，又歇息够了，趁着深夜挖开无字碑的那座坟茔。

在微弱的火光下，兄弟两个惊奇地发现，这座坟里的棺材保存得极好，棺材上面的黑漆光亮如新，几乎还能照得出来人影，比先前挖开那两座坟里面朽烂不堪的棺材不知道要好上了多少倍。

惊奇归惊奇，兄弟两个都已经是第三次开棺了，胆儿也大了不少，依旧用火柴点燃那半截蜡烛，放在一边，用微弱的烛光照明，撬开棺盖。

只是，两兄弟的手在接触到棺盖那一刻，都不由自主地打了一个寒噤，那棺盖冰凉，手指抓在上面，就如同抓了一块寒冰一般，稍微抓得久了，那股寒意便顺着手指渐渐浸入心脾，让人忍不住牙齿打架。

就在兄弟两个拼命忍住寒意，拉开棺材盖的那一刻，不知道是用力太猛还是怎么回事，两兄弟抬着棺材盖一齐摔到地上，这一扰动，微弱的烛光也熄灭了。

沉重之极的棺材盖一下子砸在两个人身上，让两个人半天都没爬起来，甚至连叫喊声都没发出来。

老梁三当时眼尖，发现好像是从打开的棺材里出来一样东西，具体是什么梁三没看清楚，那天晚上太黑了，棺材里出来的东西，感觉就像是一团黑影，或者是一团雾气。

老梁三的脸上露出深深的痛苦：“一直到现在，我都想要知道那一团东西到底是什么，因为那一团东西害死了大哥梁宏！梁三的老爹！”

梁三“扑通”一声跌坐到地上，抱着脑袋，痛苦得直揪自己的头发，虽然老梁三现已经说明，梁三的老爹死因有蹊跷，但是梁三始终没想到会是这个原因。

朱笑东、杨薇、胖子三个人赶紧围住梁三按住他的双手。

梁三被三个人按住，动弹不得，但是血红着双眼，牙齿咬得“咯咯”作响，显然是痛苦至极。虽然梁三的爹娘在很久以前就撇下了梁三，梁三对他们的印象都已经模糊了，但是那一份亲情是沉甸甸的。

看着梁三痛苦，老梁三也很是痛苦，一滴混浊的泪水从他脸上滑落了下来。过了许久，才忍痛说道：“在当时，大哥并没什么大碍，那一团黑影一样的东西，片刻之间就消失不见了。”

兄弟两个齐心协力地搬开压在身上的棺材盖子，摸索着到了坟边，拿出火柴，找到那半截已经熄灭的蜡烛，重新点燃，再去检查那棺材里的东西。

这一次，棺材里也是没有发现骨骸什么的，里面只有一个小小的盒子，比普通的首饰盒子还小。

当时梁宏高兴极了，迫不及待地打开盒子，要看看里面到底装着什么，谁知道，盒子打开，里面就是几张纸片！

就在打开盒子那一刹那，梁宏身上如同被一柄重锤敲击一般，身子一震，吐了一口血出来，在微弱的烛光下，那血黑黑的，就像墨汁一般。吐了血的梁宏连盒子都拿不稳，盒子“啪”的一声又掉回棺材里面。

老梁三当时有些慌了，抱起梁宏，把他拖到外面，靠在坟堆上，那个时候，梁宏神志还算清醒，低声跟老梁三说自己恐怕是不成了，但是今天晚上的事，不能泄露出行迹来，要不然，这一家人在这里就待不下去，又要老梁三赶紧趁天还没亮，把坟堆恢复回去。

老梁三含着眼泪，手忙脚乱地把那个盒子拿了出来，又恢复了坟堆，然后半拖半抱着梁宏往家里赶，才走到半路，梁宏就断了气。

后来，老梁三跪在梁三娘面前，把事情的经过一五一十地说了，梁三娘流着泪，什么话也没说，就在老梁三走了之后，梁三娘拿了一根绳子，把自己挂在了屋梁上。

后来梁宏两口子的后事，基本上是由族人办的，也没人追问什么原因，毕竟在那个时代，各种各样的死因都不足为奇，何况，梁宏的尸体很明显地露出一种病态，大家也就当突发疾病而死。而梁三娘本来就是受不了刺激才悬梁自尽的，这也无可厚非，也就没人来质疑。

只是安葬完梁宏夫妻两个后，凡是接触过他们尸体的人后来都犯上了一种莫名其妙的病，不久，原本勉强还算兴旺的梁家就渐渐死得只剩下现在的三个男丁。

老梁三叹了口气："不知道是老祖宗的惩罚还是什么，当时我跟大哥接触的时间最长，偏偏我到现在都还不死，真是造孽！"

朱笑东叹了口气，说道："据我所知，有些棺材在地下埋得久了，会产生一种生物孢子，也就是一种病毒，盗墓者一般说这是'毒气'，或者是'霉气'，估计当时梁大叔中毒极为沉重，所以当时就死了。而三叔你，估计应该是中毒比较轻，而且，估计您老的体质比其他人要好，或者无意之中吃过了什么解毒的东西，所以……”

那个年代，吃草根、树皮，一切能吃不能吃的都有人吃，无意之中吃到了什么能够解毒的东西也不见得稀奇。

老梁三叹了口气，不再说下去了，这件事情，梁宏因为老梁三而死，原来比较兴旺的梁氏族人却又因为接触了梁宏的尸体而死，可以说，一切都是老梁三引起的，但是他今天主动把这些事说出来，也足见其悔罪之心。

梁三被胖子按住，一句话也不说，良久，突然两眼一翻，昏了过去。

三个人抬头抱脚，把梁三弄到屋里唯一的一张床上放好。杨薇留在屋里照顾梁三，朱笑东跟胖子两个还要问老梁三一些事情。

估计老梁三也是准备敞开了心扉，所以朱笑东有问，老梁三知无不言。

“这么说，除了梁二叔的那张地图，三叔手里也应该还有一些东西对吧？三叔，您手里的是些什么？”朱笑东问老梁三。

老梁三叹了口气，自己手上的那个盒子，里面是几张写满字迹的纸，因为老梁三识字不多，只大略认识上面一些字，说的是当年梁奇宝的事迹。梁奇宝本来是柔然族人，也就是说，老梁三他们这一支人，其实都是柔然族后裔，但是现在，就算是老梁三也不觉得自己有什么特别的地方，毕竟，那是一个已经消失了上千年的民族。

梁奇宝本来只不过是一个市井手艺人，后来被征召入伍，因为人缘好，在安禄山手下当了一个管着几十个人的兵头儿，眼前这些东西，是他平日里没事的时候做出来的。

本来这些东西确实是被送到杨玉环手里过的，只是后来又回到了梁奇宝手里，具体的经过那几张纸上面没说，仅仅只用了“失而复得”四个字就一笔带了过去。

后来，安禄山起兵造反，收刮来的金银财宝，一部分做了军资，另一部分封存收藏了，收藏的这一部分，恰好是由梁奇宝带队经手的。

胖子笑了笑，打岔说：“这么说，那位梁奇宝应该是老安的心腹大将了，要不然收藏金银财宝这么重大的任务也不可能交给他去完成!”

老梁三苦苦一笑：“并非梁家的这位先人是安禄山的什么亲信心腹，反而是安禄山想要灭口的对象。”

“确实有这可能!”朱笑东说道，“但凡像藏宝这样的事，知道的人自然是越少越好，不管是亲信也好，心腹也好，做完这件事，大多是必死无疑的，跟历朝历代建造皇帝陵墓的工匠一样，到最后，都只能落得个陪葬的下场。不过，梁奇宝既然能留下书信，估计肯定是活了下来的，只是这中间的曲折，不知道那上面有没有说?”

老梁三摇了摇头：“没有说，上面只说，当时藏宝的共计一百多人，藏完那些金银财宝就遭到突袭，侥幸活下来的人也就只是少数几个，而且最后都分散逃命了。那上面说，这些东西其实就是梁奇宝分发给他几个手下的信物，说是有朝一日，逃出生天之后再回来取宝举兵，找安禄山报仇。”

朱笑东略一沉思，问道：“那上面有没有说他们一共有几个人逃了出来?”

老梁三摇摇头：“我记得，那上面说的应该是八个人……”

“八个……”朱笑东忍不住吸了口凉气。

“八个……”胖子的笑容僵在了脸上。

老梁三肯定地说道：“的确是八个!”

按照老梁三所说，是八个人，所分得的信物就应该是八件！也就是说，以前传说的七宝之争，那对戒指，应该就是算成两件了！

反过来说，朱笑东手上的东西一共才七件，那么第八件宝物呢！是什么？又在哪里？

“会不会第八件就是梁二叔手里的那张地图？”胖子忍不住问道。

“应该不是！”朱笑东摇了摇头，“一般来说，当时执行藏宝任务的人身上不可能拥有地图，再说，藏完宝，梁奇宝不可能有太多的时间去绘制一张藏宝图出来，因为要杀他们的人不可能给他们留下那么多的时间。我估计，那张藏宝图很有可能是梁奇宝逃出生天之后凭着记忆绘画下来的，在当时兵荒马乱的情况下，能有时间分发现成的信物就已经很不错了。”

老梁三也点点头：“地图的确是最后才绘制出来的，可是，上面除了有这几件东西的详细描述之外，也没有其他的东西了。”

朱笑东想了想，现在来说，手上已经有的几样东西，已经算是清清楚楚的了，只是作为“信物”而已，至于说中间曲折的经历，也就算不上特别稀奇的事了。

唯一让朱笑东愁眉不展的就是这第八件东西，不要说没有任何提示，就算有，这人海茫茫，到哪里去找！

一想到这个，朱笑东又忍不住气馁，如果现在就回去，肯定是不能向卫老头子交代的，可是接下来又该怎么办呢？

胖子嬉笑着问老梁三：“这么说，那个盒子还有那些纸张，三叔您肯定都保管得好好的吧？能不能拿出来，让我们看看真迹？”

老梁三苦笑着摇了摇头，“在十多年前，我家里所有的一切都被一场大火毁了个干干净净，哪里还有原件、真迹。老二手里的那张地图，要不是那一天晚上从盒子里掉了出来，估计都会被那场大火烧个一干二净！”

如此说来，这梁奇宝的事情又一下子陷进了死角。“我就不懂了！”胖子摇晃着脑袋，说道，“传说不是‘梁氏七宝’吗？明明有八个人，分八件信物，干吗不是‘梁氏八宝’，而是‘梁氏七宝’？”

老梁三一脸迷糊地望着胖子，什么七宝八宝，绕得头都晕了。

“对了，梁三说过，说你们这一支人有一件族徽，但是丢失了，您对这事知道多少？”朱笑东问道。

“我们家的族徽就是一个圆环，估计是龙和凤站在圆环上，有可能就是这手镯的变型。”老梁三苦笑着说道，“而且，那只不过是一幅夸张的图画，从来就没听说过有什么实物，最多的时候，就是被人描绘在一面旗帜上。”

朱笑东点点头，看来这条路子也给堵死了。

如果是其他的图形，就算没有实物，还可以猜测一下，是不是大体接近什么样子，或者另有其他的东西，老梁三这么说，极有可能他们这支人的“族徽”就是那只黄金手镯！

朱笑东几乎可以肯定，梁氏的先祖之中必定是有人拿着手镯，到过雪山上的那个奇景之中，不知道是怎么回事，把手镯丢在了那里的石棺之中，梁氏族徽的实物从那个时候起就消失不见了，其后，流传下来的自然也就只有夸张的图形而已。

然而，胖子运气好，随手一抓，又把手镯给带了出来。

一想到这个，朱笑东陡然一震，梁家先人到过雪山上！而且威斯·康科马克以及陈光才都说过，雪山上的那座庙里，藏有一部高出现代科技的典籍，但是，那部典籍不见了，梁家的先人却曾出现在雪山上，而且到过那个庙里，会不会那部典籍就是梁家的祖先带走的？

“典籍？”老梁三摇了摇头，“从来没听说过什么高科技典籍，说梁家的手镯出现在大雪山上，是先人们为了找到宝藏，这个倒有可能，可是，我们梁家上下数百年间，并没有什么比较轰动的传闻，找到宝藏可不是一件小事，可是我们从来就没听说过。”

胖子有些发急，插嘴说道：“东哥，你说这梁奇宝的宝藏，会不会就是指雪山上的那个已经毁掉的地方，要真是，那就可惜了！”

“不是！”朱笑东很干脆地说道，“安禄山是什么地方的人？是营州人，他起兵谋反，就算是最鼎盛的时候，势力也不可能到达青藏高原上。再说，就算要藏宝，他也绝对不会把宝藏到雪山上去，那太麻烦也太危险了。何况，以那个时候的装备，要到雪山上就已经是一件很困难的事了。”

胖子“嘻嘻”一笑：“那还差不多，要是雪山上那处宝藏就是老安的，我们岂不是亏大了。”

“我知道你在想什么！我告诉你胖子，我说过的话绝对照办，你还起那些心思，那就真对不起了！”朱笑东再次警告胖子，“我们现在差不多是在戴罪立功，你再要胡思乱想，我第一个就饶不了你。”

“是是是……”胖子立刻投降，“东哥提醒的是，这以后，我只要一动这念头，东哥你就狠狠教育我一顿，我要是执迷不悟，你就打我、踹我，直到我做回一个思想纯洁的胖子！”

这哥儿两个，时不时会胡扯上两句，老梁三都已经习惯了，当下也不多说。

梁奇宝的事情，老梁三知道的也就只有这么多，至此，已经是很难再有什么进展了，朱笑东不得不先搁下来，至于那第八件东西，这事只能慢慢来。

所以，朱笑东也就不再多问那方面的事，不过，这梁家稀奇古怪的地方太多了，他又问："祖坟山里怎么会有好几座无碑的坟茔呢？"

老梁三苦笑着说道："那几座没碑的坟，是老二跟小三子出去闯荡之后，我把大哥大嫂以及老二的孩子给迁移进去的，反正后来梁家的人都死光了，也没人阻止！只是我没钱，就算想给他们立个碑，也做不到！"

原来如此，怪不得朱笑东当时看着那几个坟，就觉得比其他的坟要高大不少，原来是最近的新坟。

朱笑东本来还有几个问题想要问问老梁三，只是这个时候，一阵孩子的欢笑声打断了他的思路，估计应该是梁润放学回来了。

胖子以极快的手法把桌子上的东西收了起来，包了一包，然后递给老梁三。

老梁三叹了口气："这些东西，你们还是留着吧。其实，我也希望能帮上小三子一些，你们一定要送就送给小三子吧，他才是我们最后的希望！"

朱笑东点点头："这梁家的东西归还给谁都一样，不过，我们确实有好些东西还没搞懂，先放到梁三这儿也好。"

胖子刚刚收好东西，梁润就进了院坝，老远就叫道："杨阿姨，杨阿姨，你看我带谁回来了……"

杨薇听见喊声，出来一看，梁润身后站着的正是秋可仪。

朱笑东和胖子两个见到秋可仪，便起身让座。

秋可仪坐下，又向老梁三问了好，这才问道："梁三呢，怎么没见着？"看样子绝对是来找梁三的。

朱笑东想了想，说道："秋小姐也不是外人，我这么说吧，梁三哥他今天受了些刺激，不大舒服，在床上躺着呢，恐怕以后，梁三哥还得秋小姐多多照顾才行！"

秋可仪一怔，涨红着脸，无不担心地问道："是怎么回事？梁三他伤得厉害吗？"

杨薇拉起秋可仪的手，说道："没事，就是过于激动了些，休息两天就会好。"

秋可仪再也坐不住了，站了起来，泪眼汪汪的，要去看看梁三。

这当儿，老梁三叹息了一声，跟朱笑东等人告辞，说以后有什么事就到学校去找他，那学校也就是他的家。

老梁三走了之后，秋可仪也进了梁三的屋子，胖子还想跟着进去看看，被朱笑东"啪"地抽了一巴掌。

"人家那二人世界，关你什么事？你去看个什么，滚，我们大家伙儿一起滚，滚得远远的。"

杨薇笑眯眯地牵了梁润的手，前头带路，朱笑东跟胖子两个在后面嘀嘀咕咕的不知道在说些什么，只是不时发出一阵"嘿嘿"的低笑。

出了梁三家的院坝，几个人在荒郊野岭的小道上溜溜达达走了将近一小时，胖子往小路旁边的草丛里一躺，咧着嘴巴，很是惬意地来了句："岁月是把杀猪刀……"

朱笑东也躺在胖子身边，翘起一只脚，作势要踢胖子，嘴里说道："胖子，你这家伙脑子想的都是什么啊，真是龌龊，你就不能想点正经事吗？"

胖子嘻嘻地笑道："人活在世上，哪一样不是正经事，我只是嘴巴上说说，有些人就不一样了，嘿嘿……"

杨薇跟梁润坐在朱笑东身侧，没好气地呵斥胖子："胖子，这里有小孩子，不要乱说！"

此时梁润仰起头，对杨薇说道："杨阿姨，我们这里山上有很多很多的蘑菇，也有木耳，黑黑的，可惜现在季节不对，要早上一些，就能采到很多。对了杨阿姨，你明年再来吧，到时候我多采些木耳，葡萄也有，不过不是紫葡萄，是红色的那种……”

过了片刻，杨薇回答道：“好啊，阿姨不喜欢黑木耳，不过，你胖子叔叔挺喜欢吃的……”说完，她也忍不住“噗”的一声笑了出来。

朱笑东捂着嘴巴，憋得都差点抽搐了，胖子却是干脆在草地上打起了滚来。

笑过之后不久，就看见高原跟萧劲两人兴高采烈地回来了。

朱笑东坐直了身子一看，只见两人一个用木棒挑了七八只山鸡，另一个背了三四只野兔，收获可谓丰富极了，今天晚上绝对又可以吃一顿大餐。

见到朱笑东他们三个人居然全都躺在路边的草丛里，高原有些诧异地问道：“你们怎么到这里来了?”

胖子咧着嘴笑道：“来看看你们的收获怎么样，不错不错，收获不少。”

萧劲得意洋洋地说道：“走吧，赶快回去，一想到昨天晚上的那个美味，我真是快要忍不住了。”

朱笑东淡淡地笑道：“现在我们还不能回去，得再待上一会儿。”

高原惊奇地问道：“怎么回事，为什么现在还不能回去?”

梁润这时开了口：“我们秋老师过来看梁三了，杨阿姨他们说，那是他们的二人世界!”

高原一怔，随即明白过来，当下笑了笑，放下肩上的山鸡，也躺进路边的草丛里。

这时，朱笑东突然问道：“梁润，你怎么不叫梁三叔叔，辈分比梁三高吗?”

“不是。”梁润站了起来，有些老气横秋地说道，“我爸爸说，我们本来就不姓梁，我爷爷是过继给梁家的，我爸爸说，他们梁家根本不喜欢我爷爷，甚至都不承认我爷爷跟他们姓梁，所以，我爸爸说，我们姓梁是迫不得已，等以后有了机会，就改姓我们自己家的姓!”

回到梁三家里，黄诚师徒两人早回来了，已经开始生火做饭了。

秋可仪也走了，黄诚师徒两个没碰上，估计是朱笑东等人刚走没多久就走了。

梁三强撑着身子，半靠在床头。秋可仪来访，本来是想过来跟朱笑东说声谢谢的，只是没想到梁三遭逢打击，她安慰了梁三一番，因为还要回去备课，也不能耽误太久，所以一早就走了。

胖子摇晃着脑袋，叹了口气，这么好的机会，梁大个儿，你咋就不珍惜呢！你真是叫我痛心不已。

杨薇在一旁帮着淘米、洗菜，啐了胖子一口，笑着说：“什么珍惜不珍惜，你以为人人都像你!”

胖子嬉皮笑脸的，刚要还嘴，朱笑东就把他拉到院坝里清理高原他们打回来的猎物。这个季节，山鸡、野兔并不是真正肥硕，但是在胖子精心打理下，烤出来后另有一种风味。

本来黄诚也就买了些山里人吃的土豆、米面之类的，腊肉也是有的，但是鸡禽之类的没买，太贵了，不过看到今天晚上又有烧烤吃，而且还是野味，黄诚也是乐呵呵的，忙前忙后地帮着添柴、加水。

梁润闻着胖子的烧烤不愿回去，杨薇忙完，就让梁润拿出书本先做作业，梁润做着作业，不时抬头盯着不住冒油的野兔，咕嘟咕嘟地吞着口水。

几人胡吹八说了一阵，很快那些野物便被烤得松脆金黄，像镀了一层金一般，在一群人期盼的目光中，胖子洋洋得意地把烧烤好的几只野味用盆子装好，端上桌子，嚷嚷着大叫：“开饭了……”

吃过了晚饭，胖子特意留出一串烧烤拿给了梁三，又天南地北地安慰了梁三一通，再出来的时候，天上已经只剩下最后一抹红霞了。

第二天一早，朱笑东等人刚刚洗漱完毕，还没来得及开始做早饭，秋可仪就慌慌张张地跑了过来，喘着粗气，跟朱笑东说：“不好了……三叔……出事了……”

一听说老梁三出事了，朱笑东等人头皮一炸，杨薇赶紧问道：“怎么回事？秋小姐，你慢慢说。”

秋可仪好不容易喘匀了气，然后说道：“三叔昨天晚上一夜没回家，三婶问了好几个人，都说没见着，后来，在一处天坑边上，三婶说发现了可疑的地方，叫人过去一看，说是有血迹……”

朱笑东二话没说，直接拿起背包往背上一背，就要秋可仪带路。

胖子等人也毫不犹豫地整理好背包，跟在他身后。

秋可仪带着朱笑东一行一路小跑，过了差不多半小时，才到了先前说的那个天坑位置。

就在梁三与老梁三家之间的路边上，还有一条岔路，在梁三家这边不远的地方，通向他们的祖坟山，这天坑的位置差不多就是在这三条路的交叉点前面不远，也是老梁三回家的必经之路。

所谓天坑，是指具有巨大的容积、陡峭而圈闭的岩壁，深陷的井状或者桶状轮廓等非凡的空间与形态特质，发育在厚度特别厚、地下水位特别深的可溶性岩层中，从地下通往地面的塌陷或者侵蚀岩缝，在当地也叫作“气眼儿”。这种“天坑”并不少见，但是大多数的天坑并不大，也不是特别深。

这个天坑口子也就一张大桌子般大小，周围半人多高的野草几乎已经将天坑口遮住，要不是有一路明显已经倒伏的野草，几乎没人可以看得出来这里是个天坑。

这时的天坑边上已经围了七八个老年人，男女都有，有的抬木棒，有的拿绳子，因为村里的青年都出去了，现在村里出了这样的事，能动的就只有这些老人了。

一个五十来岁的妇女哀哀哭泣着，满脸泪水，几乎是有些绝望地盯着那口天坑。

估计这个坐在地上有些绝望的妇女就是秋可仪口里的三婶。

杨薇、秋可仪两人上前，扶起三婶，到旁边去坐了，不住地安慰起来。

高原顺着那些倒伏的野草稍微上前，就看见那些草茎上果然有些红褐色、已经干涸凝结的东西，高原用手取了一些下来，放在鼻子底下嗅了嗅。

过了片刻，才回头对朱笑东等人说道：“是血迹，我不敢肯定是不是人血，因为时间过长，已经嗅不出来人血的那股腥味儿了。”

“估计时间有多长？”朱笑东问道。

“我也只能估计，差不多应该是在昨天中午前后。”高原盯着那些血迹，答道。

“昨天中午前后，也就是说有可能不是梁三叔！”朱笑东松了口气。

昨天，老梁三跟自己一直聊天聊到梁润放学，直到梁润回家，秋可仪都去了，老梁三才走。

朱笑东这么一说，三婶泪眼蒙眬，但是明显松了口气，哭声顿时也小了很多。

秋可仪因为还要给孩子们上课，也不能耽误太久，安慰了三婶几句就匆匆忙忙走了，就剩下杨薇和另一个老太婆一起照顾三婶。

黄诚拿了纸笔出来，询问三婶一些情况，三婶含着眼泪，一一作答。

天坑这边，高原因为不能确定血迹到底是不是老梁三的，所以决定下去看看，村长等人早准备好了粗大的麻绳和一根直径二十多公分的杉树杆，只等着看谁愿意下去。

为了保险起见，朱笑东等人把自己带来的绳子也拿了出来。照例是先用小绳子绑上一块石头，试探深浅。

村长老头子拿的是一圈指头粗的小麻绳，说："这是以前用过的，长度大概在六十丈左右，估计也就是两百来米。"

胖子拿来一块三四斤重的石头绑在小绳子的一头，沿着天坑口慢慢地放了下去。

这时，三婶又是一阵放声大哭，朱笑东回过头去，发现是梁三跟了过来，正在安慰他三婶，只是梁三越是安慰，三婶就哭得越是伤心，仿佛自己亲眼看见老梁三从这儿跳下去了似的。

这时黄诚也过来了，满面疑惑地对朱笑东说道："根据三婶的说法，老梁三自昨天早上出了门，就一直没有回家，如果要说遇害，这可能性还是比较大的。可是老梁三根本不会有什么仇家，大家乡里乡亲的，平日里住得又远，不可能为一些鸡毛蒜皮的小事杀人灭口吧。"

朱笑东皱着眉头想了半天，最后也只想到两个可能，但是朱笑东不敢说出来，在朱笑东看来，要么，就是老梁三说出了那么多的秘密，觉得对不起梁三一家以及所有的族人，旧事重提之下心怀愧疚，自己了断了。

另外一个就是老梁三知道的秘密太多，被人窥探，见到老梁三独自一人，便上前威逼，最后不成杀人灭口，然后弃尸于这天坑之中。

不过，这两个想法都有很致命的地方，要是老梁三自绝，除了跳天坑，要死的法子多到数不清，也犯不着在跳天坑之前，怕自己不能死得彻底，还先捅上自己一刀。

老梁三是本地人，肯定是知道这里有个天坑的，说不定有多深他都清楚，真要想死，直接跳进去不就行了，还脱了裤子放屁，先捅上自己一刀，把自己的血迹留在上面，绝对是多此一举。

要说是被杀人灭口，好像也说不过去，这周围没有打斗过的痕迹，这朱笑东是知道的，也是村长他们都可以证明的，这周围野草虽然枯黄，但是被人践踏过的痕迹还是很明显的，除去这些痕迹不说，灭口的人还留下这么大一滩血迹，连最简单的伪装都没做，这就很难让人相信了。

然而，因为现在不能确认这血迹具体留下来的时间以及到底是不是人血，所以朱笑东连这两个想法都不敢说出来。

又过了十几分钟，胖子说绳子已经放到天坑底了，村长也上前试了试，确认已经到底了，再看绳子的长度，在八十米左右。

朱笑东带来的高强度绳子最长的也就一百米，一根绳子也就足够了，村长的麻绳也有一百来米，要下到天坑底部也是绰绰有余，如此一来，就可以同时下去两个人。

高原早就拴好了绳子，不管下去的是朱笑东还是胖子，只要他们中间有一个人下去，高原就义不容辞要陪伴左右。

第一个下去的是朱笑东，不管怎么说，现场除了他们几个年轻人，其余的都是七老八十的，让他们下去，肯定是不可能的。

高原用的是粗大的麻绳，朱笑东用的是自己带来的高强度绳子，在下天坑之前，胖子突然想到一件事。

这一次来，胖子花了不少钱搞到几个短程通信器，也就是步话机，据说通信距离在山沟里都可以达到四公里，这下天坑，百十来米就更不成问题了。

给高原、朱笑东分配好步话机，依着说明书调好频率，试好开关和通话效果，又准备好照明的灯具，胖子这才放心大胆地让朱笑东跟高原往下滑。

朱笑东按照老规矩，背包不离身，并且还让高原也背上，背包里有不少工具，临时用就会方便很多。

杨薇本来想要跟朱笑东一起去的，但因为要照顾三婶，这时候也就只好眼睁睁地看着朱笑东跟高原慢慢下滑，直至消失不见。

朱笑东跟高原下到天坑才发现，这个天坑，其实是一道南北方向的山体裂隙，上面十多米的一段是宽度不足两米的岩石裂缝，两手一伸就能撑到两边的石壁，之所以天坑的口子只有桌子般大小，是因为这条裂隙上卡了一块大石头，恰恰就只剩下这桌子般大小的口子没能堵上而已。

越往下，裂缝越窄，下到二十来米的时候，裂隙就只有不到一米五宽，除了石壁很湿滑外，以高原的体力，手脚撑在两边石壁上，几乎就可以不用绳子，不过，高原绝对不会放弃用绳降，除了安全，用绳降还能节省不少体力。

石壁窄，又有绳子保险，下降的速度就快了不少，七八十米距离，也不过用了半个多小时就下到了底。

这个时候，石壁上湿度大增，几乎开始往下滴水了，加上石壁上被风化成粉末的表层，石壁几乎比上过一层油还要滑，基本上就不能着力。

朱笑东跟高原小心翼翼地站稳脚跟，仰头望去，那桌子般大小的口子，这个时候就像一个针孔般的光点，估计要不是阳光照射，连针孔般大小的光点都看不见，无形之中，给人一种压抑之感。

朱笑东又打开步话机，跟上面的胖子说已经到底了，通话质量还算不错，听得很是清晰，朱笑东甚至都能听见三婶的哭声以及杨薇的劝慰声。

通完话，朱笑东才打开手电，这一次，胖子买来的手电也是改良过的狼眼，不但光线更足，使用的时间也更长。

只是朱笑东打开手电才发现，所谓到底了，其实只不过是岩石壁缝里又卡住了一块石头，现在，他跟高原两个人就站在这块石头上，落脚之处，正是这块石头的三分之二处，再往前边两米远，下面就是黑黝黝不知深浅的裂隙。

估计胖子他们测量深度的时候，小绳子绑着的石头就是落在这块石头上的，其实脚下还不知道有多深。

朱笑东赶紧又与上面的胖子通话，把这里看到的情况说了一遍。

胖子怔了怔，杨薇、村长、梁三等人赶紧要朱笑东等人先上来再说，这时候已经不能再下去了，也没有足够的绳子让两人再次下降。

朱笑东不肯立刻上去，反而要胖子把测量深度的那根小绳子先放下来，看看下面到底有多深，就算上去之后再拿绳子也好有个准备。

见朱笑东坚持，胖子等人不得已，只得依言放下那根绳子。几分钟之后，这根近两百米长的绳子就带着那块石头，到了朱笑东手里。

这块石头上有些湿滑，又略微倾斜，朱笑东不敢太过靠前，勉勉强强往前段走了一小步，开始往下面放绳子，即使有麻绳和高强度绳子拴在两个人身上，两个人也不敢大意，几乎是一尺一尺地往下放着绳子。

然而，让朱笑东和高原感到吃惊的是，这一根两百来米的绳子放完，依旧没能到达天坑的底部，也就是说，这条裂隙形成的天坑，最少已经超过了两百八十米！就算是村长的麻绳，以及朱笑东的高强度绳子加在一起，离底部也还差上一大截。

如此之深的裂隙天坑，现在无论如何也下不去了。

朱笑东叹了口气，本来想把细绳子收回来，但是稍微拉了几下，绳子卡在石头缝里了，不管朱笑东如何使力抖动，那绳子就是不动。

高原劝朱笑东："这绳子卡住了就卡住了，反正我们还要再次下来，先放在这里，说不定也是件好事。"

朱笑东却说道："我想拉出来看看下面是不是有水，如果是的话，我们基本上就用不着再下来了。"

朱笑东说得在理，高原也不好再辩驳，只好在后面拉了朱笑东的绳子，让朱笑东小心翼翼去拉那小绳子。

然而，就在这一刻，朱笑东的高强度绳子突然一阵摆动，高原那根麻绳也是稍微一摆，紧接着便是一阵"嗖嗖"的声音。

两根绳子一齐掉落了下来，不知道是怎么回事，这两根绳子居然从中断掉了。

麻绳有好几十斤重，突然之间从天而降，不但让高原跟朱笑东两人吃了一惊，还打得朱笑东跟高原脚下一滑。

一时之间，两个人直直地朝深渊一般的黑暗中滑落下去。

胖子在上面，见绑在木头上的绳子动了动，以为是朱笑东跟高原准备开始往上爬，连忙打开步话机，问要不要帮忙往上拉。

可是，步话机里没有朱笑东跟高原的回应，胖子吃了一惊，赶紧趴到天坑口上，朝下高喊：“东哥！高大哥！你们没事吧？”

杨薇一见胖子那个慌张劲儿，马上明白，朱笑东跟高原两个出事了！

这可真是天塌下来了！

胖子一连喊了三四遍，都没听见朱笑东跟高原两个人的回应，激动之下，胖子一把抄过两根绳子，只是他这一抄，所有人的心顿时跌进了无底深渊。

只有不到三十米的绳子，胖子几乎在半分钟之内就全部拉了起来，两根绳子差不多都是同一长度被切断的，断口处整整齐齐，很像是锋利的刀刃切割过。

胖子拿着两根断头绳子，一屁股坐到地上，看着断口发呆。

杨薇呆呆地看着天坑口，要不是梁三和老村长拉得及时，估计杨薇直接就会跳了下去。

大多数人这个时候已经慌乱起来，稍微好一点的也就只有黄诚。

黄诚拿出手机，拨了个号码，不知道是谁接的，只听见黄诚说道：“情况紧急，小朱和保镖下到地穴去救人，已经失去联系，两根绳子被莫名其妙切断，救援，十万火急……”

第六章

无底天坑

村长看着胖子手里的两截断绳，失声说道：“是飞虎……”

所谓“飞虎”，其实又称飞鼠，一般成年鼠体长差不多一尺，尾巴几乎与身体等长，当它不开飞膜时，外形类似松鼠，背毛呈灰褐或黄褐色，腹面灰白色，习性类似蝙蝠，白天多躲在悬崖峭壁的岩石洞穴、石隙或树洞中休息。

传说有飞虎的地方，就有珍贵的灵药，不过这事儿一般也说不清楚，这东西一般栖息的地方都是绝壁奇险之处，又最见不得有绳子在它家门口晃动，在悬崖峭壁上采药的人发生意外，一多半便是被这东西咬断绳子所致，这倒是千真万确的。

胖子跟杨薇两人像是丢了魂儿一般，多亏梁三、萧劲一再阻拦，加上黄诚师徒两人不住地劝慰，才把他们从那天坑边上远远拉开。

先前一个不明不白、不知道是不是“人”的东西掉下天坑，紧接着两个人跟下去，却又下落不明，村长都慌了手脚，一边让另外的老头子赶紧回家去找绳子，一边想办法对付天坑里的飞虎。

对付飞虎，其实很简单，只要能找到它的栖身之地，然后用烟熏，把它熏晕过去，或者直接熏死就成。

黄诚要梁三先把胖子跟杨薇两人带回去，免得在这个地方又发生意外，萧劲也比较赞同黄诚的看法，可惜的是，好说歹说胖子跟杨薇两个人也不肯离开，被拉得发了急，便跟要拉他们的人厮打，尤其是杨薇，完全是一副发了疯的样子，真是让人又心痛又怜惜。

最后还是三婶抱着杨薇痛哭了一场，让杨薇的心情稍微平静了一些。

看着一老一少两个女人抱头痛哭，旁边的人都止不住心酸。

直到中午之后，回去找绳子的几个老人又找来一帮人，抬的抬，背的背，找来五六根一百来米长的麻绳，稍小一点的棕绳、尼龙绳、化纤绳，少说也有几十根。

来的人多，有带着滑轮的，有扛着木料的，也有背来燃料、食物的，虽然大多是老人，但是手脚也还比较麻利。

山里人质朴淳厚，又齐心，不多时，便在天坑口上搭起了一个十分牢固的架子，接着是接绳子之类的。

见再次架好绳子，胖子咬着牙，死活都要第一个下去，村长劝阻说："这事儿急不来，要不把飞虎熏死，下去多少人都是死路一条，如果你一定要先下去，我们也不阻拦你，但是你有熏飞虎的经验吗？"

胖子都没听说过飞虎是什么玩意儿，当然没有什么经验，不得已，只得先听村长的话。

那个背着燃料的，其实就是专门为了飞虎而来的，燃料也是专门用来对付飞虎的。燃料其实也很简单，就是破棉絮，里面还加上了一些干辣椒。

破棉絮燃烧起来烟雾很大，再加上里面的辣椒，别说是飞虎，就算是人都顶不了多少时间。

背来燃料的老头子拿来一个上面系了铁丝的铁盆，把棉絮和辣椒一层层铺好，又用小绳子系在铁丝上面，试了试，就算铁盆里面的火再大也烧不着绳子，这才点燃破棉絮。

破棉絮被点燃，立刻冒起一股刺鼻至极的浓烟，熏的站在一边的胖子咳嗽不已、泪流满面，其他的人也是一沾这烟雾就喷嚏连连，好多站在下风头的人都赶紧避开了去。

老头子见铁盆里的破棉絮燃烧得越来越旺，就开始往下放。

老头子一边往下放铁盆，一边对胖子说道："这飞虎估计就在二三十米的地方，但是这不像在明处，在明处，只需要把这铁盆往飞虎洞口一放，不到十分钟，就能把飞虎熏晕过去，但是在天坑里就不行，只能把火盆尽量放低，让烟雾自然升起来去熏飞虎，而且为了保险起见，至少得熏上两到三次。"

破棉絮下到天坑里，顿时从口子上冒出来一股浓浓的烟柱，出了天坑口，微风一拂，便四散开来，整个场地上顿时响起一片响亮的喷嚏声，更有不少人连眼泪、鼻涕都被熏了出来。

老头子把火盆放到底，一边打着喷嚏，一边找来一块十来斤重的石头压住绳子，不让绳子滑下天坑，剩下的绳子依旧盘成一圈，放在一旁，然后就跑到一边，来呼吸新鲜空气。

足足过了十来分钟，见往上冒的烟雾稍小，估计棉絮、辣椒已经燃尽，老头子才走过去，开始往上拉绳子，因为系火盆的绳子是固定在滑轮上的，拉起来不但迅速，也极为省力，片刻间，那已经燃烧完了破棉絮和辣椒的铁盆便上到天坑口上。

这个时候，铁盆里只剩下一层薄薄的灰烬，而铁盆几乎被烧得发红，远远地就能感觉到一股烫人的热气。

老头子把铁盆里面的灰烬倒了，重新一层破棉絮一层辣椒装好、点燃，然后放进天坑里，依旧用石头压住绳子尾部，才躲得远远地。

那味道，简直比催泪瓦斯弹还厉害！

依旧是过了十来分钟，老头子才捂着口鼻过去，拉着绳子，把铁盆提了起来。

如此又往复了一次，尽管胖子忍不住，但也没有办法。

旁边有个老太太见烟柱冲了起来，被熏得实在难受，不知道从哪里弄来一些野草，干脆把天坑的口子给盖了起来，烟雾被野草挡住，不到片刻，周围的人便感觉轻松多了。

见丝丝缕缕的还有烟雾从草缝儿里冒出来，立刻就有几个老头子有样学样，拔来不少的野草扔在上面，不一会儿，便把整个天坑口子遮了个严严实实。

恰恰就在这个时候，天坑里面传来一阵嚎叫，闷闷的，就像牛嚎，那原本系着火盆的绳子突然之间哧溜溜地动了起来，竟然像一条又野又大的鱼咬着了鱼钩，拉着鱼线拼命地往深处潜游一般，带得架子上的滑轮呜呜作响，压着绳子的那块石头竟然被带得“呼”的一声蹦起来，弹出去老远，后面两百多米的一圈绳子不到一分钟，竟然全部被拉进天坑，消失不见。

幸好，所有人因为惧怕那股刺鼻的味道，离天坑口子都是远远的，不然，要是被那绳子稍微带上一下，后果不堪设想。

所有人看着还在微微冒着烟雾的天坑，一个个呆若木鸡，没人明白这到底是怎么回事！没人说的清楚那一阵牛嚎般的叫声是怎么回事，也没人知道发出这声音的到底是什么东西，能够如此迅速地把一圈两百来米长的绳子全部拉进天坑里。

这太神奇了，不，应该说是太恐怖了！那叫声，还有那速度，都已经达到了让人惊恐的地步，至少所有人都知道，那肯定不会是一只温顺的小猫、小狗！

尤其让人担心的是，朱笑东跟高原是不是也遇到了那个“东西”！

几十个人目瞪口呆了半晌，杨薇跟萧劲两人却是第一时间反应过来，这天坑，没有必需的专业装备，不能下！

胖子却是管不了那么多，朱笑东他们还在下面呢！既然有这么不寻常的事情，他们肯定就更危险，不管怎么样，活要见人，死要见尸，这天坑，他还必须得下。

胖子转身找来一根木棍，几下子挑开天坑口子上堵着的野草。

那刺鼻熏眼的烟雾顿时呛得胖子连连咳嗽，顷刻之间泪流满面，使得胖子忍不住闭着眼睛，倒退了好几步。

杨薇咬着牙，上前拦着胖子，嘶声叫道："胖子，现在你不能下去，那下面……有未知的东西……"

胖子抹了一把泪水，勉强睁开眼睛，咧着嘴巴，不知道是在哭还是在笑，说道："嫂子，我跟东哥在一起的时候，什么未知的东西没见过，现在，东哥他们……我必须得下去……"

杨薇坚决之极地说道："胖子，你一定要去是不是？那好，我跟你一起下去，要死，大家都死在一块儿！"

"嫂子……"胖子盯着天坑口子，艰难地叫了一声，随后"扑通"一声倒在地上。

黄诚毫不客气地给胖子脑袋上来了一下，这节骨眼儿上，不说那不知道的东西，就算是那些熏飞虎的烟雾都还没消失干净，现在就下去那是找死！

说实话，这一帮人也就朱笑东跟黄诚比较亲近一点儿，现在朱笑东有事，黄诚比谁都着急，比谁都心痛，但是胖子这么冲动，这么折腾，黄诚实在是看不下去，索性拿了根木棒敲晕胖子算了。

胖子倒地，鼓着眼睛，在彻底昏过去之前，伸手指着黄诚，歇斯底里地吼了一句："黄诚……你等着……生活费……我……算死你……"

黄诚吐了一口气，心情复杂地低声说道："这生活费……我等着小朱回来跟我算……”

胖子倒下了，现场顿时清静了不少，只听见杨薇，还有三婶两人低低的哭泣声。

萧劲跟梁三两人默不作声地打开背包，取出帐篷就地支了起来，现在这个情况，没人愿意离开，但是胖子被黄诚敲昏，也不能就让他躺在地上。

两人将帐篷支起来，把胖子抬进帐篷安置，然后就地等待黄诚呼叫的救援人员。

这一等，一直等到第二天中午时分，救援队才到达，一共只来了七个人，不过来送东西的居然有二十多个人，东西都堆成了一座小山，没办法，人家是正规的救援队，带来的器具不仅多，而且是非常专业的洞穴探险装备，这一比，朱笑东等人的野鸡探险队就只能相形见绌了。

二十多个人卸了器材，又帮着搭好三座帐篷，这才在领头人的吆喝下各自撤离，剩下来的事，他们反正也帮不上忙。

领头的队长是一个大个子，三十来岁，白白净净的，叫郑平，很有名气的一位洞穴探险救援专家。其余的六位，大胡子叫汪德华；下巴刮得青梗梗的叫胡顺；一副书生模样戴着眼镜的叫廖耀明；笑弥勒一般的叫赵生智；惜字如金的叫古德五；机警灵活的小个子叫鲁小刚。

一群人先到天坑边上，稍微查看了一下地形，便开始工作起来，拆掉了原来用绳子绑住的木料，重新用铁丝固定，按照最坚固的三角架法，支起滑轮架。

郑平仔细地跟村长、黄诚等人询问了具体情况。

廖耀明取了些野草上的血样，拿出一些瓶瓶罐罐稍加分析，便肯定道：“人血，的确是人血无疑……”

廖耀明这一句话，当场就让三婶哭死了过去，既然是人血，除了老梁三还能有谁？

但是，廖耀明紧接着一句话，又让所有人觉得不可思议起来："人血是人血，但是，这血加过一些抗凝剂，也就是说，这血并不是有人在现场上直接流出来的血，而是一些血液制品。简单说吧，采血袋大家都知道吧，正规的采集血液，是通过冷藏等手段阻止其发生凝固凝结，而这个地方的血液，差不多就是用来演戏的那种！"

昨天被黄诚敲了一棍子的胖子瞪大了眼睛，问道："谁这么无聊，拿人血来演戏，这不坑了我们大家吗？东哥要是有个三长两短，我非剥了他的皮！"

"这个就不归我们管了！"廖耀明说道，"上面的事，你们还是报警吧，他们专门管这事儿，至于你是要剥他的皮还是要把他大卸八块，那就得看你自己的本事了，好了，这上面的事情，我们就只能做这么多了，接下来我要去准备下面的事了。"

杨薇在胖子后面，听廖耀明这么一说，顿时疑云丛生，虽然杨薇担心朱笑东的安危，但有些事是不能忽略的，她回头看了一眼昏死过去的三婶，本来想要对胖子说点什么的，最终还是忍住了。

偏偏胖子在杨薇回过头来的那一刹那，也盯着杨薇，眼里露出重重疑云。

不过，杨薇低声对胖子说道："目前，笑东的下落要紧，这事儿，只能先放到一边……"

胖子也低低地恨声说道："要不把那个人揪出来，胖子我这辈子就算白活了！"

大约又过了半个小时，郑平了解完情况，一脸轻松地过来，招呼手下几个人，准备下坑。

胖子跟杨薇、萧劲三个人都向郑平提出要求，无论如何也得参加这次救援行动。

郑平很是迟疑："地穴探险，可不是一般的游山玩水，除了要有严明的纪律，还必须具备非常专业的技术知识，更必须要具备随时献身的精神，你们都准备好了吗？"

胖子不服气："别的不说，我们遇到过的那些危险，你们遇到过吗？实话告诉你，我们也是枪林弹雨里摸爬滚打出来的，这个小小的天坑，你让下，我们得下，不让下，我们也得下，大不了，咱们各干各的。"

一听这话，郑平来了劲儿："你就是朱益群小朱老板，绰号胖子，对吧，我告诉你，就你这样子，我还真没看出来你是从枪林弹雨里摸爬滚打出来的，你有钱不错，但是你知道岩溶地质构造和溶洞探险的基本知识吗？你懂得溶洞的地理位置、地质构造、水文资料、周围环境、生态植被的气候条件及与最近村落的距离等相关资料吗？你知道在地质构造复杂的岩溶洞进行各类救援探险需要的装备吗？你知道在洞穴里迷路，而且失散之后，该怎么做吗？这些，你都不知道吧？"

黄诚这时走过来，期期艾艾地对胖子说道："胖子兄弟，你跟杨小姐两人的状态都不好，要不现在就别下去了，反正他们都是专业的救援人员……"

胖子满脸恼意，瞪着黄诚吼道："黄诚，你还说，你记住了，你欠我一大笔生活费，还有，你敲过我一棍子，得赔偿我医疗费，这笔账，我回来再跟你算。你再说，到时候我不剥掉你一层皮，我就不是朱益群！"

黄诚一片好心让胖子当成驴肝肺不说，还给骂了个狗血淋头，只得悻悻地退到一边。

郑平轻蔑地看了胖子等人一眼，无论如何也不答应让这三个人下去。

杨薇叹了一口气，要求郑平到一边说话。

见杨薇等人纠缠不休，郑平板着一张脸，勉强跟杨薇到了一边。

离开众人稍微远了一些，杨薇才对郑平说道：“郑队长，对不起，你知道，我丈夫在下面生死未卜，我相信你能理解一个新婚妻子对自己丈夫的依恋和期盼，算是我求你，让我们下去，我保证，我们三个人绝对听你的指挥。另外，不管这次下去的结果怎么样，我愿意以我个人的名义，为你们救援队捐赠五千万元……如果你觉得不放心，我这里有张银行卡，里面不止五千万元……”

杨薇本来就楚楚可怜让人心生怜惜，郑平最看重的就是杨薇对朱笑东的情分，至于说到钱，五千万元，绝对不是一个小数目，这也让郑平心里活动了起来。

郑平犹豫了半晌，又说道：“小杨，别拿钱说事，朱老板跟他的保镖的命，这五千万元未必就能买得回来，不过……”

顿了片刻，郑平又说道：“不过，看在你们夫妻情深的份上，我答应你，可以让你们三个人一起下去，不过，千万千万要听从指挥，要不然，就算你给一个亿也没用。”

杨薇大喜，赶紧把银行卡递到郑平手里。郑平接过银行卡，看了看，捏在手掌心里，转头回到他的队伍面前。

“汪德华、廖耀明、古德五、鲁小刚你们四个人暂时留在上面，做好第二梯队的准备，把你们的装备卸下来。”郑平很是神气地吩咐道。

汪德华、廖耀明、古德五、鲁小刚四个人相互对望了一眼，不明所以。

这四个人中，汪德华是郑平最好的兄弟，古德五是郑平最得力的助手，廖耀明却是郑平最信任的人，鲁小刚是专业的通信人员，这次探险救援，怎么能少得了他们四个！

做第二梯队，那是什么意思，难道说，郑平没打算活着出来？

郑平啐了汪德华一口，悄悄地向几个人晃了晃手里的银行卡，然后低声说道：“五千万元，我他妈不活着出来，你们能拿得到钱？”

原来是这样！几个人心照不宣地笑了笑，不再多说。鲁小刚、汪德华等三个人各自摘下自己的头盔，除下自己的装备，不多时，便把装备交给了胖子、杨薇，还有萧劲他们三人。

当然，那张卡也在不知不觉中转到了廖耀明手里。

胖子见杨薇把郑平拉到一边，仅仅不到五分钟，郑平就爽爽快快地答应下来了，就知道杨薇肯定是动用了金钱攻势，而且，绝对不是一个小数目，心里虽然不忿，但是再多的钱也绝对不及东哥重要，所以，也就忍住不说了。

郑平还算是尽职尽责，仔细检查了一遍杨薇等人的装备以及穿戴，见杨薇、胖子、萧劲三个人还算是身手敏捷，郑平颇为满意地笑了笑，然后壮士出征一般大喝了一声：“出发！”

最前面的胡顺朝天坑里扔了一根荧光棒，然后才扣好保险栓，开始慢慢往天坑里降，接着是赵生智，后面是萧劲，隔了鲁小刚，再后面是杨薇，胖子被安排到郑平后面，郑平说，让一个经验丰富的带一个菜鸟，这样比较安全。

胡顺是探路的，所以一个人先下去了，后面的，就是两个人一组往下滑。

仅仅八十来米，六个人几乎用了将近一小时才到达朱笑东他们曾经落脚的那块石头上。

只是这一次绳降，杨薇、胖子、萧劲等三个人的表现让郑平等人大大吃了一惊。

从体力上来看，就算是杨薇这样一个女孩子，比起胡顺他们来说，不会差上多少，而耐力，杨薇几乎跟郑平差不多。

别看胖子满身的肥肉，进了天坑却丝毫不含糊，虽然体重重，但是力气也大，尤其是手力，郑平几乎没法子跟他相比。

不大言语、性格接近古德五的萧劲就更不用说了，一手绳降技术绝对超过了郑平队伍里的任何一个人，很明显就是受过极为专业训练的人，那身手和耐力，就更不用说了。

郑平暗暗吃惊之余，不由得生起一股要一较长短、一争雌雄的欲望。

怎么说他们也是专业的、正规的救援队，怎么能在这些业余的探险人员面前丢了脸儿，这事要是传了出去，还不让人笑掉大牙！

胡顺最先到达朱笑东他们落脚的位置，在荧光棒的照耀下，看见了朱笑东跟高原曾经没能拉回来的那根测量绳，以及朱笑东他们滑倒跌进黑暗的痕迹。

由于石壁上像是泼了一层油料一般湿滑不已，胡顺用特殊的岩钉把保险绳固定好了之后，才去取那根被卡住的绳子。

因为岩石壁太过湿滑，胡顺去拉那根绳子的时候，一只手没撑住，整个人猛地往前一窜，在一瞬间失去平衡，眼看着就要掉下黑暗之中。

虽然有保险绳拴着，但是胡顺要是跌落下去，少不得要在岩石壁上撞上一下，这一撞，无论是轻伤重伤，肯定得退出这次探险救援。

在这千钧一发之际，站在胡顺身后的萧劲双手撑住石壁，整个下半身突然抬起，一双脚钳子一般夹在胡顺的腰间，硬生生地把已经失去平衡的胡顺夹了回来。

直到这时，萧劲身后的几个人才发出一声惊呼。

胡顺坐在地上，半晌都没敢把眼睛睁开，许久才“啊……”的一声叫了出来，想来也是被吓得够呛。

萧劲身后的人，一个个到这时才松了一口气，都抹了一把冷汗。

郑平战战兢兢地对萧劲说道：“谢谢萧兄弟，要不是你，胡顺可就废了……”

萧劲淡淡地摇了摇头，转开话题：“郑队长，你认为我们有必要把这根绳子拉起来吗？”

测量绳，郑平手里有，而且是上面有标记的专用绳子，绕在一个线盘上的，很细，就像是大号钓鱼线一般，头上是一颗铅垂，不仅携带方便，而且长度超过五百米，最主要的是可以承受的拉力是普通钓鱼线的十倍以上。

郑平想了想，还是算了，看样子，朱笑东他们多半也就是因为这根绳子才跌了下去，现在要取回这根绳子太危险，不值得！

郑平上前，把还在发呆的胡顺拉了起来，送到自己身后，然后取出来一根荧光棒，折了一下，待荧光棒大亮之后，朝黑暗之中扔了下去。

荧光棒带着一团绿莹莹的光芒，快速往黑暗之中坠落，在岩石壁上弹撞了几下，然后消失不见。

看着荧光棒消失在黑暗之中，郑平暗暗地皱起了眉头：“这个天坑很深，至少不会低于五百米！朱笑东跟他的保镖高原从这么高的地方摔下去，能活下来的概率根本可以说是零！没有人从五百米高的地方摔下来，还能存活下来，即使下面是很深的水，巨大的冲击力也会让人瞬间失去意识，被水溺毙。”

胖子低声怒骂了一句：“放屁！东哥那么好的水性，溺个屁！”

杨薇却很是坚决地摇摇头，说道：“我能感觉到笑东他们没有死，他们不可能会死！”

“放心，不管有什么困难，我们都会下到里面，去看一看究竟。”拿人的究竟还是有些手软，郑平毫不犹豫地说道。

放下的铅垂也证明了郑平的推测，从这个天坑底部到现在他们站着的位置还有五百一十二米，也就是说，加上上面这八十多米的高度，总深度已经超过了六百米，这是极为少见的天坑！

郑平以前从来就没下到过这么深的深度，最深的洞穴也不过就三百来米。

把这个情况跟大家一说，赵生智与鲁小刚两人眼里顿时露出一股少有的兴奋。目前来说，已经探明的最深的天坑也就六百六十多米，那还是国外的探险专家，带着最先进的探险设备以及强大的团队，历时半个月之久才探明的，那个国外的探险专家也因此一举成名。

机缘巧合，现在就有这样一个一举成名的机会，如何不让人兴奋。何况，只要下到下面，那就是名利双丰收，就算只有五千万元，七个人平摊下来都还有好几百万元呢！

人生能有这样的一次机会，足矣！

即使先前吓得要死的胡顺这时候也站了起来，摩拳擦掌、跃跃欲试，就更不用说眉飞色舞、已经按捺不住的赵生智和鲁小刚两个人了。

郑平自然比谁都清楚这次下天坑的意义，不管能不能找到要找的人，这样的机会实在是太难得了，无论如何也得好好把握才行。于是，用通信器向地面上留守的汪德华等人通报了一遍情况，并含蓄地说明了这一次名利双收的机会难得，必须要万分小心，紧密配合等，然后才是需要的材料器具。

就算是惜字如金的古德五，得知这些情况，也忍不住连叫两声："Good，Good……"

随着汪德华等人的努力，各种器具、材料，源源不绝地运送下来，下面的赵生智、鲁小刚、胡顺以及郑平一起动手，在岩石壁上凿洞的凿洞，铆钉的铆钉，加固的加固，接绳的接绳，一众人等忙得不亦乐乎。

再次搭好下降的平台，郑平并没急着再往下降，而是吩咐大家赶紧吃上一点干粮，从现在开始，每次下降一百米左右，就要想办法搭建平台，再下降。

说是平台，也就是用电动钻机在岩壁上凿上一个小洞，然后把搭平台用的钢管插进洞里，这样，不管是栓保险绳还是踏脚，都有一个支撑点。

这个天坑的缝隙不算太宽，两边又是石壁，所以，搭平台的钢管往两边小洞里一插，不但快捷，而且相对来说也保险。

不过，因为材料限制，每一个平台也就不到十根钢管，留下合适的间距，插在两边的石壁里，除了让人立足，还能堆放上一些必需的器材。

这是没办法的事，天坑里比不得明崖上，就算是再高的明崖，起码也是在明处，这天坑里黑黝黝的，说不定，危险就在下一秒。一次下降一百米左右，这已经是很了不起了，也几乎就是郑平等人的极限了。

简单地吃了喝了，这一次由郑平亲自上阵探路，下去八九十米的距离，仅仅四五分钟就到达了位置，然后是赵生智。

两个人一齐停在最有利的位置上，开始搭建平台，等两人站稳脚跟，胡顺跟鲁小刚两人才带了一部分器具下到下面。

由于上面已经做好了平台，相对来说是十分安全的，所以，胖子、杨薇、萧劲三个人就被留在上面，帮着运送材料、器具，把搭建下一个平台的材料用绳子绑好，然后用滑轮送下去。

如此，下台阶一般等胖子等人下到第二级平台，所有的人都差点累瘫了。

绳降不累，关键是搭平台，胖子半躺在几根钢管搭成的平台上问郑平，能不能不搭或者少搭，这都累得跟狗差不多了。

郑平“哼哼”了两声：“别的不说，就现在，你一口气给我爬两百米试试，看看会不会要了你的老命，除非，你下去了就不想再上来，不搭平台也可以。”

胖子哑然失声，心里惦记着朱笑东，也不再跟郑平搭话。

之后又休息了一个多小时，所有人的体力都恢复过来，大家才开始继续往第三个平台降落。

依旧是搭建平台，休息，养足体力，然后是到第四个平台、第五个平台，到了晚上八点多的时候，虽然还没能下到天坑的底部，但是扔下去的荧光棒已经能看得一清二楚了，测量绳显示，也就是二百二十米的距离。

按照正常计算的话，也就还需要两个平台，但是郑平说，因为材料器具的限制，也就只能搭建一处平台。

也就是说，这一次，搭建平台的地方只能选择在一百二十米左右的地点。

胖子质疑这个距离是否准确，问道：“听说，一般正规的探险队，都有激光测距仪，怎么你们没有配备那玩意儿?”

郑平依旧是一副没好气的口吻，说道：“这一次本来是通知我们救援的，又没说这天坑到底有多深，那些探险设备我们也就只带了一少部分，带来的主要是救援设备，早知道是这样的环境，那么重要的东西我能不带上吗!”

虽然口气生硬了些，但实实在在地在回答胖子的疑问。

“在洞穴救援里，带测量绳还有个好处，就是一旦迷了路，这测量绳还可以拿来作为引导绳，至少不用在一公里的范围打转。”

胖子“嗷”了一声，算是明白过来，记得有个走迷宫的方法，就是用绳子，即使一下子走不出去，至少也能快速回到原处。

不过，在地穴探险中，这个方法也有不足之处，就算拿着几百米的绳子能不走重复的路，但是地穴之中，又岂是只有几百米的范围，一个庞大的地穴系统，差不多都是以公里计算的，几百米的绳子，根本就起不了太大的作用。

搭建完最后一个平台，养足了体力，再往下降，这一次，依旧是郑平打头，只是郑平才下降了不到五十米，便叫了起来。

五十米以下，裂隙突然增大，形成一个穹顶，换句话说，脚下是一处高达七八十米的洞穴大厅，郑平以及胖子、杨薇下来的天坑，就是这个大厅顶上的一个天窗！

不管是裂缝也好，是天窗也好，到了这个地步，可以说是已经毫无退路，只能继续下降了。

纯粹毫无着力之处的绳降，比起拉着绳子蹬着岩石壁一步步地下降刺激了许多，也危险了许多，一个不好，就会直直滑落下去，绳子和手套的摩擦还会将手掌烧伤，让人在剧痛之下失去控制能力。所以，郑平这才出声示警，要上面的人改变先前下降的法子，注意控制自己的状态，以免发现情形突然不对，一时之间慌了手脚。

待郑平落到地面，又看了看，落脚之处是一块不大，只有十来平方米的平地，地面上满是碎石，周围尽是石笋石钟乳，作为来到这里的第一个落脚之处，也还算不错。

郑平检查完毕，看了看手腕上的表，这才发出“地面上安全”的信号，同时，也发出一阵欢呼，六百多米的天坑，他第一个到达了底部，而且才用了不到十八小时的时间，可以说，比那个用了半个多月时间、耗费了无数先进器材的外国探险专家起码快了十几倍。

这的确是值得骄傲的一件事！

待其余的人全部安全到达地面的时候，赵生智等人自然又是一阵兴高采烈。在巨大的洞厅里，显得有些暗淡的灯光下，胡顺还特地用数码相机记录下这激动人心的一刻。

郑平通过通信器向地面上的鲁小刚报告了现在的情况，地面上的汪德华、古德五、廖耀明等人无不兴高采烈，拍手相庆。

只是一到达地面，胖子、杨薇、萧劲三个人就散开了去，他们不是来探险的，而是来找已经失踪将近两天的朱笑东和高原的。

在地面上方圆十几米的地方看了一圈，只有无数的砾石、石笋，却没见到朱笑东跟高原两个人的尸体，甚至是血迹都没留下一片！

再次扩大了搜索，把范围放到直径二三十米，也就是说远远超过了从天窗上掉下来能摔出去的范围，依旧没有任何发现，哪怕是背包里散落出来的用具也没看见。

如此一来，杨薇、胖子、萧劲三个人又是高兴又是担忧，更多的却是奇怪，地上没有血迹和散落的工具，也就说明朱笑东跟高原两个人应该没有掉落到这个洞厅里来，极有可能还活着，这是值得高兴的事。但是这一路下来，萧劲他们也检查过岩石壁上的痕迹，但是没有任何证据能够证明朱笑东他们两个从第一处平台摔下来之后往其他的地方去了，这就是让杨薇等人担忧、奇怪的地方。

杨薇他们搜索了将近一小时，而郑平他们高兴之余也想起了本来的职责。

于是，郑平召集起所有人，简单吩咐了几句要注意安全，不能脱离大部队之类的纪律约束，然后让胡顺放置了一个可以定点指示方位的电子仪器。

待胡顺安置完毕，郑平这才拿出指北针，细细校对了方位，顺着上面的裂隙，向北方出发。

一路上，郑平等人兴奋不已，胖子却是拿着自己的步话机不断地试着跟朱笑东、高原联系，希望能听到朱笑东的回话。

可惜的是，朱笑东跟高原两个人的步话机像是石沉大海一般，没有一点儿回应。

一路走，在六个人的头盔灯以及射程较远的一只狼眼照耀下，地面上的石笋、石柱晶莹剔透、千奇百怪，有天地相接，七八个人牵手都围不过来的石柱，有折射出奇幻莫测的光芒的石钟乳。

最让人目瞪口呆的是一块巨石，说是巨石，那是因为杨薇等人知道现在他们就处在石头山体之中，所以说，任何高大的石块，都能说是巨石。

再往前走不到一小时，便到了洞厅的边缘，一个小得刚刚好能爬进去的岔洞，除此之外，便是一片湿漉漉的石壁，到了这里，基本上就没有了前进的道路，只能倒退回去。

粗略估计了一下，从放置仪器的位置到几个人折返的那一点，几乎超过了五百米，这一切，郑平都要胡顺一一做了记录。

在放置仪器的地方休息了片刻，稍微恢复了些体力，郑平又指挥大家直线往南走。

杨薇等人明白，郑平说是搜索救援，现在却主要还是想查明这个洞厅到底有多大，这事情是明摆着的，既然在天窗下面没找到可疑之处，就说明朱笑东他们根本就不在这里，既然不在这里，也就来个将势就势，顺便勘查一下这洞厅，至于朱笑东的事情，就只能压后一步再说。

胖子也是老大不乐意，倘若是一圈一圈搜索着往前走，就算是把这个洞厅翻个底朝天，胖子也是乐意之至，但是这一个点，两条线的走法，分明就是不把朱笑东的事情放在心上！这还叫救援吗！

可惜，郑平在出发之前一再叮嘱，任何人都不能脱离大队，要保持高度的纪律性，这一点，胖子、杨薇等人都是点过头的，总不能立刻就打自己一个耳光，翻脸不认吧。

如此一来，杨薇、胖子就只能暂时先忍住异议，跟着郑平等人一路往南而行。

越是往南走，地面上的石笋、石柱越多，几乎就是一个迷宫，石笋、石钟乳也更加多姿多彩，折射出来的光线也更加迷幻神奇，稍不注意，就有迷路的危险。

不过，往南这边，边缘并不太远，差不多也就只有两百来米，也就是说，这个洞厅，南北方向竟然达到了惊人的七百多米。

七八十米高，将近七八百米宽，难以想象这样一个超乎想象的空间是如何形成的。在里面，一想到上面就是五六百米的山体，那种心惊肉跳的恐惧，实在难以找到恰当的话语来形容。

转头过去看杨薇、萧劲、赵生智等人，胖子惊奇地发现，杨薇、萧劲两人虽然也有担心，更多的却是一种“愁”！

赵生智、鲁小刚以及胡顺三个却是真正担心，虽然不知道他们在担心什么，但是很明显看得出来，他们三个人脸上都是一种恐惧，莫名其妙的恐惧。

到达南边最边缘的地方，石壁最近处，能看到有三个十来米到二十来米高低不等、七八米到十几米宽窄不同的岔洞。

中间的这个最小，偏偏一站到这个小小的洞口面前，便让人不由自主地生出一股寒意，从脚趾尖一直到头发梢都颤抖哆嗦起来的那种寒意，让人在洞口面前稍站片刻便不由自主地想要赶紧离开。

其他的人往这个小洞面前一站，也就想着要果断离开，偏偏胖子走到洞口前面，才略略一顿，不但起了一层鸡皮疙瘩，连头发以及身上的汗毛也突然像是要炸开了一般，这种感觉，他太熟悉了！

因为给他这种感觉的东西就像以前他碰到的东西一样：邪斧！

邪斧那种无形的压力以及那种给人莫名其妙的恐惧感让胖子永生难忘，现在，这个小洞里面也蹿出来那样的一种气息，但是比邪斧上的威力还要凌厉好几倍，胖子根本就抵挡不住。

第七章
“哥斯拉”

一顿之间，胖子不由自主地后退了好几步，好一阵子，才皱着眉头吐了一口气出来。

胖子如此，郑平等人几乎是在那一刹那脸色死灰，二话不说，连招呼都不跟杨薇、胖子等人打，撇下他们，立刻就转身往回走。

胖子见郑平等人直接往回走，当下强忍住心惊，招呼了杨薇、萧劲紧紧地跟在郑平身后，穿过石柱、石钟乳，一口气回到天窗底下。

从南边的那几个岔洞口回来，六个人几乎再没人开口了，全都是因为那种已经镌刻进心里的莫名其妙的恐惧。

出了这样的事情，自然不易立刻再进行第三次探索，郑平吩咐现在休息，顺便生火煮些吃的，一来补充体力，再就是能好好调整心态。

但是胖子站起来，劝道：“队长，此地不宜久留，赶快做一些你们想做的事，然后我们走人。”

郑平不满地看了看胖子，口气却十分柔和，问道：“胖子，怎么啦？我没明白你的意思!”

胖子答道：“这个天坑里邪乎得很，尤其是刚才我们到过的那里，很邪，所以我想能尽快离开这个地方，不要耽搁。”

郑平内心其实比胖子更紧张，毕竟，刚才南边那岔洞，那股说不明白的恐惧和压力他是亲身经历的，但是作为一队之长，如果这个时候不能镇静下来，就会乱了阵脚的，即使真的立刻要走，也要做得比别人强悍一些。

杨薇和萧劲明显也觉得要走，必须得趁早，否则很可能就走不出去了，至于为什么会有这种感觉，他们却也说不清楚。

但是杨薇、萧劲都相信自己的直觉，他们感觉这里有说不明白的危险，潜意识就有立刻主动避开的行动，所以，胖子、杨薇、萧劲三个人喘匀气之后就立刻准备撤离。

看着胖子等人着手准备走，赵生智、胡顺也跟着动起来，几乎是有些慌乱地检查起装备来。

郑平却是故作镇定地呵斥起来：“慌什么慌，不就是一个洞口吗，看你们这点儿出息。”

胖子看了一眼郑平，张了张嘴，但是没说话，胖子懒得说，一说，肯定又会争执起来。

没想到郑平却找上了胖子：“胖子，你不是说你们是枪林弹雨里摸爬滚打出来的吗？怎么就这样，不会是才听见枪声，还没看到枪，就屁滚尿流、连滚带爬跑出来了吧。”

胖子叹了一口气，背好背包，原地跳了两下，才淡淡地说道：“老郑，郑队长，我无意冒犯你，这世界上有些东西，你没遇到过，你就不知道有多可怕。你认为我说得是假的，那就算是假的好了，反正这地方不能久待，得立即就走。”

郑平就当胖子认同了自己的说法，冷冷地说道：“很好，那你们是想直接回去还是怎么走?”

胖子一怔，随即说道：“这就回去！至少东哥不在这里，估计我们是在上面哪个地方错过了，我们得回头，重新开始。”

“不行!”郑平说道，“离开这里我同意，但是，我不赞同立刻就回去。我们才下来多久！这可是一百多米高、毫无着力点的爬绳，我不想任何一个人爬到一半就摔下来。”

“你说往哪里走?”胖子问道，现在就攀绳回去，其实胖子也没有绝对的把握，因为那种压力和恐惧，让胖子也有些手脚酸软。

“现在我们往东走!”郑平说了一句，然后就开始按照自己预定的方向出发。

郑平一开始走，其余的人也就跟了上去，不过这一次，大家靠得也比较紧了，一路上也再没心情去注意千奇百怪、五光十色的石钟乳、石笋，所有人都是各怀心事、默不作声。

往东方向走了不到二十分钟，地势便开始往下降，而且，越来越陡峭，几个人穿行在遍地的石钟乳、石柱之间，心里也越来越惊讶。看来，六百多米的位置还并不是真正的底部，真正的底部应该是在东方方向的这个角落里，从目前的地形地势来看，至少，真正的底部极有可能将近七百米。

抛开南边的那个让人心惊肉跳的洞口以及未知的危险不说，现在郑平等人到达的深度，绝对超过那个轰动一时的外国探险家所到达的深度。这是一个少有的创举，除了简陋的器材，还有极为短暂的时间，这些都是前所未有的。

一行六个人，顺利到达相对来说比较平坦的地方，这个时候，估计距离放置电子仪器的地方有一百五十米。

但是这是平面距离，事实上，从放置电子仪器的那一点开始，向东方走了不过几十米远，就开始向下，实际走过的距离在三百米左右，但是，这里根本不是这一边的边缘，因为地面上的石钟乳、石笋遮挡，根本没办法知道前面还有多远。

由于完全黑暗，几只狼眼一起打开，也看不清楚头顶到底有多高。

在这处稍微平坦一点的地方稍微歇息了片刻，大家一起再往前走，地势依旧向下，由于渐渐远离南边那个神秘的洞口，大家的心情也轻松起来。

路上，胖子主动说起自己跟朱笑东帮助威斯·康科马克去销毁邪斧的事，还极为着重地提醒说："邪斧那种让人极度恐惧的压力，跟今天遇到的那个洞口的气息如出一辙，但是洞口的威力强大得多，而且，邪斧的那种邪意死滞呆板，几米远之后就没有了感觉，但是这洞里的邪意灵活妖异了许多，简直如同活物一般，所以也凌厉了不少。"

"再说，熏飞虎的时候，大家是亲耳听那一声如同牛鸣的嚎叫的，两百多米的绳子像钓鱼线一般瞬间消失不见，说不定，散发出来邪气的，就是那声如牛鸣的未知生物，而未知生物的藏身之处，恐怕就是南边的那个小洞，所以，才会发出那种妖异的邪气。"

虽然这里曾经有过未知的奇异声响与现象，但是郑平觉得胖子的话实在有些夸大，无论哪一种生物，都不可能在没有食物的情况下存活下来。事实上，所有的人也清清楚楚看到了，这大厅里以及上面的天窗，都不可能存在可以食用的东西，甚至，连任何生物存活下来最基本需要的水都没有多少，所以，郑平根本不相信这里可能存在任何所谓未知巨型生物。

一说到水，大家这时才开始注意起来，还真的没看见这个巨大的洞厅里有什么特别大的水源，就算是滴水叮咚作响，却连一个像样的水潭或者水洼都没有。

这个时候，大家才发现一个极为严重的问题，没水了！

要是拿着水壶去到滴水的地方一滴一滴地接，怕是几小时也未必会接满一壶，也就是说，虽然不会被渴死，但也不见得会活得很滋润，至少，想要生火煮饭就是一件极为困难的事。

而且，按照郑平等专业人士先前预计，大凡地下世界，都不可能没有足够的水，何况，下来的时候，明明就看见岩石壁上有大量的水分，所以，先前基本上就没人刻意去注意有没有水，所以带下来的水大家也没有刻意保存。

在地底下的石笋、石钟乳之间穿行，本来就是一件极为消耗体力、消耗水分的事，到现在，等大家注意到这个问题时，几乎已经来不及解决了。

郑平用通信器向地面报告了现在的情况，但是一拿出通信器，这才发现，不知不觉间，通信器出了问题，根本发不出信号，拿出备用的电池换上，也是毫无音信。

恐怕除了进入地底太深，距离过远的原因之外，还有其他的原因，比如说，有些岩石层里面有大量能够折射吸收无线电信号的矿物元素，或者还有不为人知的原因。总之，现在大家跟地面上的汪德华等人也失去了联系。

一听郑平说已经跟地面上失去了联系，赵生智、胡顺两人顿时慌了起来，俗话说上山容易下山难，可在这洞穴里，无论上山还是下山都很难，要现在直接回去，估计到达天窗的那个位置，他们就会严重脱水，天窗那里可是有一百多米高，没人可以在严重脱水的情况下爬上那一百多米的绳子。

不过，胖子、杨薇都是经历过无数次奇险的人，知道到了这种境地就算担心也只是于事无补，现在能够做的就是静下心来想一想，看一看能不能有其他的办法。

胖子呵呵一笑，说道：“既然如此，我们也就只有继续走下去了，反正这地势，看样子也是不断往下，估计到了底，肯定是能找到水的。”

“老话说，人往高处走，水往低处流，这洞厅里并不是说真没有水，而是水源太小，既然在洞厅里不能形成水洼、水塘，那么这些水终究还会汇总归流的。”

郑平对地理地质的确有些研究，知道胖子这么说其实是有些想当然，殊不知，有些地形根本是不能以常理推断的，尤其是庞大复杂的地下洞穴系统，说有水，水量有可能惊人，说没水，搞不好就是像现在这样，一滴一滴的。

只是胖子这么说，郑平也不想反驳，现在反驳胖子，就是在打击大家的信心，浇灭大家心头的希望之火，这个节骨眼儿上，这事儿无论如何是做不得的。

果然，赵生智等人听了胖子的话，心情顿时好了许多，甚至还建议立刻就动身，趁还没因为脱水造成行动困难，得尽量找到水源。

大家一致点头称是，于是，六个人再度起身，从石钟乳、石笋之间往下穿行。

如此一来，六个人不知不觉间又走了好几小时，甚至都不知道距离天窗那个位置有多远，与那个地方的垂直高度又有了多高，可是并没有发现水源。

没人再去计较这时已经深入地底多少米了，因为郑平知道，他们早就打破了地穴探险的最高纪录，再去计较单纯的深度已经没有任何实际意义了。

现在，六个人头上的矿灯电池都已耗尽，已经开始动用为数不多的狼眼。

这几只狼眼还是胖子提供的，光亮充足，射程也大，可以看清头顶上几十米高的岩石洞壁，但万事都是有利必有弊，狼眼明亮，耗电量也大，只能支撑三到五小时。

胖子见开始动用狼眼，便对郑平说道：“狼眼现在每次只能动用一只，因为带下来的狼眼统共也不过六只，算成时间的话，最多只能坚持上一天。除此之外，带来准备生火煮饭的油料现在也要管制起来……总之，现在一切可以照明的东西都必须严格控制，毕竟，我们不知道还要多久才能找到出路。”

继续顺着下坡走，是大家都点头答应过的，大家对目前的处境也是心知肚明，胖子的话十分在理，所以也用不着郑平吩咐，大家一齐熄灭了手里能照明的工具，仅仅留下杨薇手里的一只狼眼。

杨薇是女孩子，本着女士优先的原则，杨薇手里拿着一只狼眼，也没人反对。

不过，尽管只有一只狼眼照明，因为洞里的石钟乳和石笋之类的反光不错，六个人倒也不觉得看不清。

到杨薇手里的一只狼眼完全熄灭时，胖子又建议大家原地休息上一段时间，毕竟走下坡路一直走到现在，每个人都已经累坏了，再接着往前走，肯定对大家有害无益。极度的疲劳，无形的压力，不说会不会让人崩溃，起码会影响人的正常判断能力，就更不用说影响正常的行进速度了。

胖子说得有理，又是为大家着想，所以也没人反对。到了现在，郑平、赵生智、胡顺三个人可算是看出来了，杨薇、胖子、萧劲三个人可是比他们强悍多了，在没吃没喝接连强行的十多小时的时间里，胖子他们三个人的体力差不多才耗费掉一半，凭这一点，郑平还真是对胖子等人佩服得五体投地。

找了块比较平坦的地方，大家一起坐了下来，胖子却是直挺挺地躺着，不过大家都知道，胖子不是累的，而是胖子这家伙席地而坐比站着都吃力！

胡顺好奇地问胖子：“体力这么好，经过特殊训练？”

胖子嘿嘿一笑：“我说过了，我们都是从枪林弹雨里摸爬滚打出来的。遥想当时，每个人都背着三四十公斤的装备，在高原缺氧环境中高强度行军。嘿嘿，就现在这点儿路程，说实话，我还真没放在眼里。”

杨薇在一边淡淡地说道：“郑大哥，你们别听这家伙胡说。胖子，你别胡说八道好不好，影响人家休息，留点儿体力，待会儿帮胡大哥他们背点东西。”

胖子笑嘻嘻地答道：“好嘞……”

说着就去要胡顺他们的装备，郑平他们的装备比胖子几人差不多要轻了一半，这个时候还要拿些出来让胖子负担，郑平他们自然是不肯。

略微争执了一下，最后只有胡顺一个人拿了大约五六公斤的东西出来，让胖子帮助分担了，其余的两人却是无论如何也不肯。

郑平有些好奇，很想了解一下朱笑东，按说，就算是杨薇这样一个女孩子家，那体力、耐力都胜过了普通男人好几倍，那么朱笑东会怎么样？

胖子嘿嘿地笑道：“我东哥，那就不要说了，人间奇才，千万人里都未必能找到一个像他那样的，要不然以胖子我的性格，还能誓死追随他？”

看胖子眉飞色舞，郑平一脸暧昧，杨薇啐了一口胖子：“就知道胡说八道，笑东会有那么好吗？”

“这个是必须的，要不然，嫂子你会看上我东哥？”胖子嬉皮笑脸地说道。

正说话间，洞里突然传来一阵滚雷般的响声，震得几个人耳朵生疼，一时间全部失去了听觉。

说是炸雷并不贴切，因为那声音并不像炸雷一般短暂，而是长长的，足足延续了将近一分钟，声浪沉闷，或许是因为地下洞窟里闭音，所以那声音会像炸雷一般的响亮。

过了好几分钟，一众人的听力才恢复过来。

其余的人都是一脸惊惧，唯独胖子，依旧一副嬉皮笑脸地说道："大家伙儿快走，估计是那家伙饿得惨了，又闻到了生人气息，想出来找点晚饭，打打牙祭。"

杨薇站起来，一边开足狼眼的电力为大家照明，一边没好气地说道："你怎么就知道那家伙是想出来找晚饭，还知道它想打牙祭？"

胖子头也不回："现在都什么时候了，我都想要饱饱地吃上一顿，然后美美睡个觉，它能不一样吗？"

郑平还想要说话，这个时候，身后又传来一阵轰响，很明显听得出来那是石笋之类被撞倒的声音，这声音愈来愈剧烈，愈来愈近。

赵生智回过头想看看，胖子却喝道："来了，快跑……"

六个人不顾一切，跌跌撞撞、连滚带爬地径直顺着陡峭的下坡发狂一般逃跑。

虽然不知道后面那东西到底是什么，但是通过那洪亮的声音以及不断倒塌的石笋、石钟乳可以看出，这东西不是一般巨大，也不会是温和柔弱的小猫、小狗一类。洞穴里有这样的东西，没人愿意留下来去看看那到底是什么。

几个人仓皇逃命，不到两小时，打头的郑平却站住了脚，回过头来大叫："站住，站住……"

郑平一叫，原本都开足了马力的杨薇、胖子等人倒是立刻停了下来，胡顺却是收势不住，直接撞到郑平身上，郑平"啊"了一声，顿时向前扑倒。

后面的杨薇见势不妙，一下子扑了出去，但也只是抓住了郑平一只脚。

郑平扑倒，身体立刻往下坠去，想来，郑平肯定是发现前面有不低的岩壁或者是比较危险的地形才要后面的人立刻站住，想不到却被后面的胡顺撞了一下，顿时就要摔落下去。

幸好杨薇反应极快，见郑平摔倒，一下子扑倒在地，顺势抓住了郑平的一只脚。只是郑平的体重个头都不小，杨薇一个女孩子虽然有些力气，但终究不是蛮力，何况又只有一只手抓住郑平，所以郑平一寸寸地往下滑去。

这一刻，胡顺、赵生智才明白过来，这是发生危险了，只是两个人在这一刻却都是猛然惊叫了一声，根本就没想到要如何去搭救郑平，就更不用说还有什么动作了。

杨薇在抓住郑平的那一刻，口里立刻大叫了出来："胖子……"

胖子与杨薇心意相通，根本就没去考虑其他，直接也扑到地上，伸手去帮杨薇。

断后的萧劲也在这一刻越过赵生智、胡顺两个人，扑到胖子身后，想要去搭救郑平，但是地上已经躺了杨薇、胖子两个人，再要趴上去，反而不一定是最好的选择，尤其是要趴在杨薇身上，萧劲绝对是做不到的。

胖子抓住郑平的那只脚，大叫："快啊，再不快点，我们也要跟着滑下去……"

萧劲也是满头大汗，没办法，接近不了啊！

胖子毫不犹豫地说道："往我身上，快点儿……"

萧劲不得已，只得伏下身子，趴到胖子背上去拉郑平，只是胖子本来就背着七八十斤重的背包，现在又背上一百七八十斤重的萧劲，一下子就被压得喘不过气了。

不过一眨眼，萧劲又抓住了郑平的脚脖子，再一使劲，便把郑平提了上来，郑平的体重也差不多将近一百七八十斤，这时也几乎全部落到胖子的背上。

如此一来，胖子背上几乎背了三四百斤重量，胖子忍不住发出一声惊天动地的惨叫。

萧劲到底身手不凡，在胖子发出惨叫之际，就已经把郑平稳稳地放到身后，这才去拉胖子。

胖子趴在地上，耍赖一般号叫道："哎哟，我的腰……我的腰啊……"

直到这时，赵生智、胡顺才想起来，在这一刻杨薇跟胖子两个及时地救了郑平，而他们两个在那一刹那居然完全失了神。

见胖子趴在地上大呼小叫，两个人一起来扶胖子。

恰恰这时，背后的那不明东西似乎也越来越近，杨薇对着胖子说了一句："胖子，快走，那东西来了……"

还不等赵生智、胡顺两个人去拉胖子，胖子一下子就站了起来，很是紧张地问道："在哪里？在哪里？"

郑平这个时候却是指着刚刚差点掉了下去的地方，惊怔不已，嘴里发出"唔……唔……"的声音。

见郑平失魂落魄，但是指着那个地方，几个人忍不住各自在背包里取出狼眼，一起打开，然后把光柱聚到一起，照向对面。

对面不远处竟然是一堵石壁，也就是说，整个洞到了这里基本上算是到了头。

但是，就在几个人脚下，却又是一处深不见底的黑黝黝竖洞，而且，几个人所站之处就是一块已经突出到竖洞中间三分之一的石梁。

这一块石梁，起码有十来米长、四五米宽，如同一条巨大的怪兽舌头，而杨薇、胖子等人就站在这条舌头的舌尖，郑平还差点儿从舌尖上掉了下去。

从郑平被撞倒到现在，差不多也就两分钟时间，这两分钟时间里，身后的石钟乳、石笋“噼里啪啦”的撞击声一直响个不停，两分钟里，几乎接近了几个人好几百米。

胖子看清楚眼前的地形，二话不多说，拉着还在愣愣发呆的郑平大喊了一声：“走……”

然后顺着“舌头”左边，连蹦带跳地往回跑，郑平还没回过魂来，基本上就是让胖子拖着机械地跟着在跑。

杨薇、萧劲、赵生智、胡顺四人微微一乱，随后也跟着胖子跑了起来。

胖子拉着郑平跑了不到十分钟，突然之间又站住了，真是说站住就站住了，就像一座小山一般，挡在前面。

前面冷森森的，一堵石壁堵在面前，也就是到了洞壁边缘。

杨薇等人吸了一口凉气，这边怕是没有出路了，可是现在返身回去，多半还到不了另一边，身后那不知道是什么的东西就会扑到面前。不说那东西会不会吃人，就是想象一下那碎石横飞的景象，就算不被吃掉，也会被撞下那条“舌头”。

几个人一愣之际，胖子又回过身来，大喝：“调头……”

不掉头也不行，这边上光秃秃的石壁不说，右边脚下不远就是黑黝黝、不知深浅的大地洞，上边要是稍微有点动静，几个人便会一起掉下地洞。

后面的赵生智、胡顺等人一听胖子大叫掉头，微微一怔，随即回过头去，循原路飞也似的奔了过去。

现在，零零碎碎的石笋、石钟乳碎块已经慢慢向“舌头”部位滚落了，要是再有犹豫，想要到另一边找到可以避开危险的地方，肯定就有困难了。

只是如此一来，胖子和郑平却是落到了最后，好在郑平这个时候勉强回过神来，这让胖子稍微松了口气。

几个人到了“舌头”部位时，碎石块已经开始激射起来，那不明的东西已经相隔不远，碰断石笋、石钟乳激起的碎块成了一阵激烈的石雨。

胖子跟在郑平身后，最后一个穿过石雨，到达了右边的洞壁边缘，只是前面的人围站在一处洞壁前，却没有出声示警，甚至连说话都没说。

胖子挤了进去，焦急地问道：“怎么回事?”

杨薇回头，看了胖子一眼，过了片刻才说道：“是笑东，还有高大哥……”

胖子仔细一看，这边的洞壁跟先前那边如出一辙，前面是冷森森的洞壁，旁边是黑黝黝的地洞，不过地上有一条麻绳，上面系在一根石笋的底部，另一端垂进黑黝黝的地洞里。

这条麻绳胖子跟萧劲都认得，正是朱笑东和高原下天坑的时候，高原用的那一条村长提供的麻绳。

在这洞里，要是不发现朱笑东他们用过的麻绳才是奇怪的事，现在发现了这条麻绳，而且一端还牢牢地系在石笋的底部，这就可以证明，朱笑东和高原并没遇难。

郑平还在犹豫，杨薇却是激动得二话不说，抓着麻绳“哧溜”一声向黑黝黝的地洞里滑落下去。

杨薇如此，胖子更是唯恐慢了一步，紧跟着杨薇攀着麻绳，一齐往地洞里降落。

后面的郑平等人虽然有些慌乱，但还是没忘记依照规矩，往地洞里扔了两根燃烧棒，只是这燃烧棒落下地洞，不到片刻便不见了踪影。

见燃烧棒不能指示这地洞的深浅，郑平又折亮荧光棒，再次往下抛去，可惜荧光棒也是迅速地消失不见，好像下面这个黑黝黝的地洞是一个什么东西都能吞噬掉的黑洞，这让郑平等人心惊肉跳。

那条麻绳因为被飞虎咬断过，余下的长度大约不足五十米，所以杨薇很快就滑落到了麻绳的尽头。尽头之处是一块稍微凸出、勉强能站下几个人的岩石平台，杨薇顺顺利利地站到上面。

紧接着，胖子也落到平台上，不过胖子刚刚落地站稳，上面的郑平等人就惊叫了起来，胖子稍微抬头，就看见碎石块像一道瀑布一般从那处“舌头”尖上哗哗地往地洞里落了下去，而且胖子和杨薇两人头顶也不住有小石块掉落。

郑平等人恐惧不已，后面的四个人竟然一起攀着麻绳下来，不到片刻，便一个接着一个落到了石台上。

因为头顶也在掉落石头，先前下来的杨薇等人只得拼命地往后挤，为后面的人腾出一块立足之地，同时又用狼眼去照着那一道碎石瀑布。

这时候，头顶上发出“轰轰隆隆”的声音，显示那东西已经到达了几个人的头顶，再往前走，就上了那条“舌头”。

如此之多的石头掉进地洞，就算这地洞再深，石头落地也会发出一些声响，可是，这地洞里并没有传上来一声石头落地的声音。

“舌头”上的石头终于落尽，整个洞里顿时一片死寂。

杨薇、胖子等人挤成一团，连大气也不敢喘上一口，因为头顶上那东西实在太过恐怖了，几个人现在就在它的脚下，谁还有那个胆气敢乱说乱动。

一片死寂之中，几个人的狼眼光柱抖抖索索地照着那条“舌头”，眼睛死死地盯着那个地方。

就在这死寂当中，那东西突然爆发出来“嗷……”的一声吼叫。

杨薇等人顿时被这声音震得耳骨发痛，头痛欲裂，又惊又怕之下，痛苦地瘫坐了下去。

良久，叫声停歇，几个人好不容易恢复过来，各自拿起狼眼又去看那“舌尖”之时，一个个的脸顿时扭曲起来。

用“恐怖”这个词，实在是难以形容他们看到的景象。

一根上面粗下面细，长达二三十米的“尾巴”从“舌尖”上垂了下来，之所以用“尾巴”来形容他们看到的东西，那是因为在六只狼眼的照射下，他们看到的就是一条如同蟒蛇一般的尾巴，甚至可以看得清楚“尾巴”上嶙峋如同枯裂树皮的鳞甲。

这到底是什么？

以杨薇、胖子以及郑平等人的见识，没法子说明白他们看到的东西到底是什么，无论是传说还是常识，都没人能说得清楚。

那条“尾巴”的末端，看样子少说也有水桶粗细，不住地在空中摆动摇晃，就像一条巨蛇昂着脑袋，在寻找猎物一般。

可是，这偏偏只是一条“尾巴”！

杨薇等人在这时骨头都有些发酥了，不用说跑，就算是想叫，也叫不出来。

那条“尾巴”在空中晃荡了一阵，突然一弯，“尾巴”末端以惊人的速度向杨薇等人的藏身之处射了过来，想来是发现了这顿“丰盛的晚餐”。

“啊……”胖子惊叫了一声，一侧身子，将杨薇扑倒在地。

“啊……”萧劲将手里的狼眼向那“尾巴”砸了过去。

“啊……”胡顺忍不住后退一步，这一退，就从石台外边跌落下去。

百忙之中，萧劲一反手，把胡顺拉了回来，几乎是顺手一扔，就把胡顺扔到了胖子和杨薇两人那边。

赵生智跟郑平两个目瞪口呆、手足无措，已经被这突如其来的“尾巴”吓得呆若木鸡、一动不动。

眼看那条“尾巴”就要撞到这几个人，不承想，从那条“舌头”到杨薇她们这里，始终不止三十米，那条“尾巴”激射过来，离杨薇一行不到五米远的地方，也就过不来了。

不过，那条“尾巴”也就停在和杨薇他们相隔四五米的空中，顿了一顿，然后，才一点一点地拼命往几个人身上凑。

慌乱之间，萧劲虽然砸中了那条“尾巴”上，但是小小的狼眼手电几乎是在瞬间就被撞了个粉碎，碎片飘飘扬扬，片刻便消失不见了。

最让人吃惊的是，那条“尾巴”受到攻击，显然是被激怒了，这时候拼命地扭动着“身子”，想要接近萧劲等人。

萧劲扔了狼眼，手里便没了任何可以抵抗的东西，眼看那“尾巴”越来越近，萧劲大急，一低头，见满地都是掉落的石头石块，顿时大叫：“用石头扔它……”

胖子护住杨薇，半晌没感觉到被攻击，这时候抬起头来，见萧劲抓起地上的石块，朝着那条“尾巴”乱扔，当下也吼了一声：“你想吃我，有种就放马过来……”

说着艰难爬了起来，还顺手捡了两块边缘比较锋利的石块，使出全身力气扔了一块过去。

胖子扔石头很有经验，手力又大，扔出去的薄石片在几米远的距离之内的威力几乎比得上一把飞刀。

胖子“呼呼”地扔了三四块石头，有三块打中了那条“尾巴”，可惜的是，即使在这么短的距离，那三块呼呼作响的石头却对那“尾巴”丝毫没有影响，反而激得那条“尾巴”暴怒起来。

这条“尾巴”突然间“咯咯”作响，暴涨了将近两米，离胖子他们的石台也就仅仅一两米的距离。

可是剩下这一两米，“尾巴”无论如何再也伸不过来，想来是“尾巴”能够伸缩的长度已经达到了极限。

萧劲一见到这个情况，反而放下心来，要打就打它个过不来，一转身，拉过麻绳，在手里稍微舞动，头上打了一个结的麻绳就如同一条灵蛇，朝那根“尾巴”的尖端抽了过去。

那条麻绳足足有酒杯子大小，萧劲拿在手里就如同拿了根软软的棍子，不停地向“尾巴”尖端抽过去。

麻绳在萧劲手里比胖子的飞石更具威力，但是对那“尾巴”来说，简直就像挠痒痒一般，萧劲铆足力气一连抽打了二三十下，就算是一头牛，估计就算不会被抽得躺下，也会受严重的内伤，可是萧劲等人没看出来它有丝毫受伤的迹象。

胖子一边扔石头，一边大叫：“这家伙练过金钟罩铁布衫，刀枪不入，大家赶快找地方躲……”末了，还补充了一句，“我跟萧大哥两人断后……”

“枪！”一说到枪，郑平猛然想起，赵生智背包里不是还有一把双管猎枪吗，那是用来防止发生这样的意外的，现在不用，更待何时？

郑平大叫了一声，丢了手里的石块，拉住赵生智打开背包，稍一寻找，就将那把双管猎枪拿了出来，然后上弹、瞄准、搂火。

可惜的是，慌乱之中开了两枪，一发子弹不知道飞到哪里去了，另一发子弹也只是擦着“尾巴”的鳞甲划出一道火光，对“尾巴”没造成太大的伤害。

郑平开枪，不但没怎么伤着“尾巴”，“呯呯”的两声枪响反而吓了萧劲一跳。

胖子一看有枪，顿时大叫："别浪费弹药，拿给萧大哥……"

郑平当然也明白这个道理，但是自己平日里对于猎枪也还算颇有研究，何况，目标就在两米开外，他就还真不信那个邪，虽然落空两枪，但并不代表他就会打不中。

重新装好子弹，郑平略一瞄准、搂火，可惜的是，依旧有一颗子弹打飞，另一颗虽然打中那条"尾巴"，却也只是打中了比较粗大的"尾巴"后半段，这"尾巴"忽上忽下、忽左忽右，摆动得十分迅捷，极不容易抓住战机。

打中"尾巴"的那颗子弹让"尾巴"大为恼怒，几个人头顶上又传来"嗷……"的一声短促嚎叫，嚎叫声中，"尾巴"再次暴长近两米。

如此一来，萧劲手里的麻绳反而作用不大了，酒杯粗细的麻绳拿在萧劲手里，最合适的攻击距离也就在两米左右，太远麻绳长度不够，太近挥动起来又容易伤到身后的人。

到现在，那"尾巴"的前端几乎就是在跟萧劲展开近身肉搏，所以他手上的麻绳反而失去了优势。

不过萧劲也不含糊，手上一动，立刻把麻绳结成一个绳套，一个回合之间就将"尾巴"套住。

本来，萧劲想将"尾巴"用麻绳套住，多少能为拿枪的郑平制造一点瞄准的机会。可是没想到这"尾巴"的力道实在太过惊人，酒杯口粗细的麻绳套在"尾巴"上，略一摆动，麻绳便"咔嚓"一声崩断，仅仅剩下十四五米长的一段麻绳，这段麻绳反而像一条鞭子朝着几个人猛抽了过来。

萧劲一看，没想到自己一番苦心居然是这个结果，嘴里顿时有些发苦，这不是弄巧成拙了吗！

还好的是，"尾巴"被套住，它那猛力一挣，挣断绳子之际，也把它自己死死地勒了一下，这一勒也实实在在将“尾巴”吓了一大跳，带着麻绳抽鞭子似的猛抽了几下之后便缩了回去。

它这一退，让萧劲等人有了点儿喘息的机会，不过喘息的时间不多，“尾巴”回过头去往身上一蹭，麻绳绳套便挂在了嶙峋的鳞甲上，松了绳套的“尾巴”便再次回过头来，攻击萧劲等人。

这边，被麻绳抽了几下的萧劲等人已经完全调整过来，爬起身来的杨薇、胡顺两人拿着两只狼眼，死死地照射着“尾巴”末端，而萧劲从郑平手里要过装好子弹的猎枪，瞄准“尾巴”。

在杨薇和胡顺两只狼眼强烈的光线照耀下，萧劲一连两枪均是命中，可是对“尾巴”的伤害微乎其微，反而让“尾巴”大发淫威，横扫直刺，猛打猛撞，要不是长度不足，实在够不着萧劲等人，恐怕几个人早就被扫为齑粉。

胖子、赵生智、郑平三个人不住地用石块扔那“尾巴”，虽然毫无效果，但也没人肯放弃。

一个不注意，“尾巴”上嶙峋的鳞甲划过萧劲的手臂，不但将他手上的猎枪打飞，而且还在左手上划出一道血痕。

那“尾巴”的鳞甲沾了萧劲的鲜血，就像是饥渴已久的人见了美味的菜肴一般，更加疯狂起来，原本仅仅只能接近萧劲等人的“尾巴”尖再次往前探出几尺，基本算是已经深入萧劲等人的腹地。

如此一来，萧劲等人只能跌跌撞撞地后退，胖子见萧劲连枪都丢失了，当下一咬牙，手里拿着两块石头冲上前来，照着刚刚伸到面前的尾巴尖上狠命地砸了一下，只是这一砸，手里的石头被鳞甲反弹，反而震得胖子手掌出血。

胖子只觉得手掌上一阵火辣辣的痛，连那块石头都握不住了，一块石头“啪嗒”一声掉在地上，可胖子依旧咬着牙齿，另一只手上的石头又砸了过去。

被胖子一下猛砸，那“尾巴”不知道是被砸蒙了，还是被砸得吃了一惊，居然让胖子一连两下都得了手。

不过，胖子虽然得了两下手，两只手掌却也是鲜血直冒，鲜血“啪嗒啪嗒”地直往地下滴。

那“尾巴”再次见了鲜血，在几个人头顶上又是“嗷……”的一声长叫，显得兴奋至极，不但更加凌厉地攻击众人，长度也增加了不少。

偏偏在这一刻，杨薇的狼眼不经意间滑过那条“舌头”，居然发现那块尖石上臃肿了不少，虽然没看清楚到底是什么，但是那庞大的体积，狰狞无匹的鳞甲，却让杨薇有了极为深刻的印象。

胖子痛得两只手发抖，萧劲一把拉开胖子，忍着手臂上的剧痛，狠狠砸了那条“尾巴”一下，而且萧劲砸中的地方是先前猎枪子弹击中的地方，很明显就是为了给那“尾巴”伤口上撒点儿盐巴。

这一招算是见了一点效果，趴在尖石上的那东西臃肿了一些，尾巴也就再次伸长了一点，估计是因为尾巴长度不够，“舌头”尖上的那东西正在拼命想要接近，只是如此一来，萧劲等人就只有闭目等死的份儿了。

“尾巴”摆动了几下，突然之间就不再攻击了，而是迅速往回退，而且，几个人头顶上“嗷嗷……”的声音响个不停。

“尾巴”这突如其来的撤退倒是让萧劲等人一怔，如此凶猛的攻势，怎么会说停就停了，是不是那东西又要搞什么幺蛾子出来？

杨薇、胡顺两人手里的狼眼再次对准那东西，这才发现，原来那庞大至极的东西已经在“舌头”尖上膨胀到了无以复加的地步，估计是为了把“尾巴”尽量接近萧劲等人，不知不觉间反而把整个庞大的身躯悬挂到了边缘上。

那东西的尾巴再一阵剧烈摆动，把“舌尖”部分的岩石都震得垮塌了，以致整个庞大的身躯都悬挂在半截“舌头”尖上。

那东西悬挂在“舌头”尖上，估计也意识到了有要坠落进黑黝黝的地洞里的危险，于是一边挣扎着往上爬，一边不住地吼叫。

殊不知那东西体型太过巨大，每一次挣扎，都会对已经开始垮塌的岩石造成剧烈的冲击，每一次剧烈的冲击，便会使不少的岩石垮塌。岩石垮塌越多，那东西也就越慌，那东西越慌，对本来就形如“舌头”的岩石冲击就越大，整个儿一恶性循环。

不到两分钟，在萧劲等人目瞪口呆中，那东西抱着一块巨石“嗷嗷……”地吼叫着，一同坠进了黑黝黝的地洞。

地洞里传来巨石和那巨大无匹的东西碰撞吼叫的声音，足足过了一分钟，这个东西以及那块巨石还没落到地洞的底部。

不知道过了多久，整个洞里才恢复了平静，不过始终没人听到巨石落地，也就是说，到这一刻都没人知道这个地洞到底有多深，到底有没有底！

好半晌，几个人才回过神来，杨薇第一时间拿出背包里的药物、纱布，替胖子、萧劲两人包扎伤口。

郑平却是呆呆地看了那个黑黝黝的地洞好一会儿，才有些傻乎乎地说道：“那个……东西……你们知道……到底是什么……”

赵生智好半晌才口齿不清地回答道：“我……看到有爪子，有甲……是史前……剑龙……恐龙……”

胡顺抖抖索索一字一顿地说了句：“哥……斯……拉……”

第八章
绝地求生

杨薇默不作声，很是轻柔地替胖子、萧劲包扎好手上的伤口。

胖子看了看缠满纱布的一双手掌，叹息了一声：“可惜了啊，那东西要是能抓到，就算是做成标本，拉到动物园也能卖不少的钱，可惜啊，一大笔钱就这么没了！”

萧劲苦笑着说道：“胖子，我真是佩服你，居然还能想到这样的主意出来！多少钱一张门票，到时候你可得给我打点折……”

未知的危险已经完全消除，郑平等人勉强回过神来，听到胖子这家伙至死都念念不忘要钱，忍不住怪异地看着胖子，那种感觉很怪，就好像是看怪物似的。

杨薇啐了胖子一口，刚刚摆脱危险，胖子就又开始吹嘘起来了。

现在，可以确定朱笑东跟高原没有罹难，杨薇的心情轻松多了，要是实在找不到朱笑东跟高原，大不了就回到地面上多等几天。杨薇坚信，自己一行六人遇到这么危险的事情都能侥幸活下来，凭着高原和朱笑东两人的智计，回到地面上只不过是时间问题。

杨薇站在平台上了，拿狼眼往头顶上照过去，光秃秃的岩壁上，十几米高的地方，是那半段被“尾巴”扯断的麻绳。

也就是说，他们六个人现在是被困在一处小小的平台上了，不过杨薇有信心，朱笑东他们也到过这里，还放下了麻绳，而且并没把麻绳带走，这说明什么！这说明朱笑东跟高原说不定也没回到上面去。

现在，就是要找到朱笑东他们到底往什么地方去了。

杨薇盯着那半截麻绳，脑袋转了无数个念头，这时，胡顺的狼眼一晃，就在岩壁的右边四五米远的地方发现了什么。

那里其实有个更大一点的凹陷，只是从这个平台过去有些危险。

虽然说先前跟那不明的东西大战一场很危险，但是几个人起码都是脚踏实地，再说，那东西的“尾巴”长度始终有限，看起来危险，其实只是大家不甘心束手就擒，主动发起攻击而已。

现在才是真正的危险，光秃秃的石壁，上不沾天，脚下是万丈深渊，稍有不慎，便是粉身碎骨，恐怕连一点儿渣滓都不会剩下来。

可是，杨薇细看那石壁上，有好几处都有攀爬过的痕迹。

估计朱笑东跟高原用麻绳下降到这里，随后就攀爬到了那处凹陷里，可惜的是，不知道朱笑东他们两人为什么会冒这么大的险去那处凹陷里。

胖子二话不说，立刻就要循着那些痕迹攀爬过去看个究竟。

不过胖子的两只手掌都受了伤，萧劲上前便问了一句：“胖子，你懂得攀岩的要领吗?”

胖子也不谦让，说到攀岩，胖子的确不知道什么要领，但是萧劲第一个过去，安全性大增，胖子是绝对知道的。无谓的危险，胖子还真是绝对不会去冒。

萧劲拿了绳子绑在腰间，一来作为保险绳，二来爬到了那处凹陷里，后面的人多了根绳子，保险性就高得多了。

从几个人立足之处，到那处凹陷的边沿也就四五米远，又只是斜斜地向上，从攀岩的技术角度上来说，难度并不是很大。

可是，在这种脚下就是万丈深渊，头上又没有正式的安全保障的情况下，要到达那个凹陷里，实在是要有超乎常人的勇气，估计，就算是朱笑东跟高原两个人，也是用了上面垂悬下来的麻绳才攀过去的。

而萧劲要徒手攀爬过去，萧劲每向前移动一寸，手里握着保险绳的杨薇等人的心就跟着悬起一丈，那是何等惊心动魄之举！

胖子虽然两只手上都有伤，收放绳子有些困难，但是也没闲着，把绳子在腰间缠了好几圈，然后一屁股坐在地上，以防萧劲失手，强大的冲击力将几个人带下深渊。

虽然席地坐着对胖子来说是一件比较痛苦的事，但是胖子这一刻张大着嘴巴，甚至连脚后跟都蹬进了平台上的碎石堆里。

萧劲几乎是憋着一口气，摸索着抓着岩石壁上的细微裂缝或者凸处，足足花了十多分钟才到达那个凹陷，刚刚踏进凹陷，萧劲惊呼了一声："这里是一个洞口……"

杨薇的想法没错，朱笑东、高原两个人的确是进了这个看起来只是凹陷的洞里。

杨薇第二个到达凹陷，因为多了一条保险绳，萧劲在洞口里拉，又只有四五米远，所以杨薇过去的时候还算是挺轻松的。第三个过去的是胡顺，胡顺过去之后，喘息了好一阵子，几个人才安排胖子过来。

胖子人肥体重，加上两只手掌又受了伤，虽然离那个洞口只有四五米远，但想要学着杨薇等人一般过去，那难度也差点赶上了登天。

接下来是赵生智，最后是郑平，胖子上了洞口，也没闲着，每一个人过来，就像先前一般在腰间系了一根绳子，然后使出蛮力，直接把人拖到洞口，再由杨薇、萧劲、胡顺三个人帮手，把人拉进洞口。

如此，赵生智跟郑平两人毫不费力地就进了这个洞口。

人员、装备全部过来，杨薇来不及喘上一口气，就迫不及待地打量起这个洞，不算大，两三米高，仅仅两米来宽，有很明显的水流痕迹，估计雨量丰沛的季节就有大量的水打这儿流出来，落进地洞。

现在是秋末初冬，而且又几乎两三个月没有下过一场像样的雨水了，所以除了地上偶尔有一个小小的水坑之外，也没见到大量的水资源。

由于这个洞里长年流水，反而没有那些小型的石笋、石钟乳，估计不是被水侵蚀冲刷的没了，就是被大量的流水携带的石块给撞击损害，直至完全消失了。所以，地面上除了光秃秃的石头，就是细细的石沙，还算平坦，当然，稍微低洼的地方里也少不了一些圆圆的卵石。

往前走了不到十米远，就是一块低洼的地方，中间还有一个面盆大小的坑，约莫两尺来深，里面有将近半尺深的清水，肯定是朱笑东他们走到这里，也缺乏了饮水，所以才刨开那些卵石找水源的。

一见到这汪清水，胖子迫不及待地拿出水壶，就要去装盛清水，然而，赵生智连忙伸手挡住胖子，叫道：“不能装，这水更不能喝……”

“什么意思?”胖子听赵生智一叫，不由自主地收起了水壶，不解地问道。

赵生智将狼眼直接对准小小的水坑，这一瞬间，胖子等人才看清楚，这个小小的水坑里有一群群极为细微的东西在游动。

赵生智这才说道："这个洞里的环境很是奇特，温度不高不低，很是适合微生物生长，这水坑里的水不被挖出来还好，一旦挖出来，用不了多久就会有许多微生物在里面大量繁殖，所以，这个低洼地里的水恐怕都不能喝了。"

"嘿嘿……"胖子苦笑了一下，拿着水壶把最后一小口水倒进嘴里，又摇了摇已经倒空的水壶，到现在为止，胖子身上带的水算是真正用光了。

一看胖子喝水，胡顺顿时也觉得口干舌燥，只是他拿出水壶时，却是跟胖子那空壶一样，里面哪里还有半滴水。

愣了片刻，旁边伸出一只手，将水壶送到胡顺的面前。

是杨薇，这一路下来，杨薇消耗的水最少，到现在还有半壶。

胡顺迟疑了一下，杨薇淡淡地说道："喝吧胡大哥，我一个人喝不了这么多。"

半晌，胡顺才接过水壶浅浅地抿了一口，然后把水壶递给赵生智，赵生智叹了口气，他的水早就喝光了，一直都是胡顺跟郑平两个在照顾着他，到现在，三个人的水壶里都是空的了。

赵生智也是勉强喝了一小口，然后把水壶递给郑平，郑平默然接过杨薇的水壶，放到鼻子下面深深地吸了一口气，就像一个老酒鬼打开酒壶之时必定要好好地闻一闻那股酒香一般。过了片刻，郑平才仰头，张嘴从水壶里倒了一小口水，然后把水含在嘴里，就像是在品尝珍藏多年的美酒一般，许久，才把水壶交还到杨薇手里。

萧劲看这情况，勉强笑了笑，说道："大家不要灰心，相信前面不但能找到水，极有可能还会找到高大哥跟朱老板，他们两个肯定能把我们带回到地面上的。"

杨薇幽幽地叹了一口气，良久才说道："是我对不起大家了，对不起……"

胖子在一边笑道："你们这是干什么啊？我不是说过了'老天不绝无路人，柳暗花明又一村'吗？没准儿再往前走一百米就有一堆篝火，上面烤着一大头羊，嘿嘿……美酒、饮料、柔软的大床……应有尽有，什么都有，你们用得着蹲在这里大发感慨吗！"

郑平叹了一口气，重新把所有可以当作照明的东西清理了一遍，然后把一只狼眼分给杨薇，依旧要杨薇照明，前面胖子跟郑平两人开路，杨薇身后紧跟着萧劲，最后是赵生智、胡顺两个人。

如此，在这个蜿蜒盘旋的小洞里，艰难地向前行走。

也不知道走了多久，饿了，就将就着吃些食物，渴了，就分着喝水壶里的水，一共吃了三次食物，休息了两次，后来又找到一处低洼处，胖子等人刨了个洞，看清楚里面没有先前见到的那种细微生物，这才装了六壶水。

虽是找到了水，但几个人并不怎么高兴，到这个时候，杨薇已经换了两次手电了，除了找到一处朱笑东跟高原遗留下来的食品袋子，其他的依旧一无所获，包括出路。

在朱笑东跟高原遗留下食品袋子的地方，几个人撑不住睡了一觉，醒来继续前进，不过，才走了不到两小时，第三只狼眼就熄灭了，杨薇拿着仅剩的一只，久久不愿意打开。

能不能找到朱笑东，走出这个已经让几个人不知道身居何处的洞穴，这最后一只狼眼成了关键，所有的燃烧棒、荧光棒加在一起，也最多只能撑半天，这只狼眼最多也就只能撑四小时，全部加在一起，也就只有不到一天的时间了。

这一天的时间，恐怕根本不足以让几个人走出这复杂至极的地洞。

胖子虽然明显体力不济，但是他依旧笑着说道："大家不要灰心，我们不是还有将近一天时间吗？这一天时间，我们至少还可以走上百八十公里，我就不相信走了好几天，还不能把这个洞穴走完。”

郑平深深吸了一口气：“对不起，是我在下来之前没有把这里面的情况估算清楚，做好充分考虑，以至于我们无论是装备还是食物都没有准备充足，这是作为一队之长的我的失职，连累大家了。”

赵生智、胡顺两人摇了摇头，没有多说，现在这个情况，说是谁的责任都没用。这一路过来，郑平已经做出了很大的牺牲了，能吃的，郑平吃得最少，能喝的，郑平始终照顾着其他的人，赵生智跟胡顺两人明显体力不济，一路上也都是郑平在照顾着，以至于现在郑平反而成了几个人中最弱的了。

看着郑平都已经有些站立不稳，胖子咧开嘴笑了笑：“我跟大家算一笔账，这里的山区，海拔是三千多米，我们从那天坑里下来，往最少说大概在一千二百米左右吧，而来的时候，我做过调查，这一片海拔三千多米的山区，方圆只有两百来公里，而天坑所在的位置，基本上在接近山区边缘二十多公里的地方，也就是说，其实我们就算是在这洞里穿过整个山区，也就不到一百公里。现在，我把上下弯曲的部分加起来，算上三分之二也就是两百来公里，加上先前那一百来公里，统共也不过就是三百来公里。我们从那个最深的地洞开始，这已经走了多久了？不低于三天了吧，按照每天五十到八十公里计算，我们已经接近边缘了，还有一天时间，那是无论如何也能出得去的，所以大家悲观个什么劲儿？”

大家苦笑了一阵，不知道走了多久，胖子突然间“咕咚”一声摔倒在地上，几个人扶起胖子，才发现他面红耳赤，额头发烫，怕是伤口发炎了。

这一路过来，胖子始终忍住没说，估计除了没在意自己的伤口之外，也是不想让大家过分担心，一直到了现在，实在坚持不住了，突然间就倒了下去。

杨薇拿了一些药物喂给了胖子，又帮胖子注射了一支消炎药。等了许久，胖子依旧沉沉昏睡，看样子一时半会儿肯定是醒不过来。

郑平叹了口气，跟几个男人商量，现在只能轮流背着胖子，一步一步朝前走了。

萧劲自然是第一个背上胖子的，可是没走多远，就被绊了一跤，待几个人把压在萧劲身上的胖子拉起来之后，却又发现萧劲也出了问题。

萧劲手上被那东西的鳞甲划伤，中了不轻的毒，右手已经肿得如一条人的大腿粗了，而且，萧劲整个人右半身都有些麻木了。对于毒，杨薇等人也是无能为力，尽管大家心急如焚，却也无计可施。

不得已之下，郑平再次做了调整，自己跟赵生智两人轮流来背胖子，胡顺、杨薇两人照顾萧劲。

最后一只狼眼的亮光终于隐进黑暗，大家不得以再次在黑暗中坐下，郑平摸索着拿出一根荧光棒折亮，交到胡顺手里，然后又把所有的燃烧棒、荧光棒拿出来，总共也就四根，这些都算不得持久的照明物，就算是一根一根地接着点然，顶多也就能支撑不到五小时。

五小时之后，六个人就将进入永远的黑暗之中，直至化为尘土，待到来年雨水丰沛的时候，被大水冲进无底深渊。

而且，就算是还有最后几根照明物，六个人的体力都已经到了极限。这一路过来，不知道已经是三天还是五天，或者是更长的时间了。原来只计划到达天坑底部，找到朱笑东等人的尸体或者遗物就可以回到地面上，所以，准备的食物也就只有两天多，可是接下来的事情出乎了所有人的意料，以致到了现在，大家都不记得凭着一口水坚持了几天。

要不是在这洞里走上一段就能在地上发现一处朱笑东跟高原留下来的痕迹，显示朱笑东跟高原就在前面不远，郑平等人根本就不会走下去。

只是，这个“不远”有可能是十公里，也有可能是二十公里或者一天以上的路程。

在第一根荧光棒熄灭之际，郑平等人停下蹒跚的脚步，一起躺倒在地上，不管杨薇怎么说，都不肯起身再走了。

现在，就杨薇一个人，无论是精神上，还是体力上，比其余的几个人要稍微好上一点。郑平说：“现在如果大家还要一起走，就是在浪费最后一点照明物。不如，你一个人拿了最后的这些照明物，试着看看能不能走出去，要实在走不出去也就罢了，要能侥幸走出去，回头再来救余下的人，才是现在应该做的事。”

杨薇流着泪摇摇头：“活，大家伙在一块儿，死，大家也死在一块儿，要我丢下自己的同伴，我做不到。”

现在这个情况，拿着最后的照明物独自去找出路未必能活下去，但留在这里等待救援只有死路一条。没有照明物，没有食物，甚至身上的水都已经不多了，就算是躺着不动，又能坚持多久！

胖子迷迷糊糊地睁开眼，对杨薇说道：“嫂子……对不起……我……恐怕不能继续陪着你去找东哥了，你帮我……告诉晓娟儿，就说，我其实很胆小……也很怕死……可是，我一直都在努力……学东哥，做个英雄……”

说着，胖子的声音渐渐低了下去，想来是又昏睡了过去。

杨薇含着泪，叫了几声“胖子”，拿出水壶，淋了一些在胖子头上，这一路上，杨薇的水自己舍不得喝多少，大部分都用来为胖子降温了。

萧劲咬着牙，费了好大劲，才伸出手，挡住杨薇的水壶，艰难地说道："杨小姐，快走吧，我们剩下来的时间不多了，说不定，你早走一分钟，我们就多一分生机……"

郑平跟赵生智两人也是极力劝慰杨薇，要她赶紧拿着最后的照明物找到出路，再回来救援。

大家心里都明白，胖子、萧劲两人失去了行动能力，郑平等人一路照顾着过来，没吃少喝的情况下，三个男人又强行带着两个失去行动能力的人，基本上已经累垮了，就算拿着最后的照明物，恐怕也走不了多远。再说，杨薇是个女孩子，要走，也必须得让她先走。

除了在体力上，杨薇现在比他们好上一些，最主要的一点，杨薇心中有一个坚定的信念，无论如何也会找到朱笑东的这样一个信念，也就是这个信念，可以让杨薇比其他的人能发挥出更好的潜力。

杨薇摇着头，这里是地底，不是地面上，在地面上要自己先走一步，不管是去探路还是去求援她都义不容辞。但现在自己对地底、洞穴的知识可以说是一无所知，让自己先走，生死不说，浪费照明物就是浪费大家的生命和生存下去的机会，自己没有资格，也没有那个能力去接受这样重大的任务。

正在争执不下时，萧劲突然间拿起一块石头，举在自己的头顶，惨笑道："杨小姐，我都这把年纪了，除了做保镖，其他的什么都不会，可是，你知道作为一个保镖，最重要的是什么吗？在我没死之前，我要保护的人就不能死，否则，就算我活着，那又有什么用？别跟我说可以重新开始，我是保镖，但也是军人，一个保镖失手，也就是任务失败，就算活着，从此以后也别想再吃这碗饭了。杨小姐，我立刻就死在你面前，或者，你立刻就拿上所有的照明物往前走，你自己选吧！"

郑平也说道："我们身为救援人员，因为对实际情况估计不足，导致物资准备不充分，以致现在让大家陷入绝境，就算没人去告我，也是我的失职，说重一点儿，我一辈子都将面对良心和道德上的谴责和审判。现在，唯一能让我摆脱这个困境的人就只有杨小姐你，算我求你，好不好!”

杨薇泪如雨下，看了胖子、萧劲等人一眼，咬了咬牙，放下身上一切不必要的东西，留下一根燃烧棒，然后点燃最后一根荧光棒，头也不回地走了。

看着渐渐消失在黑暗之中的那一点荧光，萧劲放下石头，对郑平说道：“郑队长，你后悔吗?”

黑暗之中看不清郑平脸上的表情，但是从郑平的语气里萧劲听出来郑平不但没有后悔，反而有些轻松，就像放下了一个千斤重担一般：“人一辈子，有几次能遇到这样的事情！高兴都来不及，后什么悔!”

一直不愿意作声的赵生智淡淡地说道：“我特别后悔，我想说的话被你们几个抢先都说了个一干二净，嘿嘿……看来下次，我得抢先把这些话说出来才好……”

胡顺在一旁说道：“现在说什么都是扯淡，少说几句话，保存好体力，待会儿出去之后好大吃大喝上一顿……”

洞穴的空间越往前走越小，到最后发现朱笑东跟高原遗留下来背包的地方，杨薇稍微翻动了一下，没发现任何可用的东西，估计朱笑东他们到了这里也是弹尽粮绝了。杨薇不敢久留，拼尽全力在狭小的洞里向前爬行，荧光棒熄灭了，就用燃烧棒，最后一根燃烧棒熄灭之际，杨薇脱下一件外衣，点燃，咬着牙继续往前爬行。

一件外衣，能燃烧的时间不到两小时，最后一丝火光熄灭之后，杨薇几乎是闭着眼睛在往前爬，只是没爬上多远，杨薇突然觉得落手之处一空，是遇到了岩石坎，或者是又遇到了地洞，杨薇大叫了一声“笑东……”然后整个人摔了下去。

就在落地之际，杨薇似乎听到一个很熟悉，充满惊喜却又夹带着焦急的声音：“杨薇……杨薇……”

模模糊糊之中，杨薇看见很多人，其中就有自己朝思暮想的朱笑东，而且朱笑东正呼唤着自己。

杨薇泪眼模糊，许久，才吐出来一句：“胖子他们……急需救援……就在那个洞里……不远……”

然后，杨薇不但泪眼更加模糊，连意识也开始模糊起来。

不知道过了多久，杨薇睁眼醒来，看到一个人伏在床边，她微微转头，这才发现自己躺在一间完全是白色的房间里，应该是医院，而且还是县城医院。

动了动，手上有些痛，入眼处是一个挂着吊瓶的架子，吊瓶里还有半瓶液体。

只是杨薇这一动，惊醒了趴在床上的那个人，这个人抬起头来，不是朱笑东又是谁！

朱笑东眼里血红，不知道已经有多少个日夜没合眼了，绝对是撑不住了才趴在病床上睡着的。

见杨薇醒来，朱笑东欣喜莫名，赶紧站起身来，低声问道：“怎么样？杨薇，你感觉好些了吗？”

杨薇咬了咬嘴唇，答道：“已经好了很多，对了，胖子、萧大哥他们呢？”

朱笑东一听杨薇开口就问胖子他们，顿时有些不满地说道：“你还说，这几个家伙没心没肺的，这会儿不知道又跑到哪里去大吃大喝了。”

“这么说，胖子的伤、萧大哥的毒，都好了？”

“你还是担心你自己吧！”朱笑东更是不满，“出来不到两天，这两个家伙就活蹦乱跳了，成天就嚷着这一段时间没吃好喝好，现在要放开肚皮大吃大喝，哼，连救命恩人都扔下不管了……”

杨薇勉强露出一丝笑意，这么说，所有的人都得救了，她也就放下心来了。

这时，一个女护士进来，不怀好意地瞪了朱笑东一眼，然后才替杨薇检查，好一会儿，才冷冰冰地对朱笑东丢了一句：“一切正常，你得注意让她多休息！”

朱笑东很是尴尬地笑了笑，连声说道：“谢谢护士小姐，我一定会的，我一定会的……”

女护士鼻子里重重地“哼”了一声，转身走了。

杨薇有些诧异，待护士出了病房，要朱笑东把自己扶起来，半躺在床上。

朱笑东赶紧说道：“别，你可是听见护士的话了，要你好好休息呢！别为难我好吗？”

“你什么意思？”杨薇更是奇怪，自己睡了这么久，一醒来之后，马上又要去睡，哪里能睡得着，再说，杨薇心里还有极多的疑问，想要好好问问朱笑东才行。

朱笑东一脸幸福地笑了笑，说道：“你还不知道，我把你送进医院的时候，被人大骂了一顿！”

“骂你？”杨薇更加好奇，这平白无故的，干吗要骂朱笑东？

没想到朱笑东被人骂了一顿，不但不恼火，反而很是开心地说道：“其实，我也真是该骂，哼哼，不，该打……”

说着，朱笑东扬起巴掌，自个儿在自己的脸上“啪”地拍了一巴掌，不过声音虽然响亮，却不是真的狠劲儿抽自己。

杨薇奇怪之极，挣扎着要坐起来，朱笑东赶紧又劝道：“杨薇，小心，小心。哎，让你躺着休息，你怎么就是不听话呢？”

杨薇要坐起来，朱笑东见实在劝不住，也就只好小心翼翼地把杨薇扶起来，让她靠在床上。

杨薇靠在床头，过了半晌，眼里含笑，口气却冰冷地说道：“笑东，说吧，这到底是怎么回事？”

“呃，对了！”朱笑东一拍脑袋，“你看，我都光顾着高兴，忘了跟你解释了。是这样的，我把你送进医院的时候，大夫一检查，嘿嘿……看着你伤痕累累，又是脱水，又是极度虚弱，一问谁是家属，我说是我，整个医院里的医生都翻着白眼对我，你看我这……”

朱笑东没说完，杨薇便“噗”的一声笑了出来，笑了一会儿，又使劲给了他一记白眼，才说道：“都是你害的，你活该！谁叫你当时不带我一块儿啊！”

“是是是……”朱笑东笑着说道，“是我不对，确实是我活该！你啊，从现在开始，就好好休息……”

杨薇摇了摇头，不想在这个话题上再说下去：“笑东，梁三叔的事情，到底是怎么回事？”

“你现在主要的任务就是休息，其他的事你就别管……”

朱笑东还没说完，杨薇便打断他的话：“什么叫我不管，这事不完全弄清楚，你以为我能休息好？”

“好好好……”朱笑东立刻举手投降，“我说，我说。你别乱动，我说还不成吗？这件事情，我还得从头说起，要不然，会有很多地方你听不懂！”

那天，朱笑东跟高原的绳子被飞虎咬断，两个人一起往下落，可是在紧急关头，高原抱住了朱笑东，一躬身子，用脚掌和后腰背死死地撑在天坑两边的石壁上。

天坑两边的石壁虽然湿滑异常，但是本来距离就不宽，两个人虽然在往下滑，但是高原那样撑住石壁，下滑的速度其实并不快。

下滑了一段，朱笑东也反应过来，当下跟高原一起努力，最后总算是稳住了身形，只是也不知道两个人到底滑下来了多远。

稳住身形之后，两人就想立刻上去，但是因为石壁太过湿滑，每往上一寸都异常吃力，往往才上去不到一米，却往下滑了好几尺。

无奈之余，朱笑东偶然间发现岩壁上七八米远的地方有个小洞，那里虽然不是个好去处，但绝对是个落脚休息的地点。

短短七八米远的距离，朱笑东跟高原费尽了全身的力气，才爬进那个洞口，洞口不大，也就一米多的高矮宽窄，只是不知道里面有多深。

朱笑东跟高原说，现在只能先蹲在这里，等上面再次有人来的时候，就可以叫过来帮我们了，高原没说二话，那个时候也确实只有如此了。

只是两个人在里面待了一阵，又闲不住了，先是想用带来的步话机联系胖子，但是不知道是怎么回事，两只步话机都没有电了。接着，朱笑东跟高原高声大叫了一阵，想要用叫声告诉地面上的胖子、杨薇等人，但是过了好一阵也没人答应。

这倒不说，没想到没过多久，从上面飘下来一股辛辣至极的味道，这一下，朱笑东跟高原有些发蒙了，这是怎么回事？

那味道越来越大，呛得两个人的眼睛几乎都睁不开，无奈之下，两个人只得赶紧往洞里钻，没想到这一钻，居然钻到那个黑沉沉的无底洞边上。

朱笑东检查了一阵，偶然间发现无底洞里面有飘出来一股类似邪斧气息的地方，朱笑东很是好奇，便跟高原用麻绳下到了那个杨薇他们钻进的洞里。

只是朱笑东没想到的是，那个洞的出口，居然是洞厅里天窗的底部，到达那里之后，那股邪斧一样的气息却又神秘消失了。后来，两个人发现了胡顺设置的电子仪器和从天窗上垂下来的绳子。那个时候，守在上面的汪德华等人见好几天都没有郑平等人的消息，便带了很多器材之类的东西下来，偏偏下来的时候正好碰上刚刚才爬上第一个平台的朱笑东跟高原。

见到朱笑东跟高原，汪德华说，胖子、杨薇、萧劲他们早在几天之前就已经下来，如此一来，朱笑东跟高原不上反下，跟着汪德华等人再次下到洞厅。

汪德华等人见到如此巨大的洞厅，虽说早有些心理准备，但还是不敢随意乱闯，耽误了些时候，又见到东边有极为怪异的现象，就更不敢乱动了。

东边的洞穴里石笋、石钟乳倒得一塌糊涂，满地都是碎石块，朱笑东也有些蒙了，不知道到底出了什么事情。几经探查，终于要接近那个地洞的时候，杨薇自己从天而降。

找到杨薇，朱笑东等人顺着杨薇出来的那个小洞，很快就找到胖子等人，那个时候，胖子已经退了烧，稍微严重一点的就只有萧劲手上的毒，不过，几个人出了洞，什么都是小事情，倒是杨薇，因为身虚体弱、劳累过度，被运送到县医院，昏睡了三天。

杨薇听完朱笑东的简诉，想了好一会儿，又问道："你跟高大哥两个人没听到那如同牛哞的嚎叫？"

"胖子和萧大哥早就问过这个问题。"朱笑东抓了抓脑袋，"可是我跟高大哥两人都不知道这事儿。对了，胖子那家伙说，你们遇到了极为奇怪的东西，那到底是什么东西？"

杨薇笑了起来："终于也有你没能赶上的事啊，咯咯……"

笑过了一阵之后，杨薇又才说道："不过，你要我说那到底是什么，我也说不清楚，能把两百多米绳子跟一个火盆都带走，尾巴又长得吓人，我也只是看清楚它身上有一层鳞甲，不反光，看起来很粗糙，但绝对是鳞甲。胖子他们怎么说来着？”

朱笑东沉吟了一会儿，问道：“带走火盆跟绳子的东西，你们的说法都差不多，但是后来你们在地洞边上遇到的东西，说法上的差异就很大。有说是一条‘尾巴极长的恐龙’的，胡顺、赵生智都这么说；萧大哥跟胖子两个却说形状就像是‘一个黑黑的、长满坚硬鳞甲的大尾巴’；郑队长说‘就是一个巨大的、怪异的、长满鳞甲的蝌蚪’。那么，在你看来，又是一个什么样的东西？”

杨薇回想了片刻，才说道：“当时，我在胖子身后用狼眼照射，感觉郑队长说的比较贴切，我看到的是一个长长的，类似蜥蜴体型之类的东西。”

“唉……”朱笑东叹了一口气，脸上有些懊丧，“那么奇怪的东西，可惜，我没能碰上，太可惜了。”

杨薇再次给了朱笑东一记白眼：“你可别说跟胖子一样，都想着要把它抓到，然后卖到动物园好赚上一大笔钱！”

朱笑东笑了笑：“能赚钱当然是好事，能赚上一大笔钱，也是我的理想之一。”

杨薇啐了朱笑东一口：“满身铜臭！你会在乎钱！”

朱笑东“嘿嘿”笑了一阵，不再去说钱的事，其实，这一次到那个天坑里去，朱笑东心头的谜团简直是一个接一个。

比如说，老梁三所说的那个梁奇宝的故事，如果可信的话，那第八件宝贝又是什么？梁国华挖出来的那张地图跟“七宝”有没有直接的联系？还有老梁三的生死之谜，老梁三到底是死了还是活着，到现在为止，没有一个人说的清楚。又比如说，是谁把那血迹洒在天坑口子上的，又是出于什么目的要那样做？

还有其他的，比如，天坑里的不明生物，现在只能用“不明生物”来代替一行人听到、看到的东西，那到底是一种什么样的生物，是一只，还是一群？按照杨薇等人说的情形，那么庞大的体型，应该没有可能爬到一米多宽的缝隙里把火盆跟绳子带走，那么带走火盆跟绳子的、又能发出牛哞一样叫声的东西又是什么？

这些谜就像一堆钻子，无时无刻不在锥钻着朱笑东的心，让朱笑东心痒难耐。

两个人沉默了一阵，这时，吊瓶里的液体已经输完，朱笑东强压着心头的疑问，去找护士帮杨薇取针。

不一会儿，先前那个女护士就过来了，看了看吊瓶，又看到杨薇斜靠在床头，转头对朱笑东呵斥了一句："我说过病人要好好休息，你这人怎么回事！这老公当的！"

女护士虽然口气生硬了些，但是看的出来，实在是关心她的病人，无论如何也算是一份好意。

所以，朱笑东只能赔着笑，答道："对不起，是我不好……"

女护士帮杨薇取下针，又问了几句杨薇还有哪里不舒服，又说她刚刚醒过来，身体还很虚弱，要特别注意休息之类的话。

临末，女护士又不阴不阳地加了一句："现在的男人，特别特别不争气，更不懂得珍惜，哼……"

也不知道是在说朱笑东，还是说谁，反正一说到男人，这女护士就特别来气。

女护士收拾完器具之类的，气哼哼地走了，胖子、高远、萧劲三人进来了。看见杨薇已经醒了过来，三个人都特别高兴，尤其是胖子，差点就千恩万谢，这条命简直就是杨薇给的，不千恩万谢，那就不是胖子的作风了。

只是朱笑东一看到胖子这样，马上就没好气地问道："说吧，是不是又有什么地方需要一大笔钱？"

"东哥，话不能这么说，钱不钱的，这多俗气啊！"胖子嬉皮笑脸地说道，“我这个叫活动经费，也没你想的那么严重，用不了一大笔，也就是千百来万元而已……”

高原跟萧劲两人和杨薇寒暄了几句，见胖子他们说的又是正事，当下就跟杨薇打了个招呼，然后两人一起退了出去，到病房门外去守着。

胖子跟着杨薇、萧劲等人一起，被送到这县城里救治，可是胖子的伤本来就是小伤，虽然后来伤口发炎了，但是杨薇早就给他注射过药物，所以胖子才躺一天，就实在躺不住了。

早就听说梁国华的老婆梁二婶改嫁到了这个县城，胖子急着要打听打听，这个县城虽小，但胖子也花了一天多时间才打听到梁二婶的新家，说到花费，当然不算是小数目了。

不过，让胖子失望的是，梁二婶跟她的新老公已经出去度蜜月了，都已经出去一个多月了。在胖子看来，度蜜月旅游是假，躲避梁三之类有亲戚关系的人恐怕是真，毕竟，这里急需要钱的人还是比较多的，要都像梁三一样毫无节制地谁要就给一点，还是顶不了多久的。

一说到这事，杨薇问道：“梁三哥没跟着来？”

朱笑东苦笑了一下：“梁三本来也想来的，但是老梁三下落不明，一直到我们来县城，三婶每天都以泪洗面，动不动就哭，梁三哪里能走得了。”

杨薇叹了一口气：“三婶也是个可怜的人，要是有机会，大家都帮忙找找三叔！”

这事就不用杨薇说，好些事都跟这个老梁三有关，不找到他，恐怕有些谜团永远都没办法解开。

“下一步怎么办？”杨薇又问道。

“还能怎么办！”胖子抢着说道，“我现在来找东哥，就是想跟东哥商量一下。不如，我们现在兵分几路，东哥算上一路，继续到梁三那边，看看还能挖出一些什么来，顺便找找老梁三那老小子；我就去找找那位去度什么蜜月的二婶，这活动经费嘛，嘿嘿……”

“就算你去找二婶，用得上一千万元?”朱笑东问道。

“东哥，你听我算上一笔细账，来去的路费，这个就不说了，万一二婶她老人家一开口‘我这东西要一两千万元的’，我总不能厚着脸皮说‘二婶，我们要地图，只不过是为了你们老梁家解开一个谜……’吧。再说，人家都改嫁了，现在也不姓梁了，而且现在也是千万富婆，花几万、几十万元去买那张地图，不说她觉得小气，我们自己都觉得小气，对不对?”

朱笑东想了一阵，毕竟梁国华的死跟自己等人还算是有关系的，一日夫妻百日恩，梁二婶跟梁国华怎么说也是几十年的夫妻，不看梁二婶也还得看在梁国华的分上。

朱笑东不跟胖子说钱的事，而是问道：“你打算什么时候起程?”

“本来这事，我想看到嫂子安然无恙地出院才能放心的，不过，找梁二婶这事越早越好，以免节外生枝，所以我打算最近两天再收集一些情报，弄清楚梁二婶他们的去处和细节之后就出发。”胖子说道。

“呵呵……”朱笑东笑道，“没想到你现在也聪明多了，连这些事都能想得出来!”

胖子得意地笑道：“也不看看胖子我是什么人，跟了你这么久，这些事情我不敢说举一反三，也应该学得差不多了！什么叫名师出高徒，什么叫青出于蓝而胜于蓝，嘿嘿，除了东哥，胖子我也是堂堂一个……”

“看看，你们这些人到底是怎么回事啊?”女护士进来，黑着一张脸呵斥道，“说过多少遍病人要休息，你们倒好，先前来一个，现在倒来了一大帮，吵吵嚷嚷的，是诚心跟病人过不去还是要跟我过不去！出去，出去……”

胖子后面的话还没说出来，就被这一阵呵斥打断了，硬生生地把他的话给堵了回去。

要换了别人这么个态度，胖子肯定要拿出一些功夫来，但是人家也就是女孩子，又是在维护杨薇，胖子也就只好赔了笑脸，说了几声“对不起”，然后在女护士的呵斥声中灰头土脸地退了出去。

这次她过来检查的是杨薇的血压之类的，杨薇只是劳累过度，小伤什么的也没有大碍，所以治疗只是以调理身子、增强机能为主，基本上也没用什么其他的药物。

女护士过来一次，自然又少不了对朱笑东一顿数落，不过，从朱笑东抱着杨薇住进这间病房她就这样，所以朱笑东不但习惯了，还真的开始检讨起自己的缺点来。

第九章
梁家的秘密

杨薇在床上躺了两天。这天，本来应该是胖子出发去寻找梁二婶的日子，没想到刚刚出去不到两小时，胖子就又回来了。

这时，朱笑东正用轮椅推着杨薇到医院的公园里晒日光浴。

看见胖子回来，他忍不住问道："怎么回事？这么快就回来了！钱花光了？"

胖子皱着眉头，拿出来一张报纸，递给朱笑东，朱笑东接过报纸，略一细看，顿时惊住了，那报纸上有条消息报道："六旬富婆被人杀，尸体冰藏十余天"，下面是比较详细的报道，还配有一张死者生前的照片。

朱笑东只看一眼，就被惊到了，因为胖子在这几天里对梁二婶有比较详细的打听，甚至还弄到过梁二婶的照片，而这则新闻中被杀的"富婆"和那张照片均显示，被杀的人就是梁二婶。

可惜的是，梁二婶的尸体是昨天才被发现的，而梁二婶再嫁的老公一家，早就不知道搬到哪里去了，报纸上用很官方的口吻结尾，说目前这个案子正在进一步调查中。

朱笑东顿时皱起了眉头，算算日子，梁二婶的死亡时间差不多就在朱笑东等人下了天坑的那几天，偏偏那几天正是老梁三失踪的日子，这里面会不会有什么关系？

朱笑东看着胖子，胖子的眼里也露出了狐疑的神色。

虽然两人心照不宣地同时点了点头，但是都没再说下去，这些人命关天的事情，是不容乱说的。

不过，胖子抓了抓脑袋，问朱笑东："还要不要去找梁二婶新嫁的老公？"

话才出口，胖子又马上意识到，自己这句话问得实在没有必要，这个时候去找梁二婶新嫁的老公有屁用！

就算找到人家，人家会不会理睬？还有那幅地图，人家知不知道都还两说，要是人家说一句不知道，岂不是白白跑了一趟，浪费钱什么的都不说，还要浪费时间。

朱笑东想了好一阵，才小心翼翼地给梁三拨了个电话。

电话里，好像秋可仪也跟梁三在一起，旁边还有黄诚、钟俊然等人。

见是朱笑东打的电话，梁三迫不及待地问了几句杨薇等人的情况，听说一切安好，梁三很是高兴，不过，梁三以为朱笑东仅仅是为了跟他报个平安，就天南地北地海侃了一回。

朱笑东很是隐晦地问了一下梁三那边的情况，梁三说，三婶好多了，但还是很挂念三叔，不过，这十几天来都依旧没有消息。

聊到后来，朱笑东小心翼翼地把梁二婶已经遇难的消息说了出来，刚刚才说出来，梁三那边就没了声息，电话还是通着的，却没人说话了，还隐隐传来好几声"梁三……梁三……"的惊呼声。

估计，梁三受到了巨大的刺激，肯定又晕了过去。

见朱笑东拿着电话发呆，胖子、杨薇等人不用去猜也知道是怎么回事。

说起来，梁三也算是不幸，几个月时间里，先是跟他最合得来的二叔梁国华惨死，接着三叔失踪，到现在活不见人死不见尸，现在倒好，二婶又不明不白地被人杀了，他们梁家这一支人，现在仅仅就剩下梁三还有他三婶两个人，实在让人忍不住扼腕叹息。

几个人叹息了一阵，胖子问道："哥几个，我们现在怎么办？"

朱笑东收了电话，皱着眉头沉默了好一阵才说道："二婶这事，恐怕容不得我们去插手，倒是老梁三那边，不知道还能不能找到一点线索。可是，不管是二婶的事还是三叔的事，目前都难以再继续下去，不如梁奇宝的事情暂时就此打住，先回到京城再说……"

胖子有些诧异："东哥的意思是说，我们现在就打退堂鼓！"

杨薇坐在轮椅上，也仰头望着朱笑东说道："笑东，我知道你是怎么想的。不错，我们目前的确是遇到了很大的困难，看起来能够动用的线索都已经全部断掉了，不过我知道，你在乎的并不是这个，你是在顾虑我，笑东……"

杨薇的眼中一片深情，顿了片刻才说道："梁奇宝的事情，从一开头就有我的份儿，都已经到了这一步，我不想现在就半途而废。如果因为我把这事耽搁在这里，你知道我会怎么想吗？"

杨薇要强，尤其是跟了朱笑东之后，好多次都在死亡边缘打滚，特别是这一次，差点就来了个深埋地底，再也不能重见天日了。这一点，朱笑东自责颇深，所以再也不想让杨薇跟着去冒这样的险了，所以才想着要把梁奇宝的事情先放一放。

但是，杨薇恰恰就知道朱笑东会这么想，可是，这事要现在就放下，小卫那边该怎么办？那可是朱笑东亲口承诺下来的事情，难道要他去跟卫南疆说："小卫，因为杨薇的身体的关系，这事儿我暂时就不管了！"

因为她，让朱笑东狠抽自己一个耳光这种事，她无论如何也不会答应。

“可是……”不管杨薇怎么说，朱笑东始终还是有些犹豫，只是“可是”了半晌，却又找不出理由来反驳杨薇，实在不忍！

犹豫了半晌，朱笑东才说道：“要不然，杨薇你跟高大哥、萧大哥就留在这里……”

朱笑东还没说完，杨薇嘟着小嘴：“你什么意思，我说过，这件事是大家都经历的事情，你凭什么又要抛开我？”

“不是……”朱笑东赶紧解释道，“我是这么想的，梁国华对我们来说，也算是有恩，二婶出了事，这里面肯定有些蹊跷，赶紧弄清事情真相抓住真凶，一来算是回报梁国华的恩情，就是对我们也有不少好处，还能跟梁三有个交代。你这几天身体还没恢复，正好一边调养身子，一边收集这方面的情况，怎么样？”

“说到底还是要把我扔到一边！”杨薇不满地说道，“我又不是花瓶，要不是你拦着，我早就想要出院了，还调什么养。”

胖子在一旁嘻嘻地笑道：“嫂子，这可不是我想多嘴，伟人都说过了，身体才是革命的本钱，咱们本钱越多，干革命的目标才能越大，我还想着嫂子你赶紧养好身子，再带着胖子我到枪林弹雨里去冲锋陷阵呢！”

杨薇“噗”地一笑：“拉倒吧你，还冲锋陷阵，你就不担心我带着你冲进去，陷在里面出不来！”

不管朱笑东跟胖子两人怎么劝，杨薇始终不肯留下来享这份“清福”，到最后朱笑东自己也没办法，无奈之下，只得陪着杨薇在医院里多住几天，让她的身体彻底恢复之后再做打算。

这几天之中，胖子、高原、萧劲三个人日夜出动，四处打听关于二婶的消息，只是有用的信息却没有几条。

二婶娘家也没什么人了，唯一的一个兄弟早在几年前就拖家带口到南方去打工了，据说，二婶再嫁之前曾经去过南方一趟，但是具体去干什么无人知道。

另外，二婶再嫁的新老公姓严，不算是特别成功的人士，年纪比二婶小了近十岁，也是中年丧偶，而且还有两个都成年的儿女，估计姓严的跟二婶结婚，多半还是看中了那一千万元。

不过，这姓严的一家连老带小，在一个多月以前就宣称带着二婶出去度蜜月旅游了，到现在这一家人也还没露面，可是二婶神秘地死在了家里，有人怀疑，这是不是姓严的暗下黑手！

当然，这也只能算是道听途说。

事情的真伪，胖子等人还没那个权力去详细盘查，很多事情，还正如前两天报纸上刊登的一样：此案有关方面正在做进一步调查。

二婶这边再没有任何进展，杨薇也到了出院的时候。

来接杨薇出院的除了胖子、萧劲、高原外，一直都没怎么露面的郑平也带着赵生智等人过来了。

这一趟，郑平等人原本要大大地露上一回脸的，但是后来发现，不仅仅那个天坑的探索早让朱笑东跟高原两个拔了头筹，而且，要不是杨薇舍命找来救援，他们根本就没有机会活着出来，如此一来，下到最深天坑的事情，郑平等人也就只好压住不提。

一见面，一阵寒暄之后，几辆车子把所有人带到县城里最豪华的酒店里，郑平说他请客！

席间，郑平问起一个他百思不得其解的问题，朱笑东跟高原两个人在地下洞穴里待的时间不比郑平等人短，他们的照明问题是怎么解决的？

其实，这个问题不仅仅是郑平觉得奇怪，跟朱笑东在一起的高原也觉得奇怪，在地洞里有很长一段时间，他们其实真的没有了照明的东西，但是，在朱笑东的带领下居然摸索着走了出来，还是说，这是因为运气太好了。

一句“运气好”，把所有的事情全部遮盖了过去，尤其是高原这个亲身经历者，连他都觉得，如果不用“运气好”来解释，就再也找不出其他的解释了。

到最后，郑平居然提出一个让朱笑东等人都意想不到的要求：很想跟朱笑东等人一起再下到那个天坑里面去一趟，去看看那个无底洞到底有多深！

朱笑东等自然是慌忙拒绝，尤其是胖子，咧着嘴巴笑道：“这一趟都差点没出来，还去？嘿嘿，你还真要把我说的把那东西弄出来卖到动物园的话当真了啊！”

没想到郑平从口袋里拿出一张银行卡，往桌子上一放，说道：“这是杨小姐给我的，说是里面有些钱，不过，里面的钱我一分也不能要，我们的命是胖子兄弟、杨小姐还有萧兄弟救的，如果还要钱，那我们哥儿几个就什么也不是了！”

胖子把那张卡拿过来捏在手里，嘻嘻地笑道：“本来，我们说过了的话是不能吞回来的，不过，哥儿几个一片真心，我们也不能推拒，要不这样好了，今儿个大家死命吃，死命喝，照着最好、最贵的东西点，全部算胖子我的。”

郑平还想要说什么，胖子却吆喝着叫来服务员，一开口就是：“把你们店里最好、最贵的酒菜可劲儿往这里端，今儿胖子我高兴……”

这一顿饭足足吃了两三小时，这一帮人才尽兴而散。

只是本来郑平说要请客的，没想到却让胖子付了账。郑平等人心知胖子他们不缺钱，再说，胖子也已经有话在先，也就不再去跟胖子争。

饭后，朱笑东、杨薇等人自然是要再次回到梁三那边，跟郑平等人说那边还有些事需要处理，至于到底是什么事，他也没细说。

没想到郑平等人也挺高兴，他们的器材也都还留在那边，现在也要去取回来，大家又可以同路了。

可是待朱笑东等人看到郑平他们的行李的时候，顿时又明白过来，他们哪里只是去取器材，分明就是想要再去看看那个无底洞，因为他们又带上了满满两皮卡的器材工具。

朱笑东暗暗叹息了一声，但又不好多说，毕竟郑平他们去干什么事情，他也管不了。

再见到梁三的时候已经是下午时分，郑平等人打发走请来帮忙运送器材的人后，依旧住进天坑边上搭起的帐篷里，不过，这一次他们并没有即刻就要下坑的意思，看样子是准备打一场持久战。

朱笑东等人因为天坑那边已经没什么事情了，就撤回到老梁三的家里。之所以没直接住进梁三的家里，一来是因为三婶需要照顾，二来梁三更需要照顾，而照顾这两个人的任务，也就只有秋可仪最合适。

但是秋可仪还必须要照顾一帮小孩子，所以住进老梁三家里，也就成了顺理成章的事。

梁三的精神并不是很好，不过朱笑东等人也很是理解他的心情，眼看着亲人们一个个遭遇不测，换谁谁都高兴不起来。

只是胖子这家伙一见到黄诚，便要找他算账，欠自己的生活费就不说了，敲了自己脑袋一棍子这笔账，胖子无论如何也要找黄诚算！还扬言说，非要剥掉黄诚师徒两个一层皮，吓得两人找了个借口，偷偷地溜了。

朱笑东明白了事情原委，又好气又好笑，狠狠地呵斥了胖子一顿，毕竟人家也是一番好意，怎么就还计较着那点破事儿。

第二天一早，朱笑东才刚刚洗漱完毕，胖子就跑过来，一脸神秘地拉着朱笑东避开所有人，径直出了老梁三的家。

寻了条小路，走上老长一段，胖子还没开口，朱笑东有些不耐烦了，问胖子：“到底怎么回事？”

胖子神神秘秘的，看四下无人，才低声对朱笑东说道：“那个三婶有问题！”

朱笑东没好气地呵斥道：“说什么呢！胖子，别胡说八道！”

说着，转身就要往回走，还有好多正事要做呢，没空跟胖子磨牙。

胖子拉住他，极为正经地问道：“东哥，你不相信我？”

朱笑东有些烦：“三婶也是五六十岁的人了，清清白白的正经人，眼下老梁三失踪，三婶本来就心里难过，你说三婶有问题，这不是在诋毁人家！背后非议人家，毁人清白，其罪当诛。”

胖子很是出奇地没有嬉皮笑脸，低声说道：“东哥，不是我诋毁她。昨天晚上大约两点钟，我肚子胀得厉害，爬了起来，你说我看到什么？”

“你看到鬼了！”

胖子摇着头，一脸慎重：“我看见三婶了……”

朱笑东心想，你肚子胀得厉害要起来方便，难道就不许别人起来方便！少见多怪。

没想到胖子接着说道：“东哥，你记得三婶院子里的那口井吗？我看见三婶对着那口井说话！”

朱笑东记得三婶院子里的那口井就在左边厢房边上，挨着水井还有一棵桂花树，不过，厕所在右边厢房的后面，如果三婶半夜起来方便的话，就不应该到水井边。

“不过，不是起来方便，是口干起来喝水的行不行？三婶年纪大了，唯一的女儿又没在身边，半夜口干想要喝口水，倒也说得过去。”

胖子却摇了摇头：“这解释不通。我看见三婶站在井边，并没有动手去打水，甚至连腰都没弯上一下，怎么可能是去喝水？而且我还听到她说了一句瘆人的话……”

“什么话?”朱笑东来了精神，忙问道。

胖子神经兮兮地四下看了一眼，才凑到他的耳边，小声说道：“我听到三婶对着井里说‘老头子，我快撑不住了……’”

朱笑东心里“咯噔”了一下，心里顿时发了毛。

胖子不理他，继续说道：“可惜，当时我看不清楚，也就听见这么一句，后来，三婶又叽叽咕咕地说了两句，这才转身回去。”

朱笑东心中猜疑，但也不想说出来，只忽悠了胖子一顿，要他多照顾三婶，不能让三婶一时想不开去寻短见之类的。

胖子叹了口气，说道：“东哥，既然你不相信，我也不好多说，不过我可以对天发誓，我绝对没有胡说，要是有半句不实之处，胖子我就不得好死。”

朱笑东“呸呸”地啐了几口：“一大清早，你胡说些什么啊！什么好死不好死的……”接着又伸手，跟胖子两人勾肩搭背，笑道：“胖子，你这家伙，人家黄老不就是敲了你一棍子吗，你干吗要记得死死的。算了，听东哥我的，别再计较了，再说，就算你要黄老给你赔医药费，他能给你赔多少，你还计较，这不是扯淡嘛！”

见朱笑东无缘无故地说起这事，胖子一怔，转头去看，却发现朱笑东脸上在笑，眼里一丝笑意也没有，不但没有笑意，眼底深处反而有一丝异样。

胖子跟着朱笑东也不是一天两天了，见这个时候朱笑东突然这么说，胖子哪有不明白的道理，当下很是配合地说道：“东哥，不是我小气，那黄老头子实在是太可恨了，我说要下去找你，他可倒好，在我脑袋上打了一棍，这不，后来我们不是差点白白死在里面了，这口气我怎么能咽得下去。”

“算了算了……这事儿我昨天都说过了，你要再计较，那可就是不给我面子了……”朱笑东说着，眼睛的余光却不住地盯向旁边不远的一处草丛。

过了许久，朱笑东才吐了一口气，低声说道："走了！"

胖子一听朱笑东说这话，神情顿时有些紧张，张嘴要问，但是朱笑东将食指一竖，放在嘴边，示意胖子不要出声。

过了片刻，朱笑东才低声对胖子说道："胖子，记住，不管发生什么事情，都只能看，不要说。"

胖子顿时有些糊涂，朱笑东这是怎么了！

随后，朱笑东跟胖子两人一路说说笑笑地回到老梁三的院子里面。

早饭是杨薇跟秋可仪两人做的，四个小菜一个汤，不算精致，毕竟人多，要做得精致，就不够几个人吃了。

草草吃了早饭，黄诚照例带着钟俊然出去了，高原跟萧劲两人被朱笑东安排再去狩猎搞野味，秋可仪连几个人的碗筷都没来得及收拾，就忙着去给孩子们上课。

杨薇想要来做这些家务，但是三婶强撑着身体，无论如何也不让杨薇来做这些事。

梁三稍微好了一些，便陪着朱笑东等人四处闲逛。

说是闲逛，其实也就是跟朱笑东、胖子、杨薇三个人一起，到天坑边上去看了看郑平他们。

郑平等人听见朱笑东他们过来，从帐篷里钻出来，很是亲热地打过了招呼。

朱笑东见郑平等人并没有要下天坑的动静，忍不住问了一下。

郑平解释说："现在还是在准备阶段，因为天坑里的情况太过复杂，不做到万无一失，可不敢随便下去，上次差点死在里面的教训，哪儿敢就这么忘记了。"

几人闲聊了一阵，见赵生智等人在摆弄着一些仪器之类的东西，也就不再打扰，跟郑平说了声告辞就出了帐篷。

见前面不远就是去祖坟山的小道，朱笑东又突然来了兴致，带着胖子、杨薇，跟梁三有一搭没一搭地说笑着，说是还想要再去看看梁三家的祖坟山。

从天坑边的三岔路到梁三家的祖坟山，路程并不远，准确地说，正儿八经走只需要二十来分钟，不过，朱笑东跟胖子两个一路闲聊，想让梁三开心起来，又要照顾身体刚刚恢复的杨薇，一路上走走停停，到祖坟山至少也花了一小时。

这时，朱笑东等人都诧异了起来，三婶不知道什么时候居然先到了这里，而且，看样子来的时间已经不短了！

好几个坟头都是香烟缭绕，而且那些香都已经燃烧过半，地上的黄纸早已化成了灰烬。

三婶正半蹲半跪在一处坟前，面容悲戚但是虔诚，看样子，是在祈求梁家的列祖列宗保佑平安。

朱笑东等人之所以诧异，是因为从老梁三家里出来的时候，三婶还在收拾几个人吃饭的碗筷，而且，这一路过来也没遇到三婶，三婶是怎么来的，怎么会走到几个人前面来？

难道，还有一条捷径也可以到达这里！

可是朱笑东记得，第一次来这里的时候，梁三并没说过还有捷径可以到这里啊！

三婶一见到朱笑东等人也来到这片坟地里，便在那座坟前恭恭敬敬地磕了个头，然后才站起来跟朱笑东等人打招呼。

朱笑东忍住满腹惊讶，跟三婶回了礼，杨薇赶紧上前扶着三婶，又问长问短。

三婶悲戚满面，叹了口气，说已经给老梁家的列祖列宗烧了香、磕了头，这心情也稍微好了一些，前些日子，朱笑东他们都为老梁三的事情忙活过不少，自己有生之年，会记住这些帮过忙的人。

三婶跟杨薇说了一会儿话之后，深深地叹了口气，又说：“杨小姐，老头子都已经不见了这么久，也不知道他到底怎么样了。唉！我真的快撑不住了……”

三婶说这话时，胖子在一边怔了怔，转头去看朱笑东，朱笑东却是一脸讳莫如深，实在看不出来到底在想什么。

杨薇也跟着叹了一口气，劝三婶：“老三叔吉人自有天相，你也不必过于挂怀，这边风大，我送你回去吧。”

杨薇当然是客套，现在虽然是初冬季节，天气有些干冷，但还没有什么大风，不过，看三婶在短短的十来天中好像突然老了几岁，还是有些心疼，何况现在时近中午，如果不早点回去，午饭就怕是赶不上点儿了。

朱笑东点点头，也要杨薇一路照顾着三婶先回去。杨薇扶着三婶回头的时候，却是走的朱笑东等人来的路。

三婶跟杨薇走了之后，朱笑东细细看了一遍那些三婶上过香的坟，居然发现大多是最近二十几年才死去的人，按照那些碑上的铭文所说，应该是在梁三的老爸梁宏出事后那一段时间先后死去的。

还不少，一共有十七个人，从二十岁到七十岁，而且十七个人当中，有十五个人是男丁，按老梁三之前的说法，应该都是接触过梁宏的尸身之后被传染而死的。

胖子也注意到了这个情况，很是奇怪地问梁三：“梁大个儿，怎么只有两位女的入葬你们梁家的祖坟山？”

梁三摇了摇头说道：“我记得当年有这么个规矩，说是我们梁家的祖坟山里，在几种情况下是无论男女都不能住进这里的，比如说，夭折、无后、无德……”

一说这个，朱笑东顿时明白过来，在许多年前，重男轻女的思想还比较严重，尤其是更为封闭的大山深处的某些族群，始终认为女孩就是别家的人，如果某位妇女生了几个女孩子，而连一个男孩子都没有的话，就会被视为断了香火，这样的女人就算是死了之后，也不能葬进祖坟山的，至于说作风不正派之类的女子，就更没有入葬的资格了。除了女子，其实好几种情况的男子也是一样，比如说，没有成年的，成年了但是没有娶妻生子的等，也不会葬进祖坟山。

没成年的男童如果死了的话，就是夭折，那是祖坟山的风水大忌，就算是葬，也必须离祖坟山远远的，否则就会破坏一族祖坟的风水龙脉，没有子嗣的成年男子也会被视为等同的情况。

风俗习惯而已！并非什么奇特的事情。

不过胖子就有些奇怪了，这么说，这里十五位入葬的男子都是有资格葬进来的人，那么他们的子嗣和家属呢？十五位男丁，除开现有的两位女性坟墓，也还有十三个女的，不可能每一个女的都没资格葬进这里吧，不可能说一家人男的可以进，女的就不能进，这就说不通了啊。

胖子这么一说，梁三也感觉奇怪了起来，在梁三的记忆当中，从来没有人说起过关于这十三个女人的事情。

十三个梁家的女人，这不是一件小事情，就算是其中有改嫁的，比如，二婶之类，都应该是有迹可循的，但是在梁三的印象中，鲜有这类事情发生。

这是怎么回事？

渐渐地，梁三的背脊上慢慢渗出一股冷汗，他们梁家这一支人，到底发生过什么样的事情？还在发生什么事！

以前，梁三孤身一人，虽然二叔梁国华对自己特别好，但对他们梁家的事情也绝没有多跟梁三说上一个字，梁三也就浑不在意，现在回想起来，却多的是诡异之处。

自己的老爸老妈到底是怎么死的？现在梁三已经开始对老梁三

的说法产生了怀疑。梁宏挖掘无字碑的坟墓中毒，老妈上吊自杀，前来帮忙埋葬的人因为感染毒素，先后死亡，这一切听起来顺理成章，其实破绽百出。

老梁三说过，为梁宏办理人殡出葬，全部都是梁家自家人，为什么村里的其他人当时一个也不在场？

十几家人先后死亡，放到任何朝代都不是小事，村里却没人提及半点有关这方面的事，更没有任何这方面的传闻，这不是怪事吗？

尤其是仔细看这十几块墓碑上的日期，前后不超过两年，两年之内一下子死了这么多人，怎么会没人关心！

退一步来讲，即使村里的人对这么大的事件漠不关心，但是梁家的那些遗孀遗孤，不可能不成为村里人关注的对象，不说几十年前深山里的婚姻状况，就算是现在，这深山里的人要讨上一门好媳妇，依旧是个老大的难题，村里会没人关心梁家的十几位遗孀？甚至关于她们的传闻都没有？

老梁三说到梁家这一支人消失的原因时，也仅仅是用了“凡是接触过梁宏尸体的人都犯上了一种莫名其妙的病……”这么简单的一句话一笔带过。

但可以想象得到的是，接触到梁宏尸体的人，肯定不会是全部的梁家男人，再说，梁家的女人更不会去接触梁宏的尸体，如果说一定会接触到尸体的话，也只会是梁三的娘，但是梁三的娘是上吊自杀的，其他的女人就算接触了，那也只能算是第三类接触，甚至是第四类接触，什么样的“毒”有这么厉害？

朱笑东顿了半晌，也把那天下天坑之前的疑问说了出来，而且现在也已经得出结论，老梁三跳天坑这件事纯属子虚乌有，制造天坑口血迹的人是谁？又是出于什么目的？

撇开老梁三失踪这件事不说，可以看得出来，有人想要把朱笑东等人往歧途上引。

可是，但凡一件事情，没有利益可得就没有人会去做，这整件事情当中，能得利益最多的会是谁？能得到的利益又是什么？

诸如此类的谜团越想越多，但是归根结底，所有的谜团都指向一个人——老梁三！

梁三红着眼，盯着朱笑东看了半晌：“你怀疑我三叔？”

朱笑东很坦诚地点点头：“那天早上秋小姐过来告诉我说，三婶发现天坑边上有血迹，所以才断定是三叔跳了天坑。按说，那天秋小姐去得很早，这一点梁大哥你是清楚的，当时也就是我们刚刚起床没多久……”

“不到七点，那天早上你们都起得比较早……”梁三答道，那天梁三醒来得特别早，听到朱笑东等人洗漱，梁三还特意看过时间，才六点五十多分，确实不到七点，刚刚天亮。

“不错，可是从三叔的家里到我们那里要多久？一小时，最少五十分钟，也就是说，秋小姐最少是在五点多就被叫起来给我们送信儿了，如果你只是这么想，那你就错了！”

朱笑东叹了一口气，说道：“现在是什么季节？已经入冬了，冬天的天什么时候才会亮这不需要我说，但重点是，三婶什么时候发现天坑边上有血迹的？正常的话，三婶发现了天坑边上的血迹，就算是马上回到家让秋小姐过来叫我们，这中间至少得多算半小时，我还排除了三婶一想到是三叔跳下天坑，因为受到刺激而耽误的时间。

“如此说来，三婶从家里到天坑边上，发现血迹再折回家里，叫上秋可仪给我们送信儿，最少也得一小时。也就是说，其实三婶是在四点之前就开始往天坑这边走，如果再发现血迹，并且联想到是三叔跳了天坑，按照正常人的反应，少说也会惊呆或者惊慌一段时间，这一段时间里，三婶应该是走路都会跌跌撞撞，但是那天早上我们到达现场，看到的三婶除了脸上的表情很绝望、很悲戚，衣服上看不出来有摔过、撞过的痕迹……”

朱笑东没有再说下去，冬季的天亮得比较迟，这是常识，对这个纬度、这个季节来说，天亮的时间已经推迟到了六点四十分左右。

也就是说，三婶其实是摸黑到了天坑边上，摸黑发现天坑边上的痕迹，又摸黑回到家里，再摸黑让秋可仪摸黑到梁三家里给朱笑东等人报信儿！

整个儿就是一个摸黑！

梁三“啊”了一声，顿时一屁股坐在地上。

胖子望着朱笑东，张大了嘴巴，早上才说昨天晚上看见三婶的事，可他一直都不理睬，没想到人家其实早就有了怀疑。

“问题是，三婶为什么要这么做?”朱笑东淡淡地问了一句，顿了顿又说道，“其实答案很简单，梁奇宝的宝藏！当然，并不是三婶一定要这么做的。而是三叔，是三叔吩咐三婶这么做的，如果我推测不错，恐怕三叔已经就要得手了！”

“不可能……”梁三痛苦至极，二叔死了，二婶改嫁，现在也死了，而三叔三婶……这根本是一件不可能接受的事实！

“不可能……”梁三揪着自己的头发，说道，“梁奇宝的东西都还在我手里，三叔怎么可能拿得到，还有，你们说过，还有第八件东西，你们自己都不知道第八件东西是什么！”

朱笑东摇了摇头：“第八件东西是什么早已不重要了，因为或许它根本就在你三叔手里！”

梁三叫了起来：“不可能！”

胖子问道：“那会是什么?”

朱笑东没有回答胖子，而是蹲到梁三身边，伸手抓住他的肩膀，盯着他的眼睛说道：“梁三哥，我知道失去一个亲人会有多痛苦，但是我不能不告诉你，二婶应该也是被三叔杀的。第八件东西是整个宝藏的关键，说不定，其实早在三叔手里，三叔现在差的就是二婶手里的那一份地图，所以，二婶也因此遇难!”

“你胡说!”梁三红了眼，居然“呼”地打了朱笑东一拳。

朱笑东蹲着又毫无防备，居然被梁三一拳打得跌坐在了地上。

胖子见他挨打，赶紧上前扶起，嘴里却说道：“东哥，这人命关天的事，没有真凭实据，可不能乱说……”

梁三并不是傻子，朱笑东这么说，老梁三便八成脱不了干系，只是眼看着自己的亲人一个个离自己而去，那种痛不欲生的心情，实在难以形容。

朱笑东推开前来扶自己的胖子，盯着发疯的梁三说道：“梁三哥，我知道失去亲人的痛苦，那种痛，比拿着刀子一寸寸割裂自己的肌肤还要痛。但是，梁三哥，想想你们两家屈死的先人，还有你即将要失去的三婶，想想吧……你该怎么做!”

“我不听……我不听……”梁三号啕大哭，但是没有一滴眼泪流出来，梁三已经没有眼泪可流了。

胖子站在朱笑东身后，一会儿想要上前去劝劝梁三，一会儿又想先把朱笑东拉起来再说。

这两个家伙，一个胡说八道，一个状如癫狂，都像是失去了理智一般。

“我知道你不相信，但是，整件事情的确就是如此。梁家十几位先人是三叔害的，你父母是三叔害的，二婶也是三叔害的，这是事实!”

“你凭什么说是三叔害的，我不会相信你……”梁三一边哭一边说道。

“东哥，这事……”胖子低声劝朱笑东，梁三都这样了，不能再刺激他。

朱笑东有些惨然地一笑："梁三哥，梁三叔本来只是想用天坑上的一点血迹来引诱我们上当，想把我们一网打尽，然后堂而皇之地出现在大家面前，然而他没想到第一次下去的仅仅是高大哥跟我，而且更没想到，会有那么多人及时来救我们。三叔算定我们早晚会识破他的计谋，所以迫不及待地去找二婶，想要拿到地图，抢先找到宝藏，可惜，二婶跟他不合，根本就不相信三叔，无奈之下三叔才动了杀心。抢到地图之后，三叔潜了回来，并着手去开启宝藏。"

"你凭什么这么说？有什么证据？"梁三明知道朱笑东所说非虚，但还是强忍着痛苦说道。

朱笑东惨淡地说道："我昨天晚上见到三叔了！"

"你……"胖子瞠目结舌，朱笑东见到三叔了？而且在昨天晚上？怎么可能！

"你……"梁三已经无力责问朱笑东什么。

"梁三哥，我还可以告诉你，当时，三叔正在计划要把郑平他们和我们一块儿……一块儿害死。"

昨天晚上，其实朱笑东比胖子更早起来，不过，朱笑东并不是肚子胀得难受，而是睡不着，因为朱笑东闻到一股危险的气息。

他眼睁睁地看到三叔从那口水井里爬了出来，杀过人的人，身上都有一种"杀气"，朱笑东对这种杀气有着相当敏锐的感觉。

三叔从水井里爬出来之后，第一件事并不是去找三婶，而是查看睡在厢房里的朱笑东等人有没有醒。在那一刻，他发现梁三叔有一双奇特的眼睛，也就是在黑夜里，或者光线暗淡的条件下，依旧能看得清楚事物的眼睛，这种眼睛，也就是俗称的"夜猫子眼"。

不过，三叔的夜猫子眼跟朱笑东的眼睛不一样，三叔的这种夜猫子眼是可以通过特殊的方法训练而成的。

第十章
水落石出

胖子瞪大了眼睛，朱笑东连老梁三的眼睛都分辨得清清楚楚！这可比自己只是看到三婶要强多了。

朱笑东叹了一口气，拿出手机打开，放出一段录音。

一开始是一阵低低的啜泣，很低，几乎微不可闻，就像是一阵很普通的电流干扰的嘈杂声，要不是昨天晚上万籁俱寂，这段啜泣录音绝对就会被忽略掉。

稍微过了片刻，是三婶的声音，很低但是很清晰，应该是录音的时候距离有些远的缘故："老头子，你能收手吗？要不就收手吧……"

老梁三的声音很阴沉："胡说，那三十多条人命，还有……还有二嫂，我们已经没有退路了……"

又是三婶的一阵啜泣，足足一分钟，三婶才又说道："二嫂要是不愿，你就应该算了的，没想到……"

"你什么意思？这话你都说了好几十遍了，我说过，二嫂的事情不是我故意的……算了不说啦，反正退路是没有了。对了，姓朱的那一帮人，他们怎么又跑了回来？"

三婶啜泣着，过了片刻才回答道："我估计是他们得到什么消息了……"

录音放到这里，朱笑东就把手机关上，放回口袋，然后盯着梁三说道："梁三哥，本来这件事我想交给有关方面去处理，但是我改变主意了，毕竟他们两位是你最后的亲人，如果不顾虑这一点，这些事，我真没想要告诉你。"

他把话说得很明白，主要是顾虑着梁三。其实，老梁三两口子都那么大年纪了，也不会再有多少岁月好活，现在，这件事要怎么做，就看梁三一句话了。

对于老梁三这种人，朱笑东并不觉得他们有多可怜，甚至有些厌恶，一个连别人的生命都不尊重的人，根本就不值得让人敬重。

老梁三是梁三唯一的亲人，对他们这群人又没有多大的伤害，充其量只是设计了一个圈套，骗得朱笑东等人陷进险境一回，他把老梁三这些事统统捅给梁三，也就算是对老梁三最大的报复了。

倘若，那一趟天坑之行无论是谁有个什么意外，他就不会只把这些事捅给梁三！

朱笑东叹了一口气，梁三的精神几近崩溃，痛惜的是亲情，偏偏最让朱笑东看重的，也是亲情。

梁三怔了半晌，才问道："你愿意放过他们？"

"不是我愿不愿意放过他们，在于你的决定，你的父辈们，你的父母，你要为他们报仇很简单，你能放过老梁三，任由他自生自灭，我绝不反对。"

梁三的眼睛有些迷离起来，父母、仇人、亲情，在这一瞬间，把梁三压得有些喘不过气来。

朱笑东拍了拍梁三的肩膀："梁三哥，这件事情我说给你听，并不是逼着要你当机立断做出什么选择，相反，如果我判断得没有错，下一个即将遭遇不幸的人，便是三婶。”

胖子皱着眉头：“为什么会是三婶？不是梁大个儿或者我们，或者郑平他们？”

朱笑东淡淡地摇了摇头：“‘我真的快撑不住了’，这句话其实就是一个信号，在我看来，如果不是三婶自己撑不住压力，想要痛痛快快地了结自己，就是三叔极有可能将要对三婶动手。报仇或者是阻止，全在梁三哥一念之间。”

梁三沉默了许久，站了起来，张了张嘴，一字一顿地说道：“我……放……弃……”这三个字说完，梁三像是放下了压在身上一万斤的重担。

在这短短的几分钟之内，梁三像是完成了一次蜕变，亲情、恩仇，在这一刻之间，梁三选择了亲情。

毕竟他们梁家这一支人就剩下三个了，就算是从此之后再也无以为继，他也不想仅存的三个人在仇恨之中毁灭，或许，这就是亲情的力量。

朱笑东审视了梁三良久，才点点头：“很好，梁三哥，我佩服你的勇气和心胸。既然这样，我还要告诉你一件事情，三叔其实对你很好，不明白吧？其实，三叔跟你说你父母的事情，只是想要刺激你，刺激到你没办法跟我们一起去冒险，他不想你去冒险，你明白了吗？”

梁三很是迟疑：“为什么会这样？”

“你现在是你们梁家唯一的香火，三叔不想你出什么意外，所以，对你去冒险十分反感，这一点，估计你自己也有些感触。算了，不说这个了，这样吧，你立刻就回去，找三婶把这事挑明，让三婶告诉三叔，现在就收手！”

梁三诺诺地问道：“这样做会有用吗？”

“目前，我已经没有更好的办法了。哦，对了梁三哥，跟三婶说这些事，别让黄老他们知道。”朱笑东说道。

梁三“嗯”了一声，转身往回走。现在，三婶快要撑不住了，搞不好真像朱笑东推测的那样，三婶自己萌发死志，那可是拦也拦不住的……

让梁三去找三婶把所有的事情说开，或许就是现在最好的办法，但一定要快。

梁三的背影在微弱的冷风里显得有些萧条，脚步也有些踉跄，朱笑东看着他渐渐远去，忍不住深深地叹了一口气。

胖子也是叹了一口气，不过，这一口气叹完，胖子马上问道：“东哥，现在大家都有事情做，我们两个呢，我们两个做什么？”

“去找郑平！”朱笑东说了这几个字，然后头也不回地往前走。

“找老郑，找他干什么？”胖子歪着脑袋，不明白朱笑东又想要干什么，不过看见朱笑东已经走出去好一段，一边大叫，一边奋起直追。

追上朱笑东，胖子喘了几口粗气，又问道：“东哥，早上我跟你说起三婶的事，我发现你老是文不对题，怎么这会儿又变了脸……”

朱笑东回过头来，看了一眼胖子答道：“当时有人在偷听我们的谈话，你说我该怎么回答你？”

“有人偷听？”胖子一怔，这一怔之间，又落下了好几步远，便蹦蹦跳跳地追上朱笑东，又问道，“是谁？东哥是谁在偷听我们说话？”

朱笑东不再回头：“不知道！”

他是真不知道早上躲在草丛里偷听他跟胖子谈话的人是谁，那个人的动作极为迅速，而且极为机警，朱笑东稍微一起疑心，刚刚胡扯没两句，就被那人发觉，随后就无声无息地消失了。

在朱笑东知道的所有人当中，估计除了高原，就再也找不到那样机敏的人了。当然，偷听他跟胖子两人谈话的人不可能是高原，也不可能是萧劲，他们两个人没必要。

“这么说，这里还有第四股势力?”胖子嘿嘿一笑。

“如果要说势力，这里哪会只有四股势力!”朱笑东淡淡地笑道。

“最正大光明的是我们！郑平他们算是第二股，老梁三那老小子算是最垃圾的一股，除此之外，不是第四股还能是第五股?”胖子笑道。

朱笑东摇头笑道：“我们的确是正大光明，但是绝对不能算是一股，起码，你跟黄老他们就不是一股，对不对?”

胖子抓了抓脑袋，紧追几步靠近朱笑东，才说道：“说到老黄这家伙，我还真就没弄明白他到底是来干什么的，说是跟我们一伙的吧，又跟我们格格不入，说不是一伙的吧，又吃我们的，喝我们的。何况，那俩家伙神神秘秘的，依我看，搞不好第四股势力就是他们师徒两个。”

“不会。”朱笑东很肯定地说道，“黄诚是小卫介绍过来的，实际上就是小卫给我们的一把伞，这一点，胖子你可不要狗咬吕洞宾，不识好人心。没有这把伞，就算将来回到京城，我们的麻烦都会不断。”

胖子一脸悻悻地说道：“好吧，就算老黄那家伙跟我们是一起的，大不了，生活费我不找他去要了，敲我那一棍子，我也不跟他计较了，算我倒霉，被狗咬了一口。那你说那第四股势力，究竟是来自哪一方面的?”

“我真不知道!”朱笑东很干脆地答道，都已经看得见郑平他们的帐篷了，有些话也不能乱说。

郑平见朱笑东回来，老远就笑着打起了招呼。

朱笑东是特地来找郑平的，稍微客气了一下，再次进到帐篷里面。

赵生智等人找来两个小凳子，给了他们两人，郑平非常客气地冲了两杯咖啡，端给他们。

咖啡很烫，朱笑东跟胖子两人接过，又放下，然后笑了笑，对郑平说道："不知道郑队长的计划做的怎么样了？打算什么时候出发再探无底洞？"

郑平也笑了笑："孙悟空下无底洞，都是几进几出，我们这点微末本领，一时半会儿哪里能成得了事。不过，要是能有小朱你相助一臂之力的话，呵呵……"

之所以郑平没有向外公布他们探查了最深的天坑，就是因为他们根本算不上是真正第一个到达并且在里面逗留超过一个星期的人。即使掌握了一些数据，公布出来，搞不好还会有人觉得是剽窃，这就没什么真正的意义了。不过，如果朱笑东能答应跟他们一起再下去一次，哪怕只是再深入一米，那意义就完全不同了，所以一直以来，他都很想拉朱笑东入伙，再干一次。

对于朱笑东，郑平接触的时间不长，但是从他比自己等人先下到天坑底部，并且活着出来这一点，郑平就已经佩服得五体投地了。什么叫能耐，朱笑东的经历就是能耐的体现！

对于有能耐的人，郑平还是极为欣赏的，即使是一见面就吵了好几架的胖子，他现在都是另眼相看。

或许，这就叫作"臭味相投"吧！

胖子哈哈笑道："好个'臭味相投'，困在下面的时候，大家确实都有好久没洗澡，那股味儿混在一起，确实相同！"

朱笑东笑吟吟地说道："那叫'志趣相投'，哪里是胖子你说的没洗澡，就气味相同。"

"气味相同也好，志趣相同也好，总之，郑队长跟我们还是很投缘的，可惜，现在不兴‘歃血为盟’，要不然，我还真想跟郑队长来个天坑三结义。”

赵生智跟胡顺两个在一旁，搂着肚子弓着腰，实在是忍不住，遇上胖子这家伙，不笑实在不行。

几个人笑了一阵，朱笑东才说道：“我现在过来，其实是有件事情想找郑队长帮个忙!”

郑平被胖子逗得乐呵呵的，一边笑，一边说道：“小朱你说，能帮到的我们一定尽一切力量帮你。”

朱笑东点了点头，很是郑重地说道：“这一次，我们准备的装备大部分用不上，在县城里又没找到多少可靠的器材，所以我想找郑队长帮忙，把你们队上的器材，让我们借用一部分。”

“你要借器材?”郑平一怔，笑容顿时在脸上僵住，不过片刻，又笑了起来，“不会是小朱你也想要去探无底洞吧？要真是这样，哪里用得着你来借，我们直接免费提供!”

朱笑东荡了荡手里的咖啡，轻轻地啜了一口：“不瞒郑队长说，借器材，我还真不是为了去看无底洞，我另有他用，不过，如果有什么损坏，我会照价赔偿。”

郑平呆了呆，然后问朱笑东：“不知道小朱你要借的是哪些，要多少，至于说损坏，呵呵，这个就不要说了，那些东西值不了几个钱。”

“好！既然郑队长爽快，那我就不客气了。”朱笑东说道，“上次我们带来的高强度绳子，在长度上不足，另外也在天坑里丢失了不少，我想借几条好的绳子……”

高强度的绳子在探险器材中有着举足轻重的作用，一听说朱笑东开口就要借绳子，郑平等人还是犹豫了一下。

不过，郑平在犹豫了片刻之后，还是答应了下来：“我这里好的绳子虽然不多，但是小朱你要借，我没话可说，你自己去挑，看上多少挑多少……估计，你肯定不会只要几条绳子对吧？这样，我们所有的器材都放在这边，你看上什么就尽管拿，需要什么，需要多少，你把清单给我就成！”

一样样地要，一样样地给，郑平心痛，干脆只看清单，心痛也就那一下子。

朱笑东很感激郑平能这么豁达，当下也不含糊，接过胡顺递过来的纸笔，刷刷地列了一长串自己需要的器材名称以及数量。

写完，朱笑东又检查了一遍，觉得再没有其他的东西需要添加了，才点点头，但是，朱笑东并没立即把清单交给郑平，而是摸出电话，拨了一个号码出去。

电话是打给王长江的，朱笑东简略地说了一下自己这边的情况，然后要王长江帮忙，照着清单上的东西，数量、质量挑最好的采购一批，然后让虎子帮忙送过来。

王长江本来想亲自来送，但是朱笑东拒绝了，虎子过来还有很重要的事情要做，那些事，王长江就没办法做了。

既然这样，王长江也不好勉强，当下约定，最迟在两天之内采购完毕，四天之内送到。

这已经是最快的速度了，其他的地方可以坐车，但是到这里来的那一段山路，无论如何也少不了要花一天时间。

打完电话，朱笑东才笑着对郑平说道：“对不起，郑队长，我们实在是要得急迫，等不了四天，真不好意思。”

朱笑东打电话的时候，那些器材的名称、数量都已经说了一遍，郑平等人是专业人员，对这些东西再熟悉不过，差不多已经全部记了下来，只是朱笑东要借的东西，实在是让郑平等人有些肉痛。

高强度、大长度的绳子，一下子就要五根，这可是在剜郑平等人的心头肉！不过还好，朱笑东要王长江采购的绳子，特地说明了要采购进口的，每寸能承受的拉力不能低于两百公斤，也就是说，几天之后送到朱笑东等人手里的绳子，将要比郑平他们现在借给他的绳子高上一个档次。

而且，看朱笑东的意思，根本就不是借，而是换，只是朱笑东时间紧迫，不得已才这样做。

除了绳子，其他的器材，大到潜水器，小到岩钉保险扣，林林总总多达数十样，而且每一样都是七套。基本上除了郑平的特殊电子仪器之类没要，其余的器材差不多被朱笑东搜刮一空，这就怪不得郑平等人肉痛了。

最主要的是，朱笑东把这些东西拿走了，郑平等人就只能暂时待在帐篷里做计划，至于要下天坑，那就只有等到四天之后虎子把器材送到再说了。

郑平等人虽然肉痛，但是朱笑东又说了一句话，让郑平等人大喜过望："郑队长，四天之后我的器材送过来了，我想跟着郑队长一起去看看这无底洞到底是不是没有底！"

郑平听了这句话，心头的肉痛顿时一扫而空，换成一种难搔的心痒，让朱笑东等人参加探寻无底洞，这可是郑平一直都计划的事，现在朱笑东主动提出来要参加，郑平的脸上自然是光彩大放。

至于说这些器材，人家还有更好的呢！

高兴之余，他干脆吩咐一声，所有的队员帮着朱笑东把器材运送到指定的地点——老梁三的家里！

也算是同行之间，没事去串串门吧！

于是，一阵忙乱，成堆的器材被打包装好，然后分配到人，一路兴高采烈直接送到老梁三家里。

因为是星期五，孩子们早早都回家去了，老梁三的院子里顿时显得有些冷清，不过，杨薇、秋可仪等人见郑队长他们到来，还带来大包小包的器材，便很是亲热地招呼起来。

这时，出去打野味的高原、萧劲，还有赶午饭的黄诚师徒两个也一起回来了。

见这么多人在一起，胖子少不得想要表现一下自己的烧烤绝活，可惜不巧得很，高原跟萧劲两人今天运气不佳，高原就抓到一只野鸡，萧劲抓了一只四五斤的野兔，要不是追得急了，一头撞在了岩石上被撞晕过去，估计他就只能空手而回了。

一只野鸡，一只野兔，老老小小十七八个人，要烧烤了，那也就只能尝尝那味儿，胖子干脆把野鸡、野兔拔毛剥皮，然后剁了熬汤！

吃不够，那就汤管饱吧。

一众人热火朝天，但是独独不见了两个人，梁三和三婶。

不过，朱笑东没问，也没人提起他们。

场面热闹得像是过年过节一般，红红火火的，就差没有放烟花了，而且，足足热闹了好几小时，虽然没人喝酒，饭菜却消耗掉了平日的三倍。

个个汤足饭饱，兴致已尽，郑平才带着几个手下离开。

因为黄诚师徒两人比较“累”，天还没黑，这两个家伙就钻进了被窝，鼾声一阵一阵的，偶尔还模模糊糊地说两句“梦话”。

秋可仪因为要备课，收拾完家务也是早早地躲进了房间里，反正外面的事情与她没多大关系，她也懒得理。

朱笑东跟胖子等人心照不宣，暗暗地对黄诚、秋可仪都有些感激。

郑平他们走了，黄诚师徒早早休息了，秋可仪也避而不见，整个院子里一片清静，朱笑东等人也是尽情享受这难得的暴风雨将至前的一点清静。

傍晚时分，回来了三个人，梁三、三婶和老梁三！

见到失踪多日的老梁三，朱笑东也不怎么客气，淡淡地打了个招呼。

老梁三跟三婶两个人脸上都是一模一样的一层死灰，尤其是三婶，行动都僵硬机械了很多。很不自然地跟朱笑东等人回了礼，老梁三便退到一边，不再作声，似乎等待朱笑东给他宣判一样。

朱笑东也没有多说，让萧劲留下来“陪”着三婶。

这是没办法的事情，秋可仪摆明了置身事外，就算要她照顾三婶，朱笑东也不会放心，留下萧劲，可以防止有些事情发生。

其余的，朱笑东、胖子、杨薇、高原、梁三、老梁三六个人，拆分了第七个背包，把里面的器材分摊了作为备用带上。

装备完毕，朱笑东特意检查了一下，感觉还算满意，这才走到老梁三面前，说道：“三叔，其他的话我也就不多说了，你能回来，相信你已经想通了所有的事情，带我们去吧……”

老梁三死灰色的脸上顿时流露出一种无奈与悲怆，瞬间老去了二十岁一般。

自从跟梁宏两人掘开那座无字碑的坟茔之后，一切的灾难和杀戮便开始了，因为怀疑大哥梁宏有私心而杀了大哥，因为大嫂要告发老梁三而杀了大嫂，因为梁国华知道了大哥大嫂的死因，所以失去了唯一的儿子，族人最终发现了老梁三的恶行，于是，一个个族人先后遭遇不测。

这一切，皆是从老梁三掘开那座无字碑的坟茔开始，这些年，老梁三无时无刻不在惊恐、慌张、谎言之中度过，很累！何况这些年，老梁三根本就是一无所获。

从老梁三家里出来，一路向东直下，一行人默默地走了将近两小时，到了一条小山沟里，顺着溪流折转向南，溪流水源不小，可以载得动三个人乘坐的小木船，往上再走不到一小时，便到了一处溪流尽头。

小溪流出的地方是一个岩洞，十几米高，六七米宽，已经不算很小了。

三叔熟门熟路，带着大家往里走，这时天色已经黑尽，三叔借着微弱的星光淡月向前，居然都不用打开头上的矿灯。

怪不得朱笑东说三叔是“夜猫子眼”，看来，还真是确有其事。

不过后面的高原可不敢大意，头顶上的矿灯灯光一直都没敢离开过老梁三。

进了洞，没走多远，便是一个看起来大小足有百十来平方米的水潭，潭水很清澈，在矿灯灯光的照耀下，近处水底的沙粒都看得一清二楚，一有灯光，便惊走无数白鳞小鱼，而稍微远一点的地方，看不见深浅。

洞壁到了潭水的那一头，似乎隐入了水潭里，如果不知道其中蹊跷的人，到了这里就断然不会再往里走了，因为没办法再往里走。

老梁三回过头来，看了朱笑东等人一眼，也不用潜水器材，直接慢慢蹚进水潭，一步步朝着最黑暗、最深邃的地方走去。

老梁三在前面带路，后面的朱笑东等五个人拉了一根绳子，像一串蚂蚱一般，又稍微做了一下潜水的准备，才紧紧地跟在老梁三身后。

慢慢地，水越来越深，直至没过头顶，要不是身上的负重，几个人差不多就要漂浮起来了，而且越往里走，潭水越深，洞顶越低，几乎就要擦到几个人的头盔。

还好，这一段路并不长，只有不到十米，而且里面也没有什么乱流，可以说是一处极为平静的水潭，即使不用潜水器材，稍微懂点水性的人憋住一口气就能游进来。

只是下水的人多，又多是直接走在潭底，走动每一步都带起一些泥沙，把原本清澈的潭水搅得有些浑浊。

过了这里，后面便是一处干洞，水潭这一边的出口是个不大的潭面，无论从洞里或者洞外，如果不知道水底有这么个通道，断然不会轻易地下水。

原本的溪水在洞壁的另一边出现，然后又钻进不远处的洞壁里，成了名副其实的伏流。

朱笑东等人从水里冒出头来，摘下呼吸器，深深地呼吸一口气，感觉洞里的空气还算清新，想来，应该还有其他的洞口通到外面。

这时，老梁三已经上了岸，站在岸上，回过头来盯着水里的朱笑东等人，似乎在等人，又似乎在动什么念头。

后面的几个人鱼贯而出，在岸上稍微整理了一下行装。

老梁三终于开了口："再往后没有水了，不需要潜行，有很多狭窄艰险的地方，把不必要的东西放在这里！"声音里有很多艰涩，气氛很是沉闷。

朱笑东点点头，回头吩咐几个人把潜水装备取下来，暂时先存放在这里。

放下潜水器，老梁三又说道："前面不远的地方，有处比较狭窄的地方，那里有几具骷髅……"

说罢，也不等其他的人问话，老梁三自顾自地在前头开路。

虽然老梁三没说那几具骷髅到底是怎么回事，但是几个人心里也大抵明白，多半是几个死在老梁三手里的人。

不过，老梁三现在把话说了出来，除了事先示警，免得到时候他们见了慌乱之外，恐怕还有坦诚的成分。

老梁三的老底都在几个人手里，与其让几个人见一处问一处，不如事先说出来，让大家心里有准备，免得到时候大家都尴尬。

上了岸的这一段路，地面还算比较平坦，不过整个洞穴就狭窄了许多，不到两米宽，三四米高低，基本上跟一条通道差不多，洞壁上也有很多人工开凿过的痕迹，估计是许多年前的人修整过的。

走在这个洞穴里，朱笑东跟胖子两个没来由地有种回到湘南那个洞穴里的感觉，只是到目前为止，湘南那一次的经历，比现在要奇诡得多！

走了不到二十米远，前面稍微开阔了些，就在开阔之处，地面上果然躺着五六具骷髅。

出乎朱笑东等人意料的是，从这些骷髅上残存的服饰来看，这些人并不是现代人，少说也应该是民国之前的，最明显的标志就是还盘在几具骷髅上的长发大辫子。

一般来说，人死之后无论保管得好与否，头发能经受侵蚀的时间比肉体、衣物之类等东西要长得多。

这几个人或盘在肩膀上、或盘在脑袋上的辫子，就是一个很好的证明。

老梁三冷冷地说道："这几个人应该是属于窥探梁家财宝的人，我虽然见过他们十几年了，但是我没有动他们半分……"

几个人没在这几具尸骨前面停留多久，依旧是跟在老梁三后面，顺着通道往前走。

老梁三也很直接，朱笑东他们不是只要"看看"吗？那好，就直接把他们带到那里，反正自己也不知道要看什么，大家一块儿去看好了。

在弯弯曲曲的通道里走了将近四小时，按照朱笑东的计算，无论是方位还是路程，已经离老梁三的家以及那个天坑的位置很远了，远到随着这种地势再往前走，用不了多久就能出了这片大山。

而就在这个时候，老梁三站住了，一条裂隙横亘在几个人面前，这条裂隙不宽，七八米，无桥无绳，却深不见底。

朱笑东等人不敢乱扔烟火之类的东西去探查深度，只是找了几块石头，呼呼地扔了下去。

其实，这条裂隙并不是很深，五十来米而已，石块掉落下去，眨眼间就发出“噼里啪啦”的响声。

老梁三看了一眼大家，也不说话，走到岩石洞壁旁边，半人多高的地方有个比较隐蔽的角落，一根粗大的麻绳系在一个木头桩子上，木头桩子深深地揳进石头洞里。

老梁三拉着麻绳，稍微抖动了一下，感觉不会有什么问题，这才慢慢地往上扯。过了足足五分钟，麻绳拉起，成了直达对面的一条绳桥。

估计这是以前老梁三来的时候留下的，为的就是以后每一次能顺利地进出。

这一道裂隙深达四五十米，七八米宽，没人能够直接跳过去，估计他第一次过去的时候，应该是费了好大的力气。

老梁三依旧是第一个过去，过这绳桥朱笑东等人都有相当丰富的经验，可是一看老梁三的动作，他们就只能用“惊艳”两个字来形容。

老梁三就如同一只闲庭信步的老猫，几乎是“哧溜”一下就过去了。

说实话，如果老梁三要就此逃跑，或者想要撇下其余的人，这绝对是个千载难逢的机会，七八米宽的裂缝，没人能够直接跳过去，而从绳子上过去，即便是身手最为敏捷的高原，要过到对岸，至少也要半分多钟。

而且，还要老梁三在那边不搞破坏才行，要是老梁三站在那边一刀砍断绳子，别说是高原，就是神仙也只有掉下裂隙里的份儿。

只是老梁三并没有这么做，而且什么都没有做，在那边落到地上就远远地站开，一动也没动，显然是在等候朱笑东等人过去。

第二个过去的是高原，高原过去之后，又拿出一条绳子作为保险绳，找了一处能拴绳子的石块把绳子拴牢，然后把剩余的部分抛了过来，让朱笑东这边也同样找了块石头拴好。

胖子嘻笑着说："有一根绳子不就成了，还要再加，这多麻烦！"

朱笑东没好气地说道："什么叫麻烦！知道吗，这条保险绳是为你准备的，谁叫你这么胖，我就担心那麻绳承受不住你的体重。"

胖子嘻嘻地笑了笑："我胖又怎么了！我胖我高兴！我胖我光荣！"

杨薇在后面推了一把胖子，笑道："快去，都等得心烦了！"

说笑间，胖子倒是认认真真地拿出保险扣，扣在保险绳上，然后仔仔细细地检查了一遍自己的保险措施，才走到那根麻绳面前。

胖子吐了两口唾沫在手心，搓了搓，一边开始爬，一边对杨薇等人笑着说道："大家可看好了，看看什么叫胖子英雄、野外探险的大师、凌空飞渡的专家……"

只是胖子一爬上麻绳，两边看着的人心都被揪了起来，那个重啊！麻绳都被扯得"咯吱咯吱"不断变长。

偏偏胖子爬到一半的时候，不知道怎么搞的，那保险扣又给卡住了，胖子挣扎着往前面爬了几米远，保险绳一弹，却又把他拖了回去，这一下，胖子不由自主地大叫了一声。

胖子一叫，朱笑东等人顿时慌了手脚。

梁三这边眼疾手快，忙向高原扔了一圈绳子过去，朱笑东赶紧拉着绳子在石头上绕了好几圈，才把绳子系好。高原那边的速度也快，眨眼间又架起了一道绳桥。

朱笑东三个人抛绳系扣，忙得一塌糊涂，杨薇就只能蹲在裂隙边儿上，大声跟胖子说着话，鼓励胖子："胖子，你先别动，待会儿就有人过去帮你，记住……”

杨薇叫一声，胖子就答应一声，不过声调有些变了：“嫂子……你说我怎么这么倒霉啊……不就过个几米长的绳桥吗？至于这样子来吓我啊！啊……来人啊……我……我撑不住了啊……”

朱笑东跟高原相互招呼了一声，就由朱笑东上前搭救胖子。只是当他爬到胖子身边，细细一看，顿时有些气恼，胖子这家伙实在太重了，一根麻绳，一根保险绳，两根绳子都被他压成了一个大大的“V”字，现在无论前进还是后退，都必须要往上爬。再说，不知道是怎么回事，保险扣上面的一处销钉居然刮进了保险绳的纤维里面，加上胖子死命地挣扎了那两下，现在想要赶快解开都做不到。

还真的是胖子倒霉，发生这种事情的概率怕不到百万分之一吧。

朱笑东吊在刚刚拉起来的高强度绳子上，费了好大的力气才解开胖子的保险扣，这个时候，胖子几乎就要坚持不住了，手麻了，脚也动不了，唯一还能做的就是死死地抓着麻绳不放。

朱笑东不得已，把自己身上带来的保险扣扣在胖子的保险扣上，然后对胖子说道：“放开你的手，我拖你过去。”

裂隙总共也就七八米宽，胖子又是被卡在中间，再往前走也就三四米远的距离，只是胖子吊在绳子上，不知道是脑袋里充了过多的血，还是被什么卡住了，居然号叫道：“东哥，我走不了啦，别管我……”

朱笑东气得一脚踢在胖子的屁股上，喝道：“胡说八道也不看地方，你要我跟你挂咸鱼一样挂在这里，我答应别人都不会答应!”

说话间，朱笑东动了动，试了一下，只能勉强往前移动，而且这样吊绳子极为消耗体力，危险性也极大，现在是两个人吊在这里，要是都动不了，后面来救援的人，难度就要大许多倍。

朱笑东心下焦急，好在这时高原又拿出了一根比较短的绳子，打了个套子抛了过来，抛了两次，绳套就被朱笑东抓住了。

高原一见，赶紧说道：“套他……”

朱笑东明白，现在也就只有这个办法，先套住胖子，然后让高原强行把他拉上去。

他用绳套套住胖子，高原使出蛮力往上拉，他自己也咬着牙一点点地往前移。

有高原拼命往上拉，又有朱笑东咬着牙往上带，三四米远的距离，三个人一起奋斗了差不多五分钟，才到达边缘。

胖子咬着牙，在高原脚下伸出手，艰难地叫了声：“高大哥……”

高原弓着身子，抓住胖子的手，一张脸憋得通红，胖子这家伙太重了！要不是自己有些力气，肯定拉不动胖子。

然而，朱笑东就轻松多了，到了裂隙边缘，伸手在地上一撑便上到地面，然后转过身来，帮着高原拉胖子。

好不容易把胖子拉上来，胖子脚踏上实地，连气也顾不得喘上一口，见鬼似的解开保险扣，然后几乎是冲刺一般，离开裂隙边缘。

朱笑东跟高原长长地吐了一口气，过了片刻，杨薇和梁三两人收拾起绳子，准备往前走。

这时，一直在一边闷不做声的老梁三回头看了一眼裂隙，摇了摇头，才继续前行。

裂隙后面，没走多远便是一道石门。

两尺多厚、一丈多高的石头门板斜斜地敞开，石头门板的右下角处有一个直径不到两尺的洞口，应该是以前有人来这里开凿出来的盗洞，估计是有人在这扇古门上打了洞，钻进去之后又从里面打开机关，才把石门打开，所以看起来既怪异又滑稽。

第十一章
断绝的宝藏

胖子“嘿嘿”地笑了一阵：“你说这些人也笨，四大发明可不是存在一天两天了，这么薄的一块石头，不会‘轰’的一声炸开，还叮叮当当地用凿子凿，那多费劲儿啊！”

朱笑东一听胖子说炸药，心里就有些来气，当日魏九斤不就是动不动就要轰上一炮，可是结果呢，怎么着！

老梁三也是狠狠地瞪了胖子一眼，再次开口说道：“门背后有十几个人，估计就是凿洞进来的那一帮。”

“门背后有人……”朱笑东吃了一惊，但是随即又醒悟过来，那些人多半是强行在石门上凿洞进来的，虽然进了石门，但是中了机关暗器！老梁三说的“人”，应该就是一些死去多年的骷髅。

胖子却有些诧异：“有人，还有人，在哪儿，在哪儿……”

老梁三不答，带头径直往里走。

本来朱笑东还以为杨薇会害怕，没想到跟着他闯荡许久，连真正的战场都上过了，她根本就不害怕几具骷髅。见朱笑东很是关切地望着自己，杨薇淡淡地一笑，跟在高原身后大摇大摆地走了进去。

朱笑东苦笑着摇了摇头，紧紧跟在她身后，进了石门。

门背后果然躺了一些骷髅，这些骷髅的姿势有些凌乱，想来，应该是当时触发机关中了暗算，所以连骨骼都以不可思议的姿势扭曲着，多半是临死之际的异常痛苦所致。

杨薇还特地蹲下身子，细细地去看其中的一具骷髅。这具骷髅胸前的肋骨断掉了一根，后背的肋骨上还有一个扁窄的小孔，估计是在生前中了机关，被流矢之类的暗器击断胸骨，直透心脏，穿破后背肋骨所致。

朱笑东有些惊讶这种机关暗器的厉害，差不多比得上现代武器的穿透力、杀伤力了，怪不得这一帮钻洞进来的人大多死得很惨。

杨薇细细地看了骷髅一遍，见老梁三等人已经稍微走远，才站了起来，故意落到最后，跟朱笑东低声说道："这些人没蓄长发，应该比外面的人进来得晚些。"

朱笑东点点头，这些人的确是进来得晚，不过，估计也不会晚过七八十年前，或者说，就是比外面的那一批骷髅晚了一代，大约是剪过辫子之后不久的年代。

"怎么会这样？"杨薇问道。

朱笑东淡淡地说道："可能是因为直到近代，才有人注意到这个地方，而且时间越往前，工具、技术等的限制越大，往里走的难度就越大。按照这个趋势，越往里面走，进来的人就应该离我们这个时代越近……"

杨薇点了点头，又说道："我记得你说过，你们到长白山时，就遇到过现在都还在守墓的人，你觉得梁三他们这支人会不会，其实也是……"

杨薇没说完，又摇了摇头："守墓人的身份就不用说了，只是不知道他们是不是也像其他的守墓人一样，想尽一切办法，用尽一切手段来阻止别人进入这个地方。”

一提“长白山”“守墓人”这几个字，朱笑东顿时想起，很久都没有佟格格的消息了，这一段时间，几乎都没想起这个人来。从海上回来，自己当时也想要问问怎么没见到她的，只是碍着杨薇的面子一直都没问，以致渐渐淡忘了，没想到现在杨薇这么一说，却又勾起了他的心思。

杨薇一边往前走，一边继续说道：“如果像某些传闻里说的，梁三叔真是那个身份，又出于特殊情况才沾上了那些人命，笑东你说，这种情况算不算是情有可原！”

朱笑东收回思绪，顿了片刻，才淡淡地说道：“这个就不好说了，如果三叔真有那样的身份……”

朱笑东没说完，杨薇接嘴说道：“我看三叔其实不坏，年纪又这么大了，何况，三婶又那么可怜……”

他顿时明白了杨薇的意思，杨薇是个心地善良的女孩子，这一段时间跟三婶在一起，心里对三婶很是同情，再说，梁三又是同他们出生入死过的朋友，如果老梁三能弄到个“秘密守护人的身份”，那么，就算是他手里有不少人命，或许罪责也会轻上许多。

不过可惜的是，这毕竟是人命关天的大事，不可能因为老梁三有那么个身份就逃脱罪责，就算是逃脱了一时的惩罚，但是良心和道德的谴责，恐怕也不会让老梁三剩余的日子过得轻松。

见朱笑东面有难色，杨薇有些失望地低下头。

过了这道石门，往后走不到五十米，又是一道石门，同前面那一道一模一样。满地都是两尺来厚的大石头块，一片狼藉，门框处还有不少棱角，简直就是硬生生在整块石板上用暴力开出了一个大洞。

这是被炸药炸碎的！

老梁三站在石门面前，依旧冷冷地说道：“这道门后面一共有二十六具骷髅，被人搬动过……”

老梁三不说，几个人也看见了门背后靠着墙壁摆着一溜儿骷髅头骨，只是由于所立足的位置和视线角度，看不清到底有多少，不过老梁三既然说了，应该不会是假的。

胖子目瞪口呆，先前自己还说进来的人为什么不用炸药，现在他知道了，炸开石门的人估计全部躺在这里了吧。

这是什么原因？

朱笑东看了一眼胖子，炸开石门的人还不是中了机关？炸药有时带给人的并不会是光明的前途，搞不好会是死路。

大约是这一帮人炸开了石门，也震坏了机关。

这个时候，老梁三又说道：“前面还有一道门，门是开着的，看样子是机关高手打开的，那里有超过三十具骷髅！”一边说，一边带着大家穿过满地的碎石块继续向前，“凿洞、炸门这两批人估计是无一逃脱，只是我有些奇怪，破解机关打开石门的人，为什么也会死在里面？”

这是老梁三到出现为止第一次发出这样的疑问。

大家走到这里也有些累了，朱笑东当下吩咐大家：“找块干净宽敞的地方，坐下来稍事休息，吃点东西、喝点水，补充一下体力。”毕竟现在已经是深夜时分，大家也是又累又饿。

只是老梁三这么一问，胖子立刻“嘿嘿”笑着说道：“估计这设计机关的人，能前算五百年，后算五百年。不，应该是前算五百年，后算一千五百年，知道后面的人会用什么样的手段来强行打开他的门，所以早就先安排了相应的措施。”

胖子这么说，也就是胡说八道，根本就没有一点建设性的回答。

倒是朱笑东，喝了一口水说道：“机关一道，做到极致，其实是逼着人去上当，引诱、欺骗让人上当的机关其实低了很多层次。真正上乘的机关人设计出来的机关非常玄妙，除非你知道他的设计思路，否则最好不要去碰。”

顿了顿，又说道：“曾经有一位在战场上待了几年的人，叫林富财，他跟我说过，也让我看见过他设计的机关，那才叫真正的机关，不过，他说过这样一个故事……”

这个故事其实是林富财的一次亲身经历，是那次在海岛上闲着无事讲给朱笑东听的。说是有一次，他们四五个人完成任务后，在丛林里撤退，第一个在丛林遭了暗算的人就是他，只是第一次他中的暗算并不重，被一根指头大的树条在脸上狠狠地抽了一下，当时也就是觉得鼻子发酸，眼前发黑，估计是鼻骨被抽断了。

其余的几个战友找了个比较平坦的地方，把他放在地上，准备替他包扎伤口，没想到他屁股一挨到地上，立刻触电般地弹了起来，一双手捂着直冒鲜血的屁股在地上直跳。地上满是一两寸长，削得尖利异常的木钉，他这一屁股坐下去，少说也扎了三个血洞，不蹦起来才怪。

林富财当时就抓狂起来，这一下，他的脸上和屁股上都伤痕累累了，最严重的是，他的鼻骨给那根树枝条抽断了，短时间之内看东西有些模糊，这是很要命的。几个战友抱着林富财不让他过分挣扎，以免流血过多。这地上是不敢坐了，见一棵大树底下有一段树根露出地面，应该是没问题的，其中一个战友还特地小心翼翼地去检查了一遍，一切正常，再看看周围的环境，应该是没人来过，这才把林富财放到树根上坐好。

林富财屁股上有伤，半坐半靠地依在树根上，其中一个战友一脚踩在树根上，这一踩不打紧，只听“喀嚓”一声微响，林富财背后的地上一根碗口粗细的大木棒拔地而起，“啪”的一声结结实实地打在林富财的肩头，躲得快的战友侥幸逃过一劫。林富财鼻骨断了，眼睛也看不清楚，屁股上还有几个血洞，早痛得耳目失聪，模模糊糊的他眼前一黑，被木棒打中，昏了过去。

见朱笑东说的有趣，胖子“噗噗”地笑了一阵，说了句：“真笨……”

朱笑东鼻子里“哼”了一声，心想，你没见过在海岛上真枪实弹地跟海盗们干仗的那种惨烈的场面，在真正的战场上，一连中了几次陷阱还能侥幸活下来，那可不笨。

朱笑东也懒得去理会胖子，继续说起林富财讲的那个故事，不过，高原、梁三等人倒是听的津津有味。

那个战友受了惊，刚刚把脚从树根上缩回来，那树根突然又弹了起来，把昏睡不醒的林富财又扔回那个插满木钉的地上，一时间，原本昏睡过去的林富财发出一声尖利至极的惨叫，滚钉板一样滚过那些木钉，身上凭空多出来好几个血洞，虽不会一下子就死过去，但伤势也是极重。

几个战友们都惊呆了，痛骂是谁这么缺德，陷阱下了一个又一个，而且还一个比一个狠毒，但细细想来，这几处陷阱设置的地方、方式，无一不是精妙至极。只要有人踩上第一个陷阱，必定会接二连三地踩下去，叫人躲都躲不了，就好像一个人拿着杯子接水喝，必定先将水接好，再用嘴去喝那么自然，这才是那些陷阱最可怕的地方。

林富财说这个故事的时候，杨薇也在场，而且，他自己组织的人在那片树林子里设下的机关陷阱，那效果也是杨薇等人目睹的，那可是比他故事中的机关要恐怖百倍。

而且林富财还说，在那片丛林里，他一个人被暗算了不下二十次，但是其他的人鲜有中招，走出丛林时，林富财已经被折磨得只剩下一口气了。

后来他养好伤，经过许久打听才得知，那处差点把他给整死的陷阱正是他师爷爷布置的，本来是想抓偷偷潜过来的特工，没想到让林富财给碰上了。

高原听完点了点头，这事高原也曾经听说过，而且，林富财的师爷爷高原还有幸见过一面，不过到了师爷爷那个年纪，高原是没有缘分再一睹他老人家设下的机关的威力了。

不过，朱笑东所说的那种融和于自然的机关的威力，确实所言非虚。

朱由校在绢册上的术数阵法、土木机关那一部分就特别强调过，任何机关阵法，能融入自然，出乎自然，才会威力巨大。所谓“早先有了相应的安排”，其实是触发机关的人迫不得已、毫无选择地按照机关设计者设计好的路线，一步步地往下走。

朱笑东说完，老梁三脸色有些发黑，怔了许久才叹了口气，说道：“我所知道的，一共有四道这样的石门，每一道石门后面都有不少死人……”

朱笑东淡淡地答道：“三叔是在第五道石门受阻的吗?”

老梁三说道：“从第五处石门开始，就是我一个人打开的，如果不是你们，第七道石门我马上就要打开了。”

朱笑东等人重重地吐了一口气，不知道是该欣喜高兴，还是担忧害怕。

老梁三站起身来，一边往前走一边说道：“我们梁家合众人之力，打开了第四道门，我一个人打开了第五道、第六道，后面不知道会是什么样的情况。我可把话说在前头，是你们要我带路，到时候不管是谁，如果有什么意外，别把这笔账又算到我的头上。”

老梁三的话里透出一股无奈，朱笑东等人就很好奇。

除了高原，在场的人都有一种很奇怪的感觉。

杨薇甚至开始暗想，会不会那些死在老梁三手里的人，原本是跟着老梁三一起来探险的，结果出了意外！其实他们的死根本与老梁三没有任何关系！

不过她这样想，却没说出来，究竟是与不是，不是一个人、一句话就能得出结论来。

按照老梁三所说，又过了两道石门，在第三道石门之处，石门是被撞开的，整块石门倒在通道里，石门上裂开了好几条缝，石门之后不远，又是十几个人的尸骨。

朱笑东等人走过这里，没有丝毫停留，均是跟着一脸淡漠的老梁三疾步前行。

到了第四道石门前，老梁三停了下来，站在门前伫立了很久。许久之后，老梁三才从袋子里拿出来一些香烛。

这一道石门已经打开，地面上很干净，门边甚至还有一个用石头垒起来的香案桌子，上面还有几样新鲜的果供，一只装满沙子的白瓷碗中稀稀拉拉地插着些已经燃尽的香烛。

不用问，这肯定是老梁三做的，估计，当日梁家那些男丁多半是死在了这个地方！

老梁三默默地点燃几炷香，插进那只白瓷碗，却没有拜祭亡灵的意思，插完香之后，便回过头来带着大家进入第四道石门。

经过第四道石门之际，朱笑东细细地看了一眼这块石门，跟前面的一样，都是用暴力弄开，石门上残缺的口子既像是控诉，又像是在恐吓每一个从这里经过的人，让人不由自主地头皮发麻。

老梁三却是一步不停地往前走，带着大家穿过第五道、第六道石门，直接到达第七道石门前。

第七道石门前的地方稍微狭窄了一些，三个人并排时只能勉强转过身来。

到了这里，老梁三把身上的背包取了下来，放在地上，然后一屁股坐在背包上，看着朱笑东。

石门后面的凶险老梁三是经历过的，这一路过来虽无惊无险，那是因为前面的机关都已经被人破除了，不过那些机关的凶险程度，从石门后面动辄出现的十几具白骨上就可见一斑。

老梁三不走了，自然是明白石门后面有风险，不过更主要的是，他对这扇石门也没有办法，至少目前还没办法，否则就算梁三来劝说，老梁三也未必肯答应带朱笑东他们进来。

不能暴力开门，唯一安全的方法就是像老梁三那样，规规矩矩地打开石门。

然而，从老梁三发现这个秘密开始，一直到现在，几十年的时间中，仅仅就打开了两道门，而第六道门，还是朱笑东等人来了，才得以打开的。

这第六道门的钥匙就是老梁三在“失踪”的第二天，趁着大家一团混乱，从梁三家里偷出来的。

说到“钥匙”，老梁三很爽快地承认，梁奇宝的“七宝”除了是信物，最主要的作用其实就是钥匙。

每一道门都有一把独特的钥匙！

这第六道门的钥匙，就是那块玉牌！

因为朱笑东已经把梁奇宝的东西归还给梁三，所以在老梁三看来，这些东西跟握在自己手里已经差不多，唯一不能确定的，就是下一道门的钥匙是什么，钥匙孔在哪里而已。

要确定这两样事情，就得花费时间，相当长的时间，从强行打开第四道门，到找到第五道门的开门方法，老梁三花了三十年的时间！找到第六道门的钥匙孔，以及确认钥匙就是方形薄片状的东西，老梁三一共用了三年。

一见到朱笑东拿出来的那些东西，老梁三为了证实自己的猜测，自然迫不及待地行动起来。

只是他自认为很聪明的手段，就被朱笑东等人一一看破了。

朱笑东不理会老梁三的喟叹，但是对他的坦诚还算是有点儿欣赏。

现在到达了第七道门前，要做的就是找到钥匙孔，找出钥匙。

梁三从背包里把那一堆零零碎碎的“钥匙”拿了出来，放在地上。

本来，钥匙要是从第一道门开始用，到了现在，也就只剩下一样两样了，判断起来就容易得多了，可是前面六道门，五道门都是被暴力打开的，如此一来，就多了六个选择。

朱笑东等人特地打开一只狼眼，细细地检查后才发现，这石门上有着极其繁复的雕刻，龙、凤、云、花、植物、人物等花样繁复精细，布满整块门板，上面更是雕刻着多达数十处之多的“七宝”暗纹。

门板上精美繁复的雕刻花纹与粗糙嶙峋的石头洞壁形成了极为鲜明的对比。

胖子在一旁笑嘻嘻地说道：“不就是找个合适的图案把东西放进去吗？这儿能排得下三个人，我们手里刚好有六样东西，每个人手里两样，挨个儿试上一遍不就知道了。”

朱笑东瞥了胖子一眼，没好气地说道：“你回家的时候，发现你家大门上被上了一大堆锁，你会拿着你唯一的钥匙去一把锁一把锁地乱捅？”

胖子呵呵笑道：“我们家的大门是电动卷闸门，不用钥匙的。”

“去你的……”朱笑东哭笑不得，“你干吗不让梁奇宝给你安上一道电动卷闸门，对了，还要给你留一个遥控开关……”

顿了顿，朱笑东才又说道：“说不定这道门上的每一处暗纹都是开启石门的锁孔，但是如果遇到假的锁孔，又极容易损坏钥匙，所以，根本不能拿着钥匙一个个去试，这就是老梁三耗费几十年的时间才打开两道门的原因。”

“不过，老梁三手里没有七宝实物，所以要看明白这些图形的作用，就要难上许多。现在你明白老梁三见到我们手上这些东西，为什么忍不住立刻就要失踪的原因了吧？”

胖子嘿嘿直笑：“我就说，只要有东哥在，什么事情都会迎刃而解，嘿嘿，都不用我们去操半点心。”

朱笑东无语至极，胖子这家伙的依赖思想实在是太过严重，得找个机会让他自个儿去历练历练才行。

胖子看着朱笑东的脸色，明白了他的未尽之语，马上苦着脸说道：“别啊，东哥，你让我一个人，还不如……还不如……”

还不如怎么样，胖子是不会说了，不过光看他那痛苦的表情就知道，要让他一个人去历练，还不如胖揍他一顿算了。

朱笑东不再去理会胖子，聚精会神地看起石门上的图案来。其实，这石门上的图案无论如何繁复花哨，最终目的只有一个，那就是掩盖真正的锁孔！

除了那个真正的锁孔，其余的无非是起到让人触发机关或者毁掉钥匙的作用。

这是一种既复杂却又很直接的手段，只有一次机会找到真正的锁孔，要么用真正的钥匙一次打开石门，要么就此退回去，想要用其他的方法打开石门，前面的四道门就是很好的例子！

杨薇心细，把门上的图形进行了分类，数了一下，按照从左到右，从上到下的排列，玉如意的图形一共有四十九处，小酒壶的图形一共有三十六处，戒指的图形有六十四处，发簪二十一处，玉牌八处，手镯那种圆环图案最多，多达七十九处。

“四十九、三十六、六十四、二十一、八、七十九，这几个数字，会不会暗示着钥匙孔真正的所在之处?”

朱笑东摇了摇头，这可能跟门上图形的数量没有关系，梁奇宝虽然是个小手工匠人，但在设计这些东西的时候，他还是个当兵的，当兵的人最注重什么？直爽、直接!

以前有些墓道里的机关会给后人留下一些术数之类的题目，纯粹是掩人耳目之用，真正的墓主人谁会故意留下任何线索，让人来把自己的墓穴搞个鸡飞狗跳。

朱笑东继续说道：“梁奇宝是当兵的人，性格很是直爽，这一点，从他前面设计的几道机关可以看得出来。一道门就是一道关，破门则关破，他失败了，中招则丧命，他胜利了，一成一败，大开大合，毫不含糊，这就是军人的性格。”

高原是退役军人，说到军旅生涯的事，自然是最有感触：“小朱说得很对，运筹帷幄，那是将军们的事，对普通军人来说，最大的职责就是攻守征战、冲锋陷阵，进退据守丝毫不得含糊，所以，直爽、直接是普通的军人最大的特点。”

朱笑东点点头，又说道：“如果让高大哥设计这样一道门，会把钥匙孔选择在什么样的地方?”

高原极为简单地说道：“右边，方便!”

朱笑东点了点头，走到右边，伸手比画了一下，石门右边离地大约一米多高的地方，有一处手镯大小的圆环阴刻纹路，比门上其他地方的圆环刻痕要略深一点儿。

朱笑东从梁三手里拿过那只手镯，放在灯光下看了看，辨认了一下手镯上的花纹图样，然后慢慢地把手镯嵌进石门上的那个圆环刻痕中。

手镯嵌进石门，大小刚刚合适，只是刻痕稍微浅了一些，还有小半个手镯露在外面。

朱笑东吐了一口气出来，手掌按在手镯上，低声对杨薇、高原等人说道：“现在，我就要发动机关了，你们尽量后退一些……”

胖子笑了笑，说道：“东哥你别吓唬我，我可是从枪林弹雨里摸爬滚打出来的。再说，有东哥在此，我还有什么好怕的?”

高原却依着朱笑东的吩咐，拉着梁三、老梁三两人后退了好几步，依身在一处凸出来的石壁后面。

胖子和杨薇两人却怎么也不愿意离开。

这道门能不能打开，会不会引发机关，完全在朱笑东的一掌之下。手镯嵌进石门，还留有一部分在外面，很明显就是要施加外力，把手镯全部按进去，达到开启石门的功效，但他不是这手镯原来的持有者，所以也不会知道手镯的用法和可能带来的后果。

会不会是一个手镯毁去、人中机关的结局，没人说的清楚。胖子、杨薇放心不下，决定陪着他共同冒这个险。

见实在劝不走杨薇跟胖子两个，朱笑东放下按在手镯上的手掌，转身对杨薇说道：“杨薇，听我一句，你往后走几步，就几步，行不行？你要不走，我实在不能……”

胖子嘿嘿一笑，对着朱笑东说道：“东哥，你从来都不是个婆婆妈妈的人，怎么这回婆婆妈妈起来……”

朱笑东张嘴，想要辩驳几句，没想到胖子这家伙突然化指为掌，肥厚的手掌直接就按在了手镯上，这一下当真是迅雷不及掩耳。

等他回过头来的时候，胖子那胖乎乎的手掌还在石门上拍了拍，嘴里不咸不淡地说道：“芝麻开门……”

这一刻，朱笑东跟杨薇两个人都怔住了，这死胖子！

胖子喊完，那石门却是一点动静也没有，哪里有“芝麻开门”的半点迹象。

等了片刻，石门还是没有任何动静，朱笑东跟杨薇两个这才长长地出了一口气。石门没打开说明钥匙不对，虽然有可能把一只黄金手镯给毁了，但是只要没引发机关，就无所谓。

胖子见石门始终没有动静，咧着嘴巴“嘿嘿”地干笑了两声，又伸手在那已经陷进去的手镯上拍了几巴掌，对着石门踢了几脚，大叫：“芝麻开门，芝麻开门，芝麻……开门……”一边叫，一边“呼呼呼”地在石门上一连踢了好几脚。

石门依旧一动不动，胖子折腾累了，转过身来，对着朱笑东滑稽地耸了耸肩膀，笑道：“东哥，我忘了咒语，会不会是‘南瓜开门’啊！要不‘西瓜开门’也说不定！”

杨薇憋住笑，胖子这家伙真是的，什么沉重压抑的环境里他都能胡说八道一番。

“胖子，那咒语是‘茄子开门’，要念一百遍的！”杨薇笑道。

胖子装模作样地转过身去，大叫了一声：“茄子开……”

只是他还没喊完，整个洞里“轰隆隆……”一阵闷雷一般的声音响过，几乎震得地面都簌簌发起抖来，声势极为吓人。

就在这一刻，朱笑东合身扑了上来，几乎是一把抱着胖子，把胖子转了个个儿，又大声喝道：“快走……”

胖子在这一刻却是有些失神，这是什么节奏，不会是触发机关了吧？

只见朱笑东跟胖子两人万分紧张之际，杨薇一脸激动地指着那道石门，说道：“开了开了……石门打开了……打开了！”

还真是打开石门了！

躲到后面的高原、老梁三、梁三都从那凸出来的石壁背后钻了出来，高原、梁三怔怔地看着石门，老梁三却是二话不说，走到放置背包的地方，拿起自己的那个背包背到背上。

门都打开了，说明钥匙正确，方法也正确，那还犹豫什么！上次自己打开那两道门的时候，也是这样的情况。

等这一刻等了三十多年的老梁三哪里还能忍得住，马上就要进去看看里面到底是不是有传说中的宝藏！

朱笑东跟胖子两人定下神来，回头来看这道石门，石门的确是打开了一些，不过不是高原所说的那样从右边打开的，而是整个石门从左向右，稍微退开了一道不到一尺宽的缝隙。

不过，不管怎么说，石门安全地被打开了！

两个人见老梁三有些迫不及待，也连忙去拿背包。

老梁三虽然心急，但一个人的力气终究太小，推得面红耳赤也没办法推开那半掩的石门。

几个男人背了背包，一起过来帮忙，费了不小的力气才将石门打开到人勉强能挤进去的样子。

胖子“嗷嗷”叫了两声，瓮声瓮气地说道：“这谁啊！搞这么大一块石门，这得费多大的力气，倘若他自己一个人要进来，还不得傻了眼！”

朱笑东“吭哧吭哧”地喘了两口气：“胖子，你就别出乖露丑了。设计这门的人是干什么的？那是军人，当过兵的。再说，这门是用来干什么的？是用来防盗的！你们家那电动门还是铁的呢，要不你换一块纸糊的！”

“得，东哥，我发现你最近老是挤兑我，我不就是累了发句牢骚嘛！至于这么严重吗？”

杨薇赶紧插嘴说道：“你们哥俩儿少说一句成不成，留点力气开门！”

好不容易把石门推开到胖子能够挤进来的程度，大家才住了手。

第七道门背后依旧是一条黑幽幽的通道，两边依旧是棱角嶙峋的石壁，但修凿的痕迹反而不如先前那一段明显。

胖子就有些奇怪了，一般来说，越是接近重要的地方，修凿就应该越精致，怎么会越往里走越简陋了。

朱笑东笑了笑说道：“我估计只有这一种情况，老安原本是计划在这里搞一个大规模、精致典雅的东西出来，可是由于形势不好，极有可能是起兵失败，已经抽不出更多的人力财力来维持下去，所以就越来越简陋了。”

的确是越往前走越简陋，到了后面，连两边洞壁上凸出来的棱角都是没有削切过的，即使有修凿过的地方，也显得比较匆忙。

然而，过了这一段未经精修细凿的通道再往前走百十来米，地势突然宽阔，出现在几个人面前的依旧是一道石门。

第八道石门！

这第八道石门前面的地势比较宽阔，不用猜测都知道，这是因为当时要在这里修建石门以及设置机关屏障才优先开凿出来的。

只是朱笑东一见到这第八道门，眉头顿时皱起来了，这道石门比前面几道更为精致，洞壁以及石门的结构构造也比其他的地方精细得多，连作为门框、门墙的洞壁都十分平整，石壁上还有雕刻，虽然未完工，但是基础部分相当精细。

朱笑东叹了口气，这道石门同样需要钥匙才能打开，但是在这道石门上完全找不到先前那几道石门上的那种提示。

这恐怕与当时时间紧迫、石门上的雕刻未能完成有关。

试想，老安本想在这里制造一座人间宝库，然而时不我待，能先保证把门关上，把防御的机关做好就不错了，哪里还来得及去镌花雕草，刻意掩盖真正的钥匙孔。

但也正因为这样，让朱笑东心里一下子没有把握了。一共七把“钥匙”，老梁三从梁三那里偷走一把，刚才又用了一把，手里还有六把，而那门上的锁孔虽然只有一个，却与手里所有的“钥匙”都不相配。

或者可以说，现在梁三手里的六把“钥匙”，其实就是前面那些人用暴力破坏石门之后“省”下来的。到了这第八道门前，根本就是钥匙配不上锁，即使还有六把，也毫无用处。

石门上显示出来的锁孔是两个比指头稍粗的洞，但是不到一寸，里面又变成了窄窄的扁圆形，再往里面，就算是朱笑东都看不清楚是什么结构了。

在“七宝”的传说里，根本就只字未提这是一件什么样的宝贝！

也就是说，现在朱笑东等人又跌进了死谷。

没有丝毫关于这道门的“钥匙”的记载，没有图形提示，没有传闻，又不能暴力开门，现在还能怎么做！

朱笑东深深地叹了一口气：“打道回府！”

早些时候老梁三说过，当初有八个人，所分得的信物就应该是八件！

只是，这第八把“钥匙”到底是一件什么样的东西！

胖子等人却是坚决不同意现在就走，别的不说，到现在为止，从老梁三家里出来都差不多一天了，大家伙儿没怎么吃，没怎么睡，这就要打道回府？况且胜利就在眼前，怎么能轻易放弃？

胖子顿足捶胸、痛不欲生，就差没痛哭流涕了。

杨薇心里也不好受，可是朱笑东说的是实情，是事实，而且她也明白朱笑东的性格，但凡还有一丝希望，他就绝不会轻而易举地放弃。但是，也就是因为这样杨薇才担心，这第八把“钥匙”只怕永远也不会出现了。

这第八道门背后到底是什么？不弄清楚，除了无法向卫老头子交代之外，恐怕从此之后，朱笑东也会寝食难安！

答应过卫老头子的事情半途而废，离彻底揭开谜团只有一步之遥，这两件事，没有一样是朱笑东放得下的。

胖子闹了一阵，闹得累了就坐在地上，呼呼地直喘粗气，可是胖子坐着远远没有躺着舒服，于是干脆把背包放了下来，做了个枕头半躺着，一下子就舒服了很多。

不过，舒服倒是舒服了，没过多久，他却打起了呼噜，睡着了！

杨薇也把背包放下来，坐在背包上发呆。

其余人早就坐到了一边，本来是怕朱笑东打开石门的时候有什么不测，好预先躲避，这下子倒好，用不着了。

这叔侄两个也不愿意离开，老梁三靠在石壁上抽起烟来。

见没有一个人愿意就此离开，朱笑东叹了一口气，只得放下背包，叫醒胖子，让他取出睡袋，到睡袋里面去睡。

胖子眯着眼，一听说现在不走了，就在此处宿营，顿时少了许多睡意，把准备的食物拿了出来，让他们自个儿解决伙食问题，然后钻进了睡袋。

朱笑东让其余的人各自准备了一下，点燃酒精炉子烧了水，杨薇也强撑着过来帮忙。

高原盯着炉子上的火苗，想了许久，对朱笑东说道："小朱老板，我们以前有种开锁的技巧，就是把高强度的软塑灌进锁孔，然后把塑料再拉出来，这样一来，就可以制成一把钥匙了，不知道这个方法能不能行得通？"

朱笑东摇了摇头："梁奇宝的这几样东西你应该见过不止一次，其精巧的程度不一般，可以说是锁门的'锁'，又可以说是触发机关的开关，而且，我们只有一次机会！"

第十二章
桃　源

高原叹了一口气，不再说下去，牵涉到机关陷阱，可比不得一般的锁头，估计就算是专业的开锁匠也不敢轻举妄动。

说到底，就是因为只有一次机会！

这时，梁三也蹲到了火炉子旁边，对朱笑东说道：“小朱老板，我三叔手上还有一张地图，要不，拿过来研究一下，看看会不会有什么进展。”

老梁三坐在阴暗的角落里，脸上表情复杂至极，很痛心梁三胳膊肘往外拐，却又期待朱笑东能够打开石门。

不管怎么说，朱笑东打开第七道门也就只花了两个多小时，这一点，老梁三还是很佩服的。他研究那第七道门也有两天时间了，但是毫无头绪，要是没有一年半载的时间，估计他连钥匙孔都找不准。

可是，他的时日哪里还能经得起一年半载的耗费，要是没有朱笑东，最后就算是想到打开门的办法，他也没那个力气来开门了。

可是朱笑东等人始终是外人，跟梁三不一样，但是梁三始终对朱笑东“巴巴结结”，这让老梁三心里大为不忿。

朱笑东淡淡地笑了笑：“梁三哥，我估计那张地图也没什么用，如果三叔挖出来的那个盒子要是还在的话，或许会有点线索，可惜……”

说完，他摇了摇头，很是惋惜。

所有人顿时沉默了下来，整个洞里只听得见胖子轻微的鼾声以及“嗤嗤”的开水声。

水烧开了，过了很久，杨薇才站起来，拿出一些食物逐一放进锅里。

不大一会儿，洞里就飘出一股浓浓的香味，饭熟了。

本来倒头大睡的胖子突地坐了起来，闭着眼睛使劲嗅了嗅，然后模模糊糊地说道：“好香，这要是真的就好了……”

敢情这家伙是在梦游。

杨薇故意把缸子、碗筷弄得叮当作响，果然，这缸子、碗筷一响，比叫上百十来声“胖子”还管用。

胖子几乎以鬼魅一般的速度，在杨薇还没反应过来的时候，就已经开吃了。

老梁三本来不想吃，但是又架不住肚子饿，过了片刻，才慢慢地走过来，取下自个儿带来的缸子，连汤带水地舀了大半缸子食物，然后又回到阴暗的角落，自个儿默默地吃了起来。

吃完饭，本来是要休息的，没想到胖子这家伙这个时候反而来劲了：“东哥，怎么样，我都准备好了，我们什么时候进去？”

“你……”朱笑东有些懊恼，都说没办法得打道回府，这家伙还硬赖在这里不走了，不走也罢，偏偏张嘴闭嘴就问什么时候进去，这不是给人添堵吗？

明明进不去啊！

偏偏胖子还不知死活地咧着嘴巴笑着说道："我看未毕真的有什么第八把钥匙，可是我们也不能因为没有第八把钥匙就望而却步，依我说，咱们去找老郑，弄点炸药来，好好地干上他一炮……"

朱笑东差点没一巴掌拍在胖子脑袋上："炸炸炸，就知道炸。说了多少回你就是不听，炸药那玩意儿不是好东西，弄不好就因为你一炸，什么都完了，懂吗!"

见朱笑东说得严厉，杨薇赶紧跟胖子说道："胖子，我们现在真不能满脑子想着那些东西，我们现在算是'戴罪立功'，一不小心，功没了，罪却要再加一等，你明白吗?"

"明白，我怎么能不明白，还不都是小卫害的。"胖子嘟囔了一句。

"你明白就好!"朱笑东没好气地说道，"既然大家都不想走，那就睡觉，睡醒了再看看还有什么别的办法可想!"

胖子"唉"了一声，转身走到睡袋边上，再次钻进睡袋里睡觉。

只是胖子刚刚才睡了一觉，又吃了东西，一时半会儿哪能睡得着，在睡袋里像条变异的蚯蚓似的，翻来覆去地直打滚。

这时候朱笑东却搂着杨薇半躺着一动不动，看样子就要睡着了，其余的高原、梁三也是席地而卧，进入了假寐状态。

不知道过了多久，胖子恍然间看见老梁三站了起来。

只见老梁三站起来，打开了头上的矿灯，然后大摇大摆地走到石门右边，细细查看起来。

见他检查石壁，胖子反正也睡不着，钻出睡袋戴好矿帽，打开头上的矿灯，站到他身后。

老梁三回过头来看了胖子一眼，也不说话，又转头去看那石壁。

石壁是先前大家都看过的，整体基础做得十分精细，但是上面的雕刻因为没完工，显得有些粗糙。

老梁三看的是一幅人物图雕，所有的图像都还很模糊，但是大体上猜测得出来，这是一位将军征战沙场的景象，因为没有细雕，所以看不清这位将军的面目以及表情，不过他手里拿着的是一把很少见的长剑，这一点倒是可以看得很清楚。

胖子盯着那把长剑，觉得它的造型很是奇特，类似于现代人拍奇幻电影用的那种非主流道具剑。

长得吓人，宽得吓人，估计抡这家伙的将军要不是一个有万钧力道的猛人，就是一个吓人的家伙。“征战沙场，用得着抡一把竖起来都比自己还高的巨剑吗？那是上阵杀敌吗？搞笑摆造型还差不多！”

老梁三白了一眼胖子，低声说道：“人家这是没完工的雕刻，没你说的那么严重。”

胖子嘻嘻地笑了一阵，不跟老梁三争辩。

看完这幅将军杀敌图，胖子又去看第二幅，第二幅画是一幅花卉，风格造型看起来挺眼熟的，胖子想了想，跟祖坟山围栏上的雕刻差不多。

一想到跟祖坟山围栏上的雕刻差不多，胖子一个激灵，那些围栏上的画，胖子可是一处处地细细看过，不管是风格造型、图画内容，跟这里的都差不了多少。

这说明什么问题？

老梁三毫不客气地说道：“我家祖上是手艺人，在那个时候，社会地位并不低，知道什么是三教九流吗，我梁家祖上在那个时候带领的一群人其实就是行内的兄弟，专门在老安手下做土木工程之类的事。”

胖子笑了笑：“用不着说那么详细，我听得懂，也就说，其实这个地方所有的一切都是你祖上设计的，对不对！”

老梁三不答，胖子又说道：“三叔，把你的那些东西拿出来吧，其实，东哥不是进不去，他是在等你主动拿出来!”

“胡说，你要我拿什么出来？我有什么要拿出来？”老梁三有些怒意。

胖子不动声色，看着老梁三：“你没有半点线索，会知道这个洞？会打开第四道、第五道，甚至是第六道门？这些东西，你又是从什么地方知道的？你可别说无字碑的坟里找出来的东西真让你一把火给烧了！你自己相信，我都不会相信。”

老梁三一滞，半晌才说道：“你胡说……”

只是他虽然嘴硬，却没了多少底气。

“其实，你们梁家的秘密，你们所有的人都知道，除了梁大个儿，你们是刻意不告诉梁大个儿的对不对，你们在怕什么？”

胖子步步紧逼，老梁三脸上顿时刷地流下汗来，盯着胖子，不由自主地倒退了一步。

“我们只是想看一看这第八道门后面究竟有什么，除此之外，不会把这里的任何东西据为己有，不会对外宣扬一个字，这是东哥说的，东哥说了，我们自然无不遵照。东哥不想为难你，最主要的是不想破坏你跟梁大个儿之间的感情，所以有些事东哥都不想让我说出来，不过，你一定要为难东哥，哼哼……”

老梁三喘起了粗气，又往后退了一步，背脊都顶到墙壁上了。

这一刹那，老梁三的眼睛红了起来，只是他眼睛里的红色在片刻之间又褪得干干净净，朱笑东跟高原两个人不知道什么时候，已经死死地盯着他了。

尤其是高原，就像一头蓄势待发的狮子，威武凌厉。

还好，梁三这一段时间心力交瘁，即使几个人不住地走动说话，他也依旧睡得死死的。

杨薇是醒了过来，但是她没动，只是静静地看着老梁三，希望他不要做愚蠢的事情。很多事情，已经发生的可以原谅，但是要继续发生下去，那就是愚蠢，不值得原谅了。

老梁三看着几个人，尤其是盯着高原看了很久，才转头看着朱笑东，说道：“这件事，我要你们对天发誓，不告诉小三子以及其他人……”

朱笑东看了胖子一眼，然后直视着老梁三：“我答应你，我不会跟任何人说，直接带进棺材里去！”

胖子看了一眼朱笑东，似有不甘心，但是朱笑东瞪了他一眼之后，胖子也只好举起右手，做了一个发誓的手势，正色道：“我胖子不会对任何人吐露一个字，否则天打五雷轰，让胖子不得好死。”

朱笑东跟胖子两人都没拿自己的名字来向天发誓，不过，老梁三相信两人，既然他们答应不说出来，那就肯定不会说出来。

何况眼下的情况，就算胖子跟朱笑东两人只是嘴巴上说说，敷衍一下，老梁三也拿他们没办法。

即使后来杨薇、高原，甚至是梁三都问过朱笑东跟胖子那件事到底是什么，他们两个人也坚决不提一个字，问得急了，就以一言既出驷马难追为由，拒绝回答，即使是卫老头子也没问出个所以然来，不过，这是后话了。

胖子跟朱笑东两个发完誓，老梁三叹了一口气，从贴身的衣袋里拿出两张纸，一张是发黄了的地图，上面还有几处血迹，有梁国华的，也有二婶的。

另一张是设计图纸，不过不是这洞里的机关或者石门的设计图纸，而是一个奇形怪状的东西的图纸。

朱笑东只看一眼便立即明白过来，所谓第八件东西根本没有实物，而是一张图纸！

老梁三从无字碑坟茔里挖出来的东西的确大部分被毁了，但不是被烧毁，而是在几十年前被族内的子弟强行瓜分，后来族内子弟在进洞的过程中死绝，他们手里的物件也大多消失不见了。

老梁三手里的图纸保存甚好，但是老梁三的文化程度不高，而且他从来也没想到过，这张图纸就是第八件宝贝，第八把钥匙的设计图纸。

如此想来，当日梁奇宝带着手下在遭到剿杀之际，便已把第八把钥匙毁去。因为他自己手里如果留有钥匙，就极有可能落入他人之手，毁了钥匙之后，就算其他人能够进入第七道门内，没有第八把钥匙，依旧只能是镜中观花、水中望月，而这第八把钥匙恰恰又关系到梁奇宝本人的手艺，所以说，梁奇宝为了防止其他人进到第八道石门，还是花了些心思的。

明白个中曲折，朱笑东吐了一口气，按照图纸上的说明，钥匙应该是硬度不太高的金属，质地并不重要，关键是造型，而且钥匙上还有两处机关，是触发门背后自毁机关的开关。

如果没有图纸说明，就算制造出一条外形一模一样的钥匙来，那也是自取灭亡的事！梁奇宝设计的机关可不是闹着玩的。

胖子的背包里有从郑平那里借来的测量绳，上面有铅坠，铅的熔点极低，几乎用蜡烛就能化开，郑平的测量绳在无意之中帮了朱笑东一个大忙。

胖子跟高原两个用酒精炉子化开铅坠，朱笑东则找来东西按照图纸做了模子，待全部的铅化好，便倒进模子里。

整个过程不到两小时，接下来就是打磨钥匙的细微之处，朱笑东有微雕经验，加上铅的硬度极低，韧性又好，比起玉石雕刻要容易得多。

不过钥匙上的机关让朱笑东伤了好一会儿脑筋，机关里面需要两个很小的弹簧，可是他手里没有现成的材料，这就有些伤脑筋了。

为着这两个细小的弹簧，大家都发起愁来，如果是出去找，估计在郑平以及梁三他们村里都不见得找得到，要稳妥一点儿，最近的地方就是那个寄存车子的小镇，但是这一去一来，至少需要两天！

几个人拿着只等安上弹簧就可以开门的钥匙，搜肠刮肚地想了起来，这个把衣服上的弹簧扣扯下来试试，那个把手电上的弹簧片拆下来看看，忙活了大半天，大大小小的弹簧拆了一地，却没有一个合适的，就更不用说要找两个。

胖子一边烧水煮饭，一边苦思冥想，一会儿把梁三拉过来看看，一会儿又瞄向杨薇的脑袋上，希望能找到发卡之类的什么细钢丝。

一个个都绞尽脑汁地想要就地取材，反正大家伙儿都在一起，就算是急，也比几个人等一个人轻松一些。

在吃饭的时候，胖子偶然看到了高原手腕上的那块多功能手表，顿时眼前一亮。

高原的手表是一只机械表，相对来说，机械表在野外比电子表要实用一些，而机械手表里不是有一大圈弹簧吗？

胖子一提，朱笑东跟梁三等人顿时欢呼了起来，尤其是梁三跟胖子两个，那眼神儿，就像是两只狼眼，晃得高原有些眼花。

高原一见他们的模样，顿时大叫了起来："你们可别打这块表的主意，我绝对不会答应的，这是我老婆买的，要弄坏了，她肯定会杀了我的！"

胖子两眼放光，哪里去理会是高原的老婆买的还是高原的老妈买的："这叫'踏破铁鞋无觅处，得来全不费工夫'，不就一块破表吗，回去给你换块名牌的。"

高原一边躲避胖子，一边高声叫："你给我换块金表都没用，这是我老婆买给我做纪念的，意义重大……"

胖子追上高原，拦腰一把抱住，大喊："梁大个儿，上……"

高原惨叫："放开我……你们不能这样啊……"

梁三嘿嘿笑着："老高……对不起了……"说着便要从高原手腕上强行摘下手表。

高原大急，一边死命挣扎，一边高呼："小朱，小朱，你们可不能这样啊！你们可不能这样啊……这是我老婆买给我的……"

朱笑东跟杨薇看着他们扭作一团，不到片刻高原便被胖子跟梁三两个压倒在地上，动弹不得。眼睁睁地看着胖子从高原手腕上把表取走，朱笑东跟杨薇苦笑不已。

胖子拿到了手表，害怕高原起来抢夺，让梁三继续压着高原，自己拿着手表，三下五除二，不到十分钟就打开了后盖。

高原被梁三压着，眼看着胖子把他的手表大卸八块，欲哭无泪，忍不住大吼大叫："疯子，你们两个都是疯子……你们都是疯子……"

胖子把不需要的零件撬的撬，拽的拽，三下五除二就取下了弹簧，交到苦笑不已的朱笑东手里，才回过头去，对高原嘻笑道："高大哥，你这表，呵呵……到时候，我亲自去跟嫂子负荆请罪。放心，就算是磕头作揖，鞭打杖责，胖子我全都一力承担，要是嫂子动了高大哥你一根头发，胖子我陪你一根指头。"

高原怒骂了一阵，几乎已经声嘶力竭，胖子怎么说他也懒得理睬，就算是梁三放开了他，他也躺在地上，不愿意起来。

杨薇不忍，上前蹲到高原身边，说道："高大哥，对不起！"

没想到高原的眼里突然滚出一滴眼泪。

过了许久，高原才坐了起来，叹了口气，说出自己为什么这么看重这块手表。

高原的恋人也是军人，从相识到结婚整整经历了八个年头，用胖子的话说，差不多用了跟抗战一样长的时间。和许多军旅大戏里的情节一样，结婚的当天，婚礼才进行到一半，两个人接到了任务，边境任务，结果，高原跟其他的几个战友回来了，她却没能回来，甚至连尸体都没能抢回来。她的遗物就只有这一块手表，这块手表也就成了高原的一切，也是他心里的伤痛，这也是高原退役的原因。

原本嬉皮笑脸的胖子顿时惊呆了，这事儿从来没听高原说起过，要早知道这块手表是这样个来历，不要说去跟高原抢，就算是他主动拿出来，胖子也坚决不让，可自己跟梁三两个偏偏就干了这样的事情，这不是去揭高原的伤疤吗？

一向没大没小戏谑惯了的胖子悔恨不已，一时之间，跟梁三两个人呆呆地站在当场。

杨薇陪了一把眼泪，对高原说道："高大哥，对不起，我们实在不知道会是这样，对不起……"

高原摇了摇头，有些艰涩地说道："算了，都已经毁了，再说什么也没有用……"

经过这一阵折腾，朱笑东已经把钥匙做好了，但是高原的事情让他的心情没来由地沉重起来，不管怎么说，自己跟胖子又欠下高原一笔债，一大笔用什么都还不上的债。

现在要打开这最后一道门，没想到高原这个时候站了起来，有些虚弱地说道："小朱，我希望这扇门由我来开，行吗？"

朱笑东拿着沉甸甸的钥匙，望着高原，眼底充满深深的歉意。本来朱笑东不想其他任何人来冒这个险，毕竟生与死只有一线之隔，但是，高原提出了要求，他无法拒绝。

不过，朱笑东把钥匙给高原之后，便站在高原身边，不管会是什么后果，他也不愿让高原一个人承担，当然这是出于最坏的打算，毕竟，自己打磨的钥匙能不能打开这道门，会不会触发这里的自毁机关，没人敢保证。

杨薇站到高原身边，静静地依偎着朱笑东。

胖子、梁三站到高原身后，两个人都是心情复杂，为自己的过失心痛，为对高原造成的伤害难过，高原要蹚险，他们两个自然也要陪着。

高原回过头来，笑了笑，有些惨淡："干什么干什么，不就是开个门吗？搞得跟上战场似的，你们退开些！别挡着我做事。"

没人说话，只是大家贴得更近了些。

见没人愿意离开，高原不再犹豫，举起沉甸甸的钥匙，插进门上的锁孔。

朱笑东在后面沉沉地说道："插到第一节，往左扭半转。注意，不要用力过大，免得损坏钥匙……"

铅的熔点低，硬度不大，方便塑造，但同时也有巨大的风险，毕竟做成的钥匙只有薄薄的两片，力度要是掌控不好，不但会毁了钥匙，还会触发机关，这也是朱笑东极为担心的事情。

还好，高原不负众望，轻轻地将插进锁孔的钥匙往左边扭了半转，感觉锁孔还很灵活，丝毫没有卡滞的感觉，柔软的铅片钥匙也没有半点损坏。

在沉沉的寂静之中，石门里传出来一声轻微的"咔嗒"声，显示第一步已经成功，打开了第一个锁头，关闭了第一处可能引发机关的开关。

"再往里插，第二节，往右转一圈……"朱笑东在后面继续发出指令。

高原额头上开始冒出汗水，稍微犹豫了一下，又开始慢慢地往锁孔里推进第二节钥匙，许久，第二节钥匙到位，高原依言往右扭转钥匙，很快一圈扭完，过了片刻，石门里才传出来那一声期待已久的“咔嗒”声。

这时，剩在门外边的钥匙只有一寸不到，也就是说，现在已经到了最关键的时刻，离打开石门仅仅一步之遥了。

偏偏这个时候，不知道从哪里传来一阵“龙吟”。

一听到这阵“龙吟”，杨薇跟胖子两个差点就跳了起来，这是那“尾巴”的吼声！

手按在钥匙上的高原也禁不住一抖，虽然前两天也听萧劲等人说起过那个天坑里的“未知生物”，但是真正身临其境地听到叫声，那又是另外一回事。

杨薇跟胖子两人一慌，立刻就影响到了所有的人，以致高原手一抖，差点就把铅片做成的钥匙扭到变形。

恰恰就在这一刻，朱笑东伸出手来，在高原的手上一推，整条钥匙“咔嚓”一声被完全塞进锁孔。

朱笑东大叫了一声：“退开……”

要说反应，几个人的反应绝对都不慢，朱笑东的话音刚落，胖子、梁三早抱着脑袋转身跑了出去。

后面的朱笑东、杨薇、高原三个人也是快如疾风，瞬时退开了两三米远的距离。

几个人退开，那阵“龙吟”也就消失不见了，屏住呼吸，静静地观看石门，洞里一时之间又是一片死寂。

半分钟过去，石门没有任何反应，胖子憋不住气，“呼”地喘了一口气，然后又立刻屏住了呼吸。

一分钟过去，石门依旧没有任何反应，朱笑东等人憋不住，纷纷开口吐气，胖子却是第二次喘气。

偏偏大家一口气没喘完，“轰隆隆”的声音又响了起来，朱笑东等人顿时差点欢呼起来，这种声音很熟悉，在第七道门打开的那一刻，就有这种声音，也就预示着第八道门已经安全地打开了。

只要这种声音结束，就可以直接进入这第八道门里面，去探查需要的结果。

这“轰隆隆”的声音连绵不绝，足足响了半分多钟才渐渐停歇下来，预示着本来没有钥匙的第八道石门已经正常打开，而且所有可能自毁的机关都已经完全关闭了。

只是唯一美中不足的是，现在也没人知道那一阵“龙吟”来自何方！

几个人在石门外面等待了足足半小时，见再也没有任何异动，这才小心翼翼地上前，试着去推那第八道石门。

本来，大家都以为又要耗费巨大的力气才能推开的石门，没想到老梁三一推之下，石门便应手而开！

而且，石门在“扎扎……”的声响之中，自动地大大敞开，比第七道门要灵活得多。

在这一刻，几个人看到了门背后的一个巨大的空间，因为明亮，所以看得见。

空间里有光，是阳光，是从三四处茶缸子大小的孔洞里泄漏进来的。

外面可能到了中午，所以才有阳光泄漏下来，才让人看见这个空间里的情况。

泄漏下来的阳光经过洞壁上一些亮晶晶的类似铜镜一样的东西的折射，使得整个空间里黄莹莹的一片，像是进入皇宫大院的后花园里。一条两米来宽的石头大道从第八道门背后直通向对面尽头，两边亭台轩榭，小桥流水，几处树木花草，一片春意盎然。更让人震惊不已的是，因为阳光变成了黄色，所有的景物全都披上了一层黄金外衣，实在让人错以为这就是传说里的黄金城！

所有人都目瞪口呆地看着这个地方，有喜不自胜的，有抓耳挠腮的，有懊恼失望的，有愤怒不已的，有泰然自若的，有淡然处之的。

朱笑东泰然自若、宠辱不惊，不要说这第八道门背后只是一处皇宫后院的花园，就算是奇峰嶙峋的绝谷险地，朱笑东也不会觉得有多大的意外。

胖子很是失望，梁奇宝的事情，前前后后经历了大半年，以为终于可以见到天下最为奇瑰、最为丰富的财宝，没想到，到头来只有几根破树、破屋！想象中的财宝，连看上一眼的机会都没有！

高原跟梁三，一个喜不自胜，一个抓耳挠腮，这个地方也算是人间奇景、世外桃源，是人一辈子都可遇而不可求的地方，能得一见，实在足矣。

只有老梁三实在是有些愤怒，这就是自己三十多年来一直在追寻的结果？死了那么多人，得到的结果就是这么个破地方！传说中的宝藏在哪里？

朱笑东等人高兴的高兴，懊恼的懊恼，只在门口稍作停留，便往前走。

胖子懊恼不已地说道："原来说找到梁奇宝的东西能发现一个地方，就是这个破地方啊，早知道这样，我花几块钱去逛公园得了！"

"废话！"朱笑东带头往里面走，"这个地方本来就是个天造地设的洞天福地，能找到这样一个地方，你还想怎么样？"

"哼哼！"胖子不满，"人家陶渊明找那地方才叫好，'……土地平旷，屋舍俨然，有良田美池桑竹之属。阡陌交通，鸡犬相闻。其中往来种作，男女衣着，悉如外人。黄发垂髫，并怡然自乐……'，这里有吗？这破地方，死气沉沉的，这你都叫好，要找到那个桃花源，你还不觉得成了神仙？"

朱笑东怒道：“庸俗。你不就想有好东西出来吗？你最好还是收起你那点小心思，要不然可别怪我不客气！”

杨薇一笑：“哟哟哟，胖子，几时变得这么有才了，连诗文都能背得全，了不起，了不起……”

胖子、杨薇等人说得热闹，梁三跟在身后，也淡淡地说道：“的确，胖子说的不无道理，这里景色虽好，但的确是少了一点儿生气，不过，这世界上哪里有十全十美的事物呢？”

几个人一边说，一边往前走，不到五十来米，便到了十字路口。

这个十字路口，很像是城市里交通要道上的一个安全岛，然而，安全岛是车流中间的一个岛，这个十字路口中间是一个坑——天坑！

直径将近十米的天坑！

幸好，天坑周围用石栏杆围了一圈，可以小心翼翼地靠近天坑边上观看。

天坑里黑沉沉的，能看见的深度也差不多就一二十米，下面就再也看不见了。

朱笑东折亮一根荧光棒扔了下去，想看看这天坑到底有多深。

荧光棒往下落了片刻便突然不见了。

几个人不解，按照正常下落的速度，荧光棒顶多下落了五十米，就这点高度应该看得见的，怎么会突然不见了呢？

胖子看了一阵，没什么发现，便抬起头来，只是一抬头便指着不远的地方叫道：“东哥，那里有古怪……”

说着，一个人径直往前走去。

朱笑东一看，也是觉得有些奇怪，胖子说的那个地方悬垂着一根巨大的铁链，因为年深月久，铁链锈蚀，又在黄金一般的光芒之中，几乎跟天坑的岩体融为一体，不细看，还真看不出来。

朱笑东等人好奇不已，怎会有根铁链子在天坑里？

这根铁链很长，顺着这边石头路一直到这片空间的边缘。这条路的路边有一条小沟，比普通人手臂还要粗的铁链就躺在小沟里，向远处延伸。

紧接着朱笑东发现，不仅这边有这样一条锈迹斑驳的铁链，除了进来的这一条路，其他两个方向也有！而且，都是一样巨大，一样长。

胖子好奇不已，弯下腰去，抓住铁链想要提起来看一看，只是他这一提，才发现这铁链每隔不到一尺远，就有一颗铁钉揳入地底，将铁链死死固定在地上。

怎么会这样，不会是这天坑里有东西吧。

朱笑东顿了顿，说道："大家都还记得那个'海眼栓龙'的传说吧?"

杨薇是土生土长的京城人，胖子也算是大半个京城老油条，对"海眼栓龙"的传说自然是耳熟能详。

梁三、老梁三却是对此毫不知情，既然朱笑东说什么"海眼栓龙"，想来是跟这洞里的天坑有关了。

"据说刘伯温和姚广孝两人建了京城，发现京城里有几口海眼能通到大海，为防水患，就把一条苦海幽州的老龙锁在了海眼里。那锁龙柱就是姚广孝的宝剑所化，锁龙的铁链就是老姚的腰带变成的。最有趣的说法还说，苦海幽州的老龙不服气，问老姚什么时候放他出来，老姚顺口说，等桥旧了，铁树开花了，就可以出来。当时老姚耍了个心眼儿，跟老龙玩了个文字游戏，把那桥叫作新桥，把锁龙柱叫作铁树，害得老龙都等到老眼昏花了，也没人把那桥叫旧桥，想要铁树开花，那更是痴心妄想。"

"不过话说回来，老刘跟老姚两个到底有没有那么大本事降服老龙，这个暂且不说，但是那井里有铁链这是事实。而且这个铁链很长，怎么拉都拉不完，这也是事实，老一辈人都试过，据说把铁链子拉出一部分后，就能听到“昂昂”的声音，接着就是“哗哗”的翻水声，搞得人们不敢再拉了，怕把老龙放出来，可是一撒手，铁链就“稀里哗啦”地回到井里了。”

胖子比画着，终于说完这段让梁三跟老梁三瞠目结舌的传说，最后还海侃了一句：“你们可别不相信，这事儿我亲自去研究了好几回……”

胖子说完，朱笑东才说道：“据我所知，也有一个类似的传说，不过更加神奇一些……”

“据说，某个朝代有这么一个孩子，家贫清苦，自幼丧父，与老娘相依为命，小孩子以每天给财主家放牛为生……”

胖子插嘴道：“这就是我们要推翻三座大山，翻身自己做主的原因。大家想想啊，一个小小的孩子去给财主家放牛，这是对小孩子的安全不负责任，要放到现在，那叫虐待儿童，要负法律责任的……”

杨薇白了一眼胖子，呵斥道：“你少打岔，听故事！”

朱笑东抓了抓脑袋，对胖子这家伙还真没办法，不过看别人眼巴巴地想听，又只得继续说下去。

“这小孩每天放牛的时候，就会无缘无故地多出来一头牛，而且，这头牛长相奇怪至极，鹿角、马脸、鲤鱼胡子，身上有鱼鳞，鸡爪一样的脚，蛇一样的身子……”

“这不就是龙吗？说龙不就得了，还多出来一头牛！”胖子忍不住搭腔。

“就你嘴多！”杨薇恼道，“胖子，你不说话没人当你是哑巴……”

胖子嘻嘻地笑道：“不是，我就怕咬文嚼字讲故事，听着心里着急，嘿嘿……”

朱笑东不理胖子，继续说道：“这多出来的一头牛，呃，是一条龙，每天都跟小孩一起玩耍，帮小孩放牛，还驮着小孩到处去玩……”

“这保姆请得可以，干吗不说给这小孩子喂过奶?”胖子低声说道。

朱笑东再也忍不住了，喝道：“胖子，你到底要不要听，不要就滚蛋，免得老是打岔!”

胖子嘻嘻笑道：“东哥你说……你说，我在听，我也就是听着有点感想而已，不打搅你了，你说!”

杨薇也在一边威胁道：“胖子，你要再打岔，信不信我踢你一脚。”

胖子稍微退开一步，杨薇要踢他一脚，他还真没办法。

见胖子不再打岔，朱笑东才继续说道：“这件事情，被一个游方的道士看见了，这道士一连观察了几天，这才明白，原来这是一条神龙，而这家财主本有天子之命，所以财主的家财是受神龙保护……

“不过，这道士掐指一算，算出来，这家财主祖坟风水太差，暂时还没办法登堂入室做天子……

“这家财主早就知道这事，却苦于不得其解，见这道士有些道行，当下便许诺，如果能辅佐自己位登太极，护国大法师的位置肯定少不了是这道士的，说得这道士心头大动，当下献出妙计。

“这神龙本是一方风水龙神，因为天庭有旨，特来向老财主家示意风水方位，现在要想位登太极，最快最有效的办法就是找出自己先祖的骨骸，炼化成灰，然后送到神龙口中，这皇帝的位置……就非你莫属了。

“财主得到办法，高兴不已，当下依言找来先祖的骨骸，用火化了，然后用布包包好，只等时机一到就送到神龙口里。不承想，财主的几个儿子个个都想先当太子爷，于是去找道士帮忙……

“财主的老婆多，儿子也多，但是当太子的始终只有一个，道士也不好办，一个犹豫间便引来了财主儿子们的报复，这护国大法师没当成，还只剩下一口气了。临死前，他遇到了那个小放牛娃儿，道士恼怒财主儿子们害他，于是对着小放牛娃吩咐一番，然后便魂归西天了。

“小放牛娃儿听了道士的话，回去找他老娘要了他老爸的骨头，也用布包包了，准备第二天就去把骨骸放进神龙嘴里。

“事有凑巧，第二天放牛出门时，老财主也拿着个布包跟在后面。等到神龙出现的时候，放牛娃儿和老财主一齐把各自先人的骨骸往神龙嘴里送，那神龙平日里跟小放牛娃儿玩得亲近，但是他的任务又是来找老财主家的先人，一时间有些两难。

“偏偏这个时候，放牛娃儿的腿脚比老财主要利索，手也要快一些，神龙刚张开嘴，小放牛娃儿就把他的布包塞了进去。

“等老财主赶到时，吉时已过，神龙必须得回去交差，眼看老财主的布包就要落空了，在这时，小放牛娃儿没忘记老财主让他放牛、给他饭吃的恩德，从老财主手里拿过布包朝神龙扔去，恰好挂在了龙角上。

“原本是老财主家的正位置，没想到却让小放牛娃儿捡了个便宜，这事儿天庭知道了，自然不甚满意，可是事实既成，也没办法改变，只好将就着来。

“喜鹊到小放牛娃儿家去报喜，站在树上高叫‘一朝天子万万年……一朝天子万万年……’。这花喜鹊叫得热闹，又很是好听，小放牛娃儿的老娘正在煮饭，手里拿了金竹刷把，听得高兴，便拿金竹刷把在灶上磕了几下，笑着说‘要能当上天子，别说万万年，就算五百年我都心满意足了。’

“不承想，此时灶神爷正准备现身跟未来的皇太后请安，这位未来的皇太后手里的金竹刷把敲了他几下，而且每一下都正敲在他脑门，把灶神本来一张白白净净的脸皮敲得黑如锅底，当然，可能是沾了不少的锅底灰。

“灶神一怒之下跑去告状，说让他家做万万年的天子，她嫌烦，只要五百年，还把我海抽了一顿，这不，这张脸上就是罪证！

“本来天庭管事的对这事儿就不满意，现在灶神一打小报告，还不办这小放牛娃儿一个不尊之罪！五百年就五百年，还得让他吃点苦头，不但要他吃苦头，那条神龙更是罪魁祸首，发配九幽地底，永不见天日。”

慢慢地，梁三、高原等人算是听出了味儿来，莫非这天坑里的铁链尽头拴着的，就是那条办事不力、张冠李戴的老龙神！

朱笑东笑了笑，说道：“这只不过是一个神话故事，当不得真，不过这天坑底下有东西，至于是不是老龙神，那就不知道了。”

老梁三却在一边黄着一张脸说道：“你别卖关子，这里离古都不过两三天的路程，既然并没什么宝藏，相信没有人会无缘无故搞这么大动静出来。再说，这里的环境本来就奇怪得很，要说有神龙什么的，也不无可能！”

朱笑东淡淡地摇了摇头：“这里的风水不错是事实，可惜不该有这么大个天坑，如果说离古都近，有人想要把这里作为皇陵，是断然不可能，因为有这个可以吞噬一切的天坑。”

胖子想了片刻，从背包里把测量绳拿了出来，测量绳头上的铅坠让朱笑东拿去做了钥匙，只得找块石头绑在头上，大约用去一米，然后拿着测量绳往天坑边上一站，顺手就往下放。

这测量绳是绕在滚轮上的，往下放的时候只需要拿着把手，石头的重力就可以带动滚轮自动放绳，而且极为快速。

这一卷测量绳长达五百米，胖子这一放，滚轮顿时“呜呜”地响了起来，不到五分钟，胖子手上一沉，绳子已经到了尽头，作为铅坠的石块因为自身的加速度，重重地往下带了一下，使得胖子差点就没拿住已经放完绳子的滚轮。

“五百米，还没到底！”胖子惊诧地转过头来，“这还真是个无底洞啊！这就怪了，这些铁链到底有多长啊？”

见朱笑东等人微笑不语，胖子又自言自语地说道：“可惜绳子不够长，要不然，下去看看……”

胖子的话还没说完，突然手上一沉，一股巨大的力道带得他差点就栽进天坑里面去了。

朱笑东等人大吃了一惊，赶紧伸手拉住胖子，见他还拿着滚轮不想放，忙大喝：“胖子，放手……”

胖子拿着滚轮，猛地往后一挣，只听“啾……”的一声急响，测量绳被崩断，胖子也一个趔趄，要不是朱笑东在身后挡着，肯定要摔倒在地。

胖子勉强站稳，黄着脸，很是惊慌地说道：“又是那东西！是那东西……”

所有的人都紧张起来，那东西因为“舌头”承受不起它的重量，已经摔下了无底洞，怎么又会在这里出现？这里离那个天坑里的无底洞相距不止有几十公里远吧！

胖子一想到那东西，心里止不住发怵，杨薇也是一样。那东西不仅庞大，而且极具攻击性，又特别嗜血，稍微有点血腥味儿，便死命追赶。

在场的只有胖子跟杨薇亲眼见过那东西的可怕，现在一想起来还毛骨悚然、心有余悸，但是朱笑东跟梁三等人心下好奇，真有那么可怕的东西？

就在胖子瑟瑟发抖，杨薇坚持就此离开之际，天坑里悬垂着的三股铁链晃了起来，哗哗作响。

不仅如此，早前几个人听见的那“昂昂……”的嚎叫也从天坑里面传了出来。

一时之间，朱笑东也是大吃了一惊，拉着杨薇大喝：“跑，快跑……快跑……”

不管是什么，是龙也好，是“尾巴”也好，是“长满鳞甲的蝌蚪”也好，听这声势就知道肯定不会是个善茬儿，总不能因为一点好奇心，连自己的小命都不要了吧！

然而他们没跑几步，那天坑里便喷出一股黑水，喷泉一般直达洞顶，黑水落地，发出一股极为腥臭的味道。

朱笑东等人跑得慢了一步，一股黑水当头浇了几个人一身，人人顿时臭不可闻，朱笑东等人忍住腥臭，一边撤退，一边不时回过头来看那冒出黑水的天坑。

有那么片刻，朱笑东看到天坑里冒出来一条尾巴，金灿灿的尾巴！冒出天坑约莫十米高，然后砸在石头地面上，就像推倒一座巨型铁塔一般，石屑四溅。

“尾巴”想要强行从天坑里爬出来，但是功亏一篑，最终还是掉落回去了。不过那条“尾巴”一样的东西落回天坑的时候，带得天坑边上的石头栏杆片片破碎，“稀里哗啦”地直往天坑里掉。

眼看这“桃源”已经不保，朱笑东等人哪还顾得了什么，急忙向外逃，等几人终于逃出险境时，再回头看，那金碧辉煌的秘境已经不复存在了……

从那秘境里出来，郑平等人已经撤离了。

等了几天，虎子把东西送到了，但是没能等到朱笑东他们几个，因为有新的任务，探测无底天坑的事情便来不及了，只好暂时搁下。不过，临走前郑平让虎子带了话：朱笑东他们这几个人够朋友，以后有空，肯定来找朱笑东玩儿！

朱笑东苦笑了一下，什么话也没说，身上就像在臭鱼堆里打过滚一样，老远都臭不可闻，其余的杨薇等人也不比他强到哪去。

胖子抱怨说："这一趟，又赔到家了，搞了几个月梁奇宝的事，找到的地方是个破桃花源，只留下一身臭气，连身上的皮都搓掉了一层，熏得好几天都不敢回家。"

这味儿，在都市里往人群一站，遭人白眼还是轻的，搞不好还要挨拳头。

几个人躲在老山上，足足待了半个多月，后来，梁润的爷爷找来一种不知名的野草，几个人反复泡了十七八遍，才彻底消除那股臭味儿。

没了臭味儿，几个人聚到一起，胖子问朱笑东："现在梁奇宝的事情算不算完？卫老头儿那边该怎么交代？"

朱笑东淡淡一笑："梁奇宝的事情，你还想追究什么？他说的那个地方已经找到了，再到那破桃花源里，让那不知道是什么的东西喷你一身黑水？还是想要下到无底洞去看个究竟？小卫的老头子那里，该怎么交代就怎么交代，实话实说……"

话是这么说，可是朱笑东心里还是有些疑问：那天早上偷听胖子跟他两个谈话的人是谁？老梁三手里那幅地图到底是干什么用的？那喷人一身又黑又臭的黑水的怪物到底是什么样的东西？梁奇宝的事情，到底算不算完……但是眼下，继续留在这里已经没什么必要了。

老梁三出来之后一病不起，到现在还躺在病床上，三婶一下子像是老了十多岁，连行动都有些迟缓起来。

不过，老梁三躺在病床上，白纸黑字写下字据，一旦自己归了天，家里所有的财产都捐给村里的孩子们。

梁三把所有的东西一股脑儿包了，给了黄诚，说是这一趟找到的，至于黄诚信不信，就由得他去，反正黄诚这次来只是替卫南疆监督，或者说根本就是来替他们遮掩那些事的。

梁三住到老梁三家里，跟他已经出阁的堂妹说愿意照顾老梁三和三婶，他那堂妹子自然是求之不得。

上面说，赶明儿隔壁村的学校要拆，合并到秋可仪这边来，这地方就还差一个人，秋可仪挺高兴的，帮梁三填了张表格，把事情办妥才告诉梁三，梁三也高兴的不得了。

看着秋可仪跟梁三好上，朱笑东跟杨薇等人打心眼里高兴。

第十三章
八仙过海玉山子

小美大约叫了二十遍，终于把徐青青叫了起来。徐青青揉了揉惺忪的眼睛，有些恼怒，龇着牙责问她：“我说小美，才七点半，你又扯着嗓子号，你还让人活不?”

小美很淑女地笑了笑说：“对不起啊青青姐，那个，汪老板来电话说，给你打了二十来通电话，你就是不接，才让我帮忙叫你。”

小美跟徐青青是好姐妹，除了是同事、室友，还是半个老乡。

一起在“有缘”上班，一起租房子，一起煮快餐面，一起……反正这一年多时间，干什么都在一起，偏偏她的性格很淑女，而徐青青，可能是进过部队的缘故吧，所以有点儿……不过，这叫优势互补。

徐青青一边找昨天晚上不知道蹬到哪里去了的丝袜，一边说道：“又是汪兴成！他以为他是这陶都的朱笑东或者黄半城啊？就算他是朱笑东或者黄半城，他们的那些手下，有我们活得苦?”

“老板说，今天九点，公司里有笔大生意要谈，吴经理昨天就出差了，所以要你先过去帮忙做点准备。”小美一边说，一边煮面条。

好不容易从床底下找到上个月刚买的新丝袜，徐青青一边穿一边没好气地说道：“还公司，小美，我都不知道你怎么想的，八个人的公司，欠了七个员工五个半月的工资了，你还能这么拼命地去干……”

小美淡淡地说：“老板可是说了，这桩生意要是谈成，我们的工资不但会有着落，而且公司还会从此走上一个新的台阶。就看你今天的表现了。”

徐青青没好气地说道：“知道说‘工资有着落’这话我听了多少遍吗？跟我这几个月来的大姨妈差不多了。小美，我说你怎么就那么死心眼，知道吴经理出差是什么意思吧？”

小美很爽快地说道：“知道，不就是撂挑子跳槽吗！她也有她的苦衷啊，两个孩子，要吃、要喝、要上学，凭她老公一个人在工地上搬砖头，实在是过不下去。”

“知道就好。”本来徐青青想要化个妆，但是一想到又去那个破公司，还要去陪客人，就懒得动手了，“我说小美，这世道要找个好老公不容易，找棵歪脖子老树吊死还不容易啊！人家有苦衷能走，我们为什么不能！”

“行了，我的大小姐。”小美煮好快餐面，说，“第一，五个月的工资，一共是两万两千元，再加补贴两千五百元，这个数字，对我来说是天文数字，我只能熬，熬下去，直到工资拿到手，懂吗，大小姐！”

徐青青无可奈何地挥了挥手：“不就两万多元钱吗，离开这破公司，说不定往街边一站，就挣到了。”

“你……”小美的脸刷地涨红了，要不是知道徐青青就是赌气才信口开河，她绝对会第一时间跟徐青青绝交。

吃过快餐面，小美看了看徐青青的打扮，有点不满意，今天是个很重要的日子，怎么说也要打扮得好看点，最好是性感一点。

徐青青只好勉强穿了小美借的一件短裙，配了自己的无袖衫，又把她的靴子借来穿，小美这才稍微满意了点。对于徐青青没化妆这一点，小美也无可奈何，快上班了，还得坐十分钟的公交车，哪里来得及。

汪兴成所谓的公司其实就是一间典当铺子，按说这年头能玩得起典当珠宝行业的，没人不发财，可这老汪偏偏就是个异类。人说老坑那边进原石过来很赚钱，他倒是去进了一批，人家一吨原石能赚几百万上千万元，他倒好，两千万的成本，拉回来到现为止，原石是卖光了，可是算算账，两千万元赔进去了不说，还欠人家五百多元的清理费。

人家说盛世的古玩，乱世的黄金，这年头古玩文物值钱，他倒好，一百多万元买了件假青花不说，还差点被抓进去蹲号子，到现在他还庆幸，幸好是买了个假的，要不然指不定得在号子里蹲多久。

总之，这家伙干什么都赔本，大干大赔，小干小赔，不干都还得赔人笑脸，他老子留给他的数千万元的家财，从徐青青进他这破“有缘”就没见进过账。

不过这也是没办法的事，陶都这地方开典当行的，现在不用出门打听就知道，只有两家最出名，一家姓黄，叫黄半城，据说实力超群，市里又占人，像“有缘”这样的小铺子，光是这个月就被吃了两家，汪兴成这个情况不用说，多半是跟黄半城有关。

另一家叫“朱氏当铺”，这个铺子的老板据说叫朱笑东，这个人很特别，一年之中也没看见他在陶都露上几回面。但是，这个小朱老板又有钱又仗义，最让人心动的是他还多情，不过，这个朱笑东神龙见首不见尾，想找到他，可不是一般有难度。

见徐青青和小美进了大门，汪兴成微笑着迎了上来，盯着徐青青看了好一会儿，满意地说道：“好，青青小姐天生丽质，就算今天淡颜素装，相信也能力压群芳，拔得头筹。”

徐青青心里暗说了句：“还真以为老娘是来选美的啊！”

嘴上却是淡淡地问道：“汪总，到底是一笔什么样的生意？客户是哪里人？”

本来这事根本轮不到徐青青的，但是吴经理一走，徐青青就成了首选人物。

从今天的出勤记录来看，这“有缘”里的员工怕是就剩下她跟小美两个人了，其余的人全部都有苦衷，统统“出差”了！小美的能力比徐青青稍微差了点儿，说到出得厅堂方面，小美也要比徐青青差上一截，倒真不知道不选徐青青，汪兴成还能选谁去。

望着货架上能用手指来计数的几件货物，徐青青打心里哀叹了一声，本来还想拿几件物品来抵和小美两个人的工资呢，没想到前面“出差”的那几位比她们手还快。

要知道，徐青青、小美这差不多半年的生活费、房租，七七八八的都是靠这货架上的一点存品在支撑着，现在这些东西没有了，她们还怎么撑下去！

正愣神的时候，进来一个穿白西装的男子，一见这家伙，徐青青就来气！

程孟君，三年前是徐青青的男朋友，就在两个人快要踏进神圣殿堂的前一天晚上，居然让徐青青在酒店里把他逮了个正着，程孟君连衣服都没来得及穿，就被徐青青一顿好揍。现在想起来，她还暗自庆幸，对这个程孟君，除了感情，其余的什么都没交给他。

程孟君身边的，就是上次被徐青青狠狠扇过几个耳光的那个女人，他们两个应该是结了婚吧，所以今天是一起来的。

那个女人一见到徐青青，还下意识地往程孟君身后躲了躲，估计是上次的事情还历历在目、心有余悸。

程孟君见徐青青在这里上班，有些不大自然，没想到在这个地方遇上了这个冤家。

徐青青很有敌意地看着程孟君，琢磨着他来这里的目的。

这时，汪兴成赶紧迎了上去，主动拉起程孟君的手，说道："程老板远道而来，有失远迎，得罪了……"

程孟君敷衍了两句，回头看了看徐青青，马上又有些骄傲地说："不敢不敢，钱我是带来了，不过，这货……"

汪兴成赶紧说道："费心了，这边请……"说着回头叫道，"青青，把我那包上好的龙井拿出来……"

说完，引着程孟君跟他老婆一块儿，进了会客室。

烧了开水，按茶艺讲究，洗了杯子茶具，放入茶叶，滗去第一道茶水。这龙井果然是好茶，才冲第二道，那丝丝茶香就钻进了徐青青的鼻孔，只觉得一股无法形容的清香气味直沁进心脾，脑袋里顿时无比清新。

徐青青端起一杯茶，试试温度，刚刚好，一仰头，大半杯茶水便进了她的肚子。茶味很纯，真的是齿颊留香，让人喝第一杯就忍不住想去喝第二杯，于是，第二杯、第三杯，都让徐青青喝了个干干净净。

随后，徐青青心里带着一点儿报复的快感，端了三杯茶水，进到会客室，窃笑着递给了他们。

茶几上摆着一块篮球般大小的原石，估计是汪兴成最后一点家当了，和程孟君砍价已经到了白热化的阶段。

"这玩意儿我并不看好，汪老板你这一百万元的价格太高了。说实话，要不是觉得我们以前做过生意，这二十万元我都不一定出。这么跟你说吧，到拍卖场去，像这样的山子，二十万元我最少能拿下五块！"程孟君说。

“话也不能这么说，就因为我们是老熟人，做过生意，你也知道，我这人向来讲求要朋友不要钞票，一百万元真不算高。你看看，我这块山子可是有名的和田白玉，还有这造型、这层次，要不，我让一步，八十万元!”

程孟君摇摇头：“先前汪老板说你这儿有好货，我这才过来的，想不到原来是这么个好法，说实话，要不是看在你急需要钱的份上，我真不想出这个价，二十万元，算是兄弟我帮你了。”

程孟君的老婆偷偷踢了他一脚，说道：“既然汪老板这里没有我们想要的，我们就改天再来好了，走吧。”

“别，价钱我们还可以再商量商量……”汪兴成脑门子上都是汗水，除了胖，可能真是有些急了眼。

程孟君还想再谈谈，但是他老婆站了起来，怒容满面，喝道：“程孟君，你找死啊，几十万元买他一块破石头，你脑子进水了?”

徐青青忍不住上前一步，对汪兴成说道：“老板，你这值三千多万元的东西，干吗要贱价卖给他们！就算是你想帮朋友一把，帮他撑个门面，也用不着拿着三千多万元的东西去帮他啊！再说就算你帮，那些脑子进水的家伙，也未必识得你一份好心。”

“你……”程孟君的老婆气急败坏地看着她，张嘴想要说点什么，但始终没敢开口。

程孟君叹了口气，一言不发，拉着他的老婆扭头就走。

汪兴成怔了半晌，叹了口气说道：“姑奶奶，你知不知道，这是我最后一笔生意，也是你们最后的一点儿希望，本来是想要你来……没想到你给搅黄了，这下可好……”

徐青青沉默了半晌，才说道：“你有这东西为什么不早点拿出来?”

他说：“这有用吗?”

的确，仅仅凭这一块两万多元钱买来的山子，拿出来再早也没多大用。

然而，这块石头在汪兴成眼里是块不怎么值钱的东西，但是在徐青青眼里大不同。

“汪老板。”徐青青说，“你为什么不拿这块山子去找朱笑东或者黄半城?”

汪兴成拍了拍脑袋：“我的神啊，你知不知道人家是干什么的?我自个儿卖，说不定还能值个十万八万元，往他们手头一送，说不定就是废石一块，眼下，你有那个胆气？再说，就算送过去，能给上个八万十万元，能有一分钱落到你们手上？只怕我那些债主……”

汪兴成没有说下去，他在外面的确欠下不少的债务，手上真要是能有个百八十万元，保证用不了一小时就被讨没了。

“要不然，我会私下里去找程孟君来?”汪兴成说。

徐青青想了想，说：“这样吧，汪老板，你要是信得过我，就把这块山子交给我，我保证绝对会给你向程孟君要的那个价钱。”

“你是说，我这山子最少能值一百万元?”汪兴成狐疑地看着徐青青。

徐青青淡淡地一笑：“信我，就交给我，要不信，柜台上还有几样货物，你拿给我，作为我跟小美这几个月的生活费，我们就另投他处了。”

汪兴成不知道徐青青葫芦里卖的什么药，但是眼下的情况是明摆着的，那几个员工不“出差”，凭着每天贱价卖出的物品，还能支撑，但是现在，把柜台上所有的东西加在一起，能凑到的生活费恐怕也坚持不了十天，徐青青要走，只拿他十天的生活费，算是最低限度了。

汪兴成叹了口气，说道：“算我对不起你们了，这样吧，你要是能把这块山子操作得好，卖到一百元万以上，我加你百分之五的提成。”

徐青青淡淡地笑了笑：“提成什么的就先不要说了，能把我们的工资先发下来，我就感激不尽了。”

说着，毫不客气地拎起那块山子，出了会客室。

其实，徐青青真没什么太大的把握，只是在看见这块山子的那一刹那，徐青青眼前突然显现出程孟君那丑恶的嘴脸，在那一刻，她什么也不顾忌了，就想着马上把程孟君两口子赶走。

至于说这块山子值不值钱，徐青青真的不知道，也就是抱着赌一把的心理。

到了这个地步，店里也没有生意可做了，汪兴成在会客室里待了一会儿，出来打了个招呼，说是要再出去想想办法，就走了。

偌大的一间门面，就剩徐青青跟小美两个人，显得空荡荡的，小美很是勤劳，在柜台后面待了一会儿，忍不住打扫起卫生来，她对这个曾经热闹的地方很有感情，始终不愿就此走人，说没拿到工资，那只是一部分原因。

徐青青大大咧咧地在柜台后面坐了一会儿，盯着山子，忍不住在想，这东西要是拿给黄半城或者是朱笑东，他们会出什么价钱，到底是去找黄半城好，还是去找朱笑东好。

就在这时，一个显得有些邋遢的年轻男子走进店里，身上有股难闻的味儿，大约是半年没洗过澡的那种难闻。

不过，这是徐青青的看法，徐青青眼里那些不邋遢、不难闻的人，差不多应该可以上电视了吧。

这男子年纪倒不大，二十多岁，一张脸还算是棱角分明，个头也不算矮，但是和程孟君相比，少了一股绅士气质。

徐青青整理了一下思绪，努力将程孟君的身影摒弃在脑海之外，然后问道："先生，有什么我可以帮忙的吗？"

男子笑了笑，露出一口整齐的白牙："我想给朋友带一件礼物，随便来看看，有什么好东西，给我介绍介绍。"

"神经病！"徐青青暗暗地骂了一句，瞎子都看的出来，这里就快关门了，这家伙要不是来找茬的，就是来挤兑人的！

不过出于礼貌，徐青青还是好心地提醒说："先生，我们这里刚刚清了仓，有很多的货物还没来得及摆上来，柜台上也就这么几件，不知道先生……"

这男子又是咧嘴一笑："别客气，我知道你们这店要关门了，所以来淘两件便宜点的东西。"

徐青青脸上一红，谎言被这男子毫不留情地戳破了，但他说的是事实，无可辩驳的事实。

徐青青冷冷地哼了一声，说："你怎么就知道我们会关门，说不准明天一早，我们这里就是本市最大的珠宝铺子了呢！"

男子一怔，随即笑了笑，盯着她的眼睛："你想这里成为本市最大的珠宝经营铺子？"

那眼睛里很深邃，像一汪海水，让人根本猜不透这人的心思到底有多深。

徐青青有些慌了，这男子什么都比不了程孟君，但是这一双眼睛是程孟君没有的，那种自信、高傲、高深的眼神就算是程孟君想装也装不出来。

该死！还是那个程孟君。

徐青青淡淡地说："万事皆有可能。先生，我希望你不是来消遣我们的！"

男子怔了怔，随后又笑了笑："这么有理想？很好，勇气可嘉！把你们所有的货物拿来给我看看吧，要是真有好东西，说不定你们真能成为本市最大的珠宝经营者！”

至此，徐青青基本上可以确定，这个男子是来消遣她们的。不过，为了明天的生活费，她努力平静下来，说道：“我现在能为先生你提供的也就只有这些了，请先生过目！”

说着，徐青青把仅有的八九件首饰之类的物件拿了出来，一一摆在柜台上。

男子微笑着，几乎只是勉强瞄了瞄，然后问道：“这几样，一共是一千五百八十元吧？给我一起包了。”

徐青青怔了怔，不会是要人吧，价钱都不讲！他这样子，不会是来……

不过真是来横的，那他可就找对了地方，正憋着一股气呢！

不知道这家伙是看出徐青青的心思，还是想要继续调侃她，咧嘴笑道：“小姐，你这么有能力，为什么不去找一家真正的大公司？在这样的小地方打滚，不怕埋没了你这样的人才？要不然，我给你介绍一家公司。”

徐青青淡淡地说道：“先生，一共是一千五百八十元，请到前面付账。”

收银员小瑾早就出差了，要收，也只能小美收。

男子一边往收银台走，一边说：“小姐，你还没回答我的问题呢……”

“对不起先生，这不关我们工作上的问题，我不能回答你！”徐青青的语气里有些冷意。

“对了，这怪我……”男子一边掏钱，一边说道，“我一直都没自我介绍，我姓朱，叫我小朱好了……”

徐青青“噗”的一声笑了出来：“你也姓朱？该不会就是那个朱笑东！”

朱笑东莞尔："看不出来你嘴巴还挺利的，我那边有个朋友，开的也是一家珠宝铺子，现在就差个大堂经理，小姐要是有意的话……"

徐青青摇了摇头，收起笑容，说道："对不起先生，我们已经停止了刷卡业务，只能收取现金。"

"嗯？"朱笑东怪异地看着徐青青，他身上没带现金。

可是徐青青就指着这点钱去做生活费，要是一刷卡，这钱不就到了汪兴成的账上，一旦这钱到了他手里，天知道他一次会给徐青青多少。

朱笑东有些尴尬，一摸衣袋，连手机都没有。

徐青青笑模笑样地盯着朱笑东，估计他没钱，肯定要动脑子溜人，只是白白浪费了自己这大半小时的工夫和笑脸了。

没想到朱笑东嘻嘻一笑，说道："小姐，要不，借你手机用用，我让他们送过来！"

徐青青笑着说道："这样啊！打完电话会不会要我陪着你去拿钱？然后再请我去吃顿饭什么的，然后再去开个房？"

徐青青这么一说，旁边的小美可是吓了一大跳，这徐青青还真是什么话都敢说出来啊！

朱笑东摸了摸有些凌乱的头发，苦笑着说道："你们又不提供刷卡业务，我又没带零花钱出来，借个手机给家里人打个电话，让他们过来赎人还不成吗？"

他特地把"赎人"这两个字说得很重，好像徐青青绑架了他一般，真是气死人了。

小美见徐青青有些火药味儿，赶紧说道："先生，这儿有固定电话，你可以先用。"

徐青青无所谓地回到柜台里面，一弯腰，将那块山子拿在手上，一左一右地抛着来玩儿，小美一看可是吓了一大跳。

这可不是好玩儿的，朱笑东要真是不赶紧给钱，没准儿徐青青就会照着他脑袋上来一下，那可是会出人命的。

徐青青一边抛着山子玩儿，一边看着有些慌乱的朱笑东。

朱笑东拨了两遍号码才拨通，电话是通了，接电话的是个女孩子，这是朱笑东露嘴说出来的。

“杨薇，快点，给我送点儿现钱过来……不是，你知道我不大喜欢带钱在身上的，这不是刚刚买了几件玉器，想拿着玩玩，可是我忘带现金了，这里又不刷卡……不行啊，杨薇，玉器好坏我不说了，可这里……不是，杨薇，她也没强行要我买……就是……就是……记住，‘有缘’这边……”

多半就是一个男人的脸皮子拉不下去，徐青青暗想，装得还挺像的，又说自己姓朱，还真把自己当作朱笑东了！

朱笑东打完电话，有些心虚地看着徐青青，最近这几天不知道是怎么回事，或许看乡村里温婉的女孩子看惯了，刚刚回来，面对城里这些女汉子们还真是有些不习惯。

朱笑东跟杨薇等人从古都的山区回来，只在京城耽误了不到两天，跟卫老爷子细细地把要交代的都交代了，算是给了卫老头子一个满意的答复，当然，这少不了黄诚在一边的美言。

王晓娟见着胖子，揪着胖子的耳朵，逼问胖子捐的那一百万元到底是怎么回事，并且让胖子发誓不再到外面“鬼混！”

朱笑东也明白，现在胖子肯定是出不来了，王晓娟都快动不了了，胖子还敢往外跑？这样别说王长江会有意见，就算他老子都不会放过他的！

胖子出不来，朱笑东也不会把他挂在嘴巴上，再加上到现在为止还没有关于怀特的具体消息，他就赶回了陶都，才回来两天，出来逛逛，没想到遇上了这样的尴尬事儿。

其实，朱氏当铺跟有缘当铺隔得并不是很远，杨薇接到电话，从铺子里拿了些现金，就开着车子过来了。

杨薇一进店铺，看见朱笑东神色尴尬地站在收款机旁边，想来是受了些委屈，当下上前，叫了声："笑东……"

杨薇进到店铺的那一刹那，徐青青意识到自己犯下了一个错误，自己始终不肯相信这个人就是朱笑东，但现在看到杨薇，她哪里还能不明白眼前这个邋遢、没有绅士风度的男人，就是大名鼎鼎的朱氏当铺老板——朱笑东。

可是现在，自己这态度，还怎么好意思找他帮忙？

杨薇问了价钱，随手丢了一叠钱给小美，拿了那一包玉石挂件，就准备转身走人。

只是朱笑东笑嘻嘻地对徐青青问道："小姐，能不能考虑一下我的建议？"

徐青青怔了半晌，叹了一口气："我们这儿的生意做不了了，不过，我们老板人好，再说他还欠我们工钱，走我肯定是想走的，不过现在我还不能走。"

朱笑东怔了怔："就是因为那点工钱？"

"工钱只是一部分原因，我们老板还没正式辞退我们。"徐青青答道。

朱笑东盯着她的眼睛，让这个平日里有些强悍的女孩子禁不住有些发慌，这叫什么眼神啊，看得人有种赤裸裸地站在他面前的感觉。

过了片刻，朱笑东眯起眼，笑了笑，说道："小姐，你能给我介绍介绍你手里的山子吗？我可是话说在头啊，你这山子，我不会买，呵呵，买不起……"

"所谓玉山子，即玉雕山林景观，制作时先绘平面图，再进行雕琢，因而又常以图命名。玉山子上分别雕出山林、人物、动物、飞鸟、流水等，层次分明，各具形态，这种山林景观的雕刻，从取景、布局，到层次排列都表现和渗透着绘画的章法！”

徐青青从最基本的说起，朱笑东有言在先，无论这玉山子好与坏，他都不会买，但是要徐青青给他介绍介绍玉山子，这当中的原因，无非就是要考校考校徐青青的专业技能水平和服务态度。

“中国人爱玉、玩玉、赏玉，和儒家哲学思想息息相关，文化人书房中除了文房四宝，古玩摆件、灵石和玉器，也具有东方审美雅趣，与灿烂的东方美学理念密切相关。美玉、奇石符合文化人的情趣，谓之：一峰则太华千寻，一勺则江湖万里。玉文化中的玉山子，形态、理念和奇石富有渊源，互相渗透、互相影响、相得益彰；在材质上，玉石山子似乎更胜一筹，同样要求具有瘦、漏、皱、透的审美意趣，尤具更高的格调……”

听到这里，朱笑东脸上的笑容有些僵了，这样的介绍方法比一般还一般，起码来买东西的顾客不会去跟你讨论什么文化渊源、审美意趣之类的。这样说，会让人忍不住要打瞌睡，哪里还有心情买你的东西？

就算是杨薇，也忍不住暗暗地皱起眉来。

见朱笑东跟杨薇两个人的脸色都不怎么好，显然是对自己的解说不太满意，徐青青介绍的声音渐渐低了下去，捧着那块玉山子的手，也不由自主地垂了下去。

“小姐，我们能不能换个话题？”朱笑东说道，“但凡来买东西的，不一定每个人都是儒雅之士，他们有可能更关心价钱和质地以及是否能增值等比较实际的问题！比如说，我就想问问，你这山子，多少钱能卖？”

“三千万元！”这一下徐青青几乎是连想都没想，就脱口而出。

“噗！”朱笑东笑了出来。

“咯咯……”杨薇也笑了起来。

但凡价值三千万元的东西，除了朱笑东，也就胖子会这样毫不在意地拿在手上，其余的人，尤其是这种一个月只能拿一两千元工资的工薪阶层，会毫不在意地将价值三千万元的东西拿在手上，那肯定是假的。

小美赶紧在一旁打圆场：“对不起朱老板，青青姐她这两天不怎么舒服，有什么不到之处，还请多多包涵！多多包涵！”

朱笑东笑了笑，不以为意地说道：“假如，我对你这三千万元的山子很感兴趣，但是我不想给这三千万元，呃！对不起，我的意思是说我给不了这么高的价钱，小姐你觉得怎样才能让我愿意拿这三千万元。”

本来杨薇以为徐青青会说一些讨价还价的话，比如说，指着玉山子某处，说这里布局如何精巧、雕工如何细腻、意境如何深远之类的抬高玉山子价值的话。

没想到，徐青青一撇嘴巴，说道：“一个男人在自己心爱的女人面前，还会小里小气一百两百地来磨牙？”

“你……”朱笑东顿时呛住了，但是瞬间就明白过来，这小丫头片子还挺聪明的，知道了自己的身份，明白无论是专业知识还是操作技巧，都不可能特别出彩，干脆就装傻充愣，顺便激自己，想要把自己给绕进去。

有点儿意思！

“如果我真要跟你谈这三千万元的买卖，不知道小姐想不想让我坐着跟你谈？”朱笑东笑着说道。

徐青青把那块山子放回到柜台上，然后一脸无辜地说道：“对不起啊朱老板，可是你说过你不会买的。”

“现在我改变主意了，我很想买呢！”

徐青青眼底泛出一丝丝笑意，“小朱老板，你明知道这不值三千万元的！你还打算要？”

“呵呵，但凡做生意的，都讲究叫价齐天，落地还钱，既然你也知道这东西值不了三千万元，那我就给个价，八万元，怎么样？”

徐青青嘟起小嘴儿：“程孟君那个老抠门儿都出价二十万元呢！小朱老板您是什么人，能比他差吗？要不，一口价，两千八百万元。您看，这玉山子，是上好的山料，石皮明显，也就是说不会是假的，说到用料，这块山子块度虽说不算特别大，但是保留了整块玉天然浑朴的外形原貌特点……

“您看，还有这‘八仙过海’，人物、山水、花鸟虫鱼、珍禽异兽、亭台楼阁，应有尽有，布局层次有序、气势壮观、意境深远，可说是达到了无工不精、无巧不施的精雕细琢。老板，我说不值三千万元，确实是不值三千万元，这一点我不欺骗您，但是就收藏来说，如果只是纯消费式的行为，那就是一种娱乐，您要求藏品给您带来的回报是一种精神上的满足与观感上的刺激，换句话说，只要您看着高兴，看着心情愉悦，这种收藏的意义就基本上达到了。

“而且，朱老板您也是做这生意的，要买这山子就应该是另一种收藏，也就是考虑它具有投资的意义，在我这里，它值不起三千万元，但是到朱老板手里，绝对值。

“做生意讲究有钱大家赚，我这边三千万元的玉山子，我让利两百万元，这样够大气了吧？”徐青青大大咧咧地说道。

这一下，倒真是让朱笑东跟杨薇两个人大跌眼镜，虽说他早有心理准备，但是没想到这暴风雨来得这么猛烈！简直就是狂风暴雨！

朱笑东怔了半晌，才再次问道：“你真不打算让我坐着跟你谈生意？”

“这……”徐青青顿时真有点儿失态，说真的，不管怎么样，生意也做了，又跟人家说了这么大半天，一直都没让人家坐下，甚至连茶水都没让喝一口，确实是有些失礼。

“请坐请坐，两位里边请！”小美十分热情，把朱笑东、杨薇两人往会客室引。

朱笑东也不客气，大摇大摆地跟着进了会客室。

朱笑东等人刚刚坐定，会客室门外又传来一阵笑声，是汪兴成带着程孟君两口子又回来了。

只是一进会客室，汪兴成的笑容就有些呆滞了，徐青青跟一男一女两个人正坐在会客室里。

汪兴成没见过朱笑东，只是觉得有点儿面熟，至于杨薇，他在一刹那只觉得美艳无方，华贵之中带着一种少有的典雅，另外还有一种极为罕见的自然气质，那是一种只能意会、不能言传的气质。

汪兴成身后的程孟君两口子一见朱笑东跟杨薇坐在那里，也是怔了怔，但随即摆出一副高傲的嘴脸，洋洋自得地坐到旁边的沙发中去。

徐青青一见到程孟君两口子又回来了，嘴巴一撇，露出一丝不屑。

汪兴成虽然觉得朱笑东面熟，但是一直都想不起来这个人是谁。

程孟君也是惊叹杨薇的美貌，甚至有点儿想入非非，不过在他老婆的手掐脚踩之下，也就只敢龇牙咧嘴，偷偷地魂飞天外。

几个人尴尬了片刻，朱笑东首先说道：“汪老板，我今天过来是想要跟你谈一件事情，不知道汪老板方便吗？”

汪兴成脑子里转了几十来个圈儿，确定朱笑东不是来收账的，这才满面笑容地说道：“还不知道这位老板高姓大名，今日光临小店，让小店蓬荜生辉……”

笑过了，不等朱笑东搭话，汪兴成又说道：“不过，不巧得很，我跟这位程孟君程大少有件还没处理完的事情，这位老板如果能等，就麻烦你稍等片刻，等跟这位程大少的事情完了，我给二位摆上一桌，算是赔罪，如何?”

朱笑东点点头，不亢不卑地说道：“既然汪老板有事要跟黄半城的侄女婿谈，那我怎么好打搅！这样吧，如果汪老板有空，不妨到朱氏当铺去小坐片刻，我朱笑东定当倒履相迎！告辞，告辞……”

说着，朱笑东站了起来，准备跟杨薇一起告辞。

汪兴成一听这个既面熟却又不认识的年轻人就是陶都叱咤风云的花花公子朱笑东，顿时有些呆住了，这神龙见首不见尾的同行，怎么就无声无息地找上自己了呢！

一看朱笑东要走，徐青青顿时有些急了，连忙站起来，叫道：“朱老板，你说过的话还算数吗?”

第十四章
换来的珠宝店

这丫头片子，还真会拿捏时机！不要说在这个时候，就算在任何时候，朱笑东说过的话，都不会不算数的。

朱笑东笑了笑："算数，当然算数，但前提是你得能做主才行，否则，就算我能算数，你也拿不出来东西对不对?"

徐青青咬了咬牙，说了声："朱老板，请你稍等，我这就拿给你……"

说着，徐青青转身出了会客室，估计是去拿那块"八仙过海"的玉山子了。

程孟君也站了起来，张了张嘴，说道："汪老板，我们的事情你到底还要不要谈，要是不想谈，就给个明话儿，我忙着呢!"

一副高高在上的模样，看得杨薇都有些恶心。

偏偏程孟君的老婆黄玉对程孟君现在的表现还算满意，朱笑东算什么，有程孟君这气势吗？杨薇算什么，长得好看又怎么样？有自己这身份吗?

汪兴成回过神来，赶紧低声下气、点头哈腰地说道："程少程少，对不起，我们马上谈，马上谈。就按程少的意思，十八万元，我这就叫人包好，给程少您送过去。”

汪兴成话音刚落，徐青青已经捧着那块“八仙过海”的玉山子进来了。

黄玉一见到徐青青，刚刚冒出来一点头的气焰顿时又消失不见了，看得杨薇只是摇头苦笑。

徐青青看也没看程孟君一眼，直接小心翼翼地把玉山子放到茶几上。

程孟君一看那玉山子，一股贪婪顿时从眼里冒了出来，他想要的何止是这块价值十八万元的“八仙过海”玉山子。

汪兴成的铺子店面和地皮，才是他想得到的，那才是程孟君，或者说是黄半城的目的。

程孟君很是潇洒地打了个响指，颐指气使地说道：“汪老板，我也就不多说了，把东西包好。钱嘛！你马上就跟我过去取。”

汪兴成脸上的笑容一僵：“程少，不是说好现钱交易的吗？怎么又要……”

“现在做交易，谁还会用现金，那多不方便，划账付款，我又不会少你一分一毫，难道说汪老板这个都不懂？”

“不是不是。”汪兴成赶紧赔着笑脸，“我的情况程少不是不知道，手头太紧……”

程孟君很是不耐烦地打断汪兴成的话头：“我这不是被汪老板你逼得急才过来的吗，哪有空去拿现金！一句话！汪老板，你是过去拿钱，还是我叫人给你送过来！”

汪兴成脑门子上都冒出汗水了，过去拿，或者叫人送过来，那可怜的十八万元都不会是姓汪的了。自己之所以从一百万元降价到十八万元，唯一的要求就是要现金，就是要在自己店里交易，为的就是那十八万元能过过自己的手。

可是现在，程孟君这不是要人老命吗！

汪兴成摸着脑门上的汗水，徐青青却站了起来，不冷不热地说道：“程大少爷，对不起，你出的那个价钱我们不卖了！”

“什么意思？”程孟君有些心虚地看着徐青青，顿了片刻才说道，“你不想要工资了，你们不想要钱了？不想要钱，你们老板大老远地把我叫回来干什么？”

“对不起！”徐青青说了一声对不起，眼里却是不屑，“先前我就说过，这件玉山子的价值是三千万元，你给十八万元，连定金都够不上。所以，我只能很遗憾地告诉程大少，如果你出不起三千万元的价钱，我们这玉山子就只好重新寻找买家了。”

“你……”黄玉站了起来，指着徐青青，半晌，才壮着胆子说道，“你算什么东西，你的老板都没这么狂，你……”

徐青青瞪了她一眼，黄玉吓得一哆嗦，往程孟君背后躲了躲，又说道：“姓徐的，我告诉你，你用不着在我面前耍横，我……我不怕你……”

徐青青根本就不理她，盯着程孟君说道：“程大少，我们是做生意的，所以我们讲究原则，你先来洽谈是一回事，但是我们之间如果因为价格上分歧过大，而你又不肯按照我们的价钱洽谈，那就只好很遗憾地告诉你，我们之间的洽谈到此为止。”

“你以为你这是什么，羊脂白玉、红翡绿翠？哼哼，我告诉你，在我眼里，这就是一块破石头，好啊，你要三千万元是吧，那我就看看，是谁瞎了我的狗眼，会花三千万元买这块破石头，你以为我不知道这石头的来历，卖给我们的时候才五千元！”程孟君有点发作了。

买不买这块“八仙过海”的山子无所谓，关键是要把汪兴成逼到绝路上去。程孟君之所以不在这里给现钱，而要他到黄半城的店里去拿钱，就是想让汪兴成拿不到钱，一分钱都拿不到！

杨薇见程孟君装腔作势还骂上人了，本来想要发作一番，但仔细一听他居然是骂“是谁瞎了我的狗眼”，又忍不住掩嘴失笑起来。

汪兴成这时候也不好下台，去追程孟君回来时的确说过，价钱可以商量，东西就卖给他程孟君程大少，不过也确实说过，只能是真金白银，现货交易。这时候，程孟君说跟他去拿钱，或者叫人送过来，要说也不算反悔，但事实上，这钱不管过去拿还是送过来，都不可能让他汪兴成沾手。卖吧，程孟君耍了手段，不卖吧，自己又失了言，这台阶还真是难下。

幸好有徐青青撑着，一口咬定说是价钱不合，这倒让汪兴成松了一大口气。

“至于是谁愿意花三千万元买我们这块山子，我想，这不是我为你程大少服务的范围。对不起，程大少，我们还有其他的事情！”徐青青不亢不卑地说道。

“你！你耍我是吧！”程孟君往沙发上一倒，跷上了二郎腿，一副好整以暇的样子，说道，“好啊，来啊，你还想怎么样耍我？我今天就不走了，我奉陪到底。”

程孟君当然要“奉陪到底”了，自己出价十八万元，还不让汪兴成拿到一分钱，本来就是要彻底断绝他的后路。没想到突然钻出来个李鬼，给汪兴成三千万元，那他程孟君将近半年的努力岂不是付诸东流了。

朱笑东有些看不下去了，笑了笑说道：“汪老板，程大少，我觉得你们这样子下去不会有什么结果，不如大家都坐下来，好好谈谈！”

汪兴成赔着笑脸说道：“好好！大家坐下谈，坐下谈！”

没想到程孟君毫不客气地说道：“朱笑东，朱老板，我告诉你，这事儿跟你没关系，哪儿凉快哪儿边待着去。”

朱笑东忍住一口气，淡淡地笑了笑：“黄半城的女婿，程孟君程大少，对不起，今天这事恰恰跟我有关系。再说，这里也挺凉快的，我就待在这儿了。”

程孟君一怔，朱笑东这是没把他放在眼里：“很好，朱老板，今天你一再搅和我的事情，那我也就不能客气了。黄玉，给二姑打个电话，就说有人今天诚心要跟我们过不去。”

“呵呵……”朱笑东笑了笑，说道，“程大少，你讲得不大清楚，你就直接说是朱氏当铺的法人代表朱笑东，可能你二姑会听得比较明白。”

“你……”黄玉摸出电话，却很是迟疑，朱笑东到底有什么能耐她不清楚，但是看对方的样子，他明明知道自己那位二姑是谁，但是丝毫不放在心上，光是那毫不在乎的气势，就让她不知道这电话到底该不该打。

程孟君见黄玉犹犹豫豫，半晌拿不定主意，当下抢过黄玉的手机，划开屏幕，略略看了一眼上面的名字，就把电话打了出去。

一看程孟君要打电话出去，徐青青脸上更是露出不屑，而汪兴成脑门子上的汗水珠子更细密起来。

看着程孟君气势汹汹地打电话，朱笑东也摸出手机，手指在屏幕上点了几点，然后就盯着程孟君，一副你能打电话找人，我也能的样子。

这一耽搁，程孟君的电话打通了，电话一通，他就首先叫了一声“二姑”，然后才急吼吼地说道：“二姑，我在为你办汪兴成这边的事，有个叫什么朱笑东的人，说是什么朱氏当铺的老板，这家伙一再阻拦搅和。二姑，他欺人太甚，我忍不住了……”

不知道黄玉这当陶都副市长的二姑是在开会还是在干什么，大约是要程孟君暂时不要去管这事。

程孟君很是不舒服，当下又吼着说道："二姑，这家伙都骑到咱们头上来了，是可忍孰不可忍，您老一句话，有什么事都算我头上……"

程孟君还没吼完，那头早把电话挂了，这样的事也亏他说的出来！

见程孟君略显失望地看了看电话，朱笑东笑了笑："怎么样，程大少，你二姑有什么安排？"

程孟君陡然间红着脸，咬着牙说道："这不关我二姑的事，姓朱的，今天这事我跟你没完！"

"很好，这两天我正闲着没事。没完没了吗？刚好能让我散散心。"

见朱笑东一脸笑意，根本就不在乎，程孟君眼里差点喷出两道火焰来，咬着牙过了半晌，才转头对汪兴成吼道："姓汪的，你说，今天这事。你怎么向我解释？"

"嗯……"汪兴成"嗯"了一声，他还真没办法跟程孟君解释。

倒是徐青青毫不客气地说道："程大少，今天这事，与我们老板无关，是我洽谈的业务，我开出来的价格。按照我们店里的优惠原则，这块玉山子值三千万元，我可以让利两百万元，无论是谁，只要能拿出两千八百万元，而且是在最短的时间之内，我们将以正规程序卖出。程大少，我想请问，你要还是不要？"

见徐青青咄咄逼人，程孟君脸上一会儿红一会儿白，当下没了话。

过了很久，程孟君才说道："这东西是老汪先跟我谈的，我要了，我先把定金付上，给你二十万元定金，我马上叫人送过来。"

朱笑东"噗"的一下笑了出来，一看这家伙就是在施缓兵之计，二十万元定金算什么？十八万元都能够让汪兴成一分钱拿不到，又岂会多这两万元！

“对不起！”徐青青淡淡地笑了笑，“程大少，你这二十万元作为定金，似乎太少了。最近，我们店里资金周转不开，如果程大少坚持要以两千八百万元买我们这块山子，定金不得少于一千万元。”

程孟君差点吐出血来，给汪兴成一千万元，他不又活了过来！

朱笑东不动声色地看着汪兴成，说实话，这块“八仙过海”玉山子他实在是没打算买，自己是做生意的，汪兴成也是做生意的，玉山子的价值没人比他们自己更明白。

程孟君给十八万元，本来就已经是在溢价收购，为的当然是要将汪兴成一棍子敲死。

汪兴成流年不利，做什么亏什么，不但将自己的几千万元亏得一干二净，光是银行的抵押借贷，就已经超过了两百万元，向亲戚朋友也借了不少，甚至在“大发财务公司”吴百万那里都有两百万元的高利贷。

偏偏吴百万也不知道怎么搞的，说好两个月的，谁知道才借款不到十天，就找来一帮人，三天两头催款要利息，几乎将店里的流动资金抽了个一干二净。汪兴成没有了流动现金，又遭人逼债，一个好好的当铺，说垮就垮了。

除了徐青青她们的工资，汪兴成所有的债务，也不过就是五百来万元不到六百万元。按照徐青青所说，如果能拿一千万元出来，汪兴成不就翻过身来了。

就在程孟君不忿之际，徐青青又说道：“不好意思，看程大少的意思，是没打算要这块山子，我们就只好以后再合作了！”

话都说明了，这已经是在赶人走了，可是程孟君偏偏就赖上了：“好，你说有人给三千万元买这破山子是吧，那我就看看，今天谁还来买，谁有这本事来买一块破山子。”

徐青青不由自主地瞥了一眼朱笑东，但随即又说道：“我已经再三说过，这山子我们要价三千万元，可以让利两百万元，如果连这个价钱程大少都给不起，我们就只好终止洽谈，至于谁来买这山子，就不关程大少的事了。”

汪兴成有些狐疑，看徐青青的表情，明明就是她跟朱笑东已经说好了什么，至于价钱，当然不会是两千八百万元，但肯定不止十八万元。

不过，汪兴成这么想，却不敢在面上表露半点，做生意的人，最怕的就是没有信誉！自己三番五次找程孟君说好话，这个时候一旦他矢口否认，这就是打自个儿脸了，他虽然想多赚点钱，但是这话也不敢说出来。

朱笑东看这局势有些僵持，虽然程孟君嘴上对他不客气，但始终没敢跟他掐架。再说，今天的确是自己后来的，自己要是跟程孟君抢夺这值不了几个钱的山子，这事拿出去说，就是坏了古玩交易的规矩。

所以，他笑了笑说道：“汪老板，徐小姐，我今天来，确实不是为了这玉山子。再说，这块山子如果要我买的话，我也就给二十万元，既然程大少跟汪老板协商在前，你们卖不卖那是你们的事，今天我是不会要了。”

徐青青一下跳了起来：“你什么意思？你也来耍我是不是！”

朱笑东淡淡地一笑：“徐小姐，我说过了，我是有事才来这里的，相信你也明白我是为了什么事。再说，做生意，总不能连你老板都答应了的事，你却不肯，这就不合规矩了！你说是吗？”

徐青青细细地一想，朱笑东确实没说一定要买这山子，也就仅仅只说过想买，想买和要买当然是两码子事，甚至朱笑东还说过只给八万元，现在要朱笑东说话算数，能算什么数！

汪兴成自然是老奸巨猾，稍一犹豫，顿时说道：“小徐，算了，朱老板说的也是，把这山子包好……”

程孟君顿时大喜，这姓朱的还是斗不过自己，这就认输了！当下趾高气扬地说道：“汪老板，这不很好吗，何必拉拉扯扯的，搞这么多事出来，浪费我这么多时间！走吧，跟我去拿钱！”说着，将那块山子直接抱在怀里，飞一般地蹿了出去，夜长梦多，再有耽误，难保徐青青又会搞什么花样出来。

见汪兴成还有些迟疑，朱笑东笑了笑：“汪老板，去啊！有些事靠躲是躲不过去的，不过，如果汪老板有兴趣，不妨早点回来，我很想跟汪老板喝上一杯！”

汪兴成苦笑了一下，程孟君、朱笑东，甚至是吴百万，恐怕打得都是他这处地皮的主意，无非就是个出价高低的问题！但是事情到了这一步，他还有什么话好说。

汪兴成“嗯嗯啊啊”地敷衍着朱笑东，跟着程孟君两口子出了门。

汪兴成等人一走，徐青青一下子像是被抽去了骨头一般瘫进沙发，两行泪水不由自主地滚了下来，汪兴成过去拿钱，说不好听一点就是去签字画押。至于自己跟小美两个人的工资，算是扔水里了！还能咬他汪兴成几口不成！

徐青青正在暗自伤神，偏偏店里又进来三个人，一个男的，是银行的，徐青青认得，她经常去他那儿存钱，很多都是他办理的。另外两个就有点儿神气了，是执行庭的人，一男一女，一看就知道为什么事来的。

银行的那个人在店里看了一遍，装模作样地问了一句：“你们老板呢?”

徐青青无力地答道："出去收债去了……"

银行那人"无辜"地笑了笑："躲债去了吧！哼哼，你们老板的借款已经到期很久了，我们也是出于无奈，现在上面查得紧，我们只好先封了这间铺子再说！"

说着，银行的那人转头对两个执行庭的人点点头，示意他们可以上封条了。

朱笑东站了起来，不解地问道："你们这么做好像不符合程序吧！要给一家铺子上封条，恐怕不是这么简单的事吧！"

"你是谁？关你什么事？"那女的轻蔑地看了一眼朱笑东，说道。

不过，那男的稍微客气了一点，对朱笑东说道："这家店铺的老板当初拿这铺子作为抵押，在银行贷了款，已经到期一个多月了，根据调查，这家老板现在没有偿还贷款的能力，所以我们……"

朱笑东淡淡地一笑："谁说这家老板没有偿还贷款的能力了，我这不是正跟他们谈一笔生意吗？"

银行的人一怔，过了片刻，才问道："你是谁，你跟他谈多大的生意？"

"他是朱笑东！在那边开了家朱氏当铺！"杨薇在后面淡淡地答道。

"朱笑东？"银行的人吃了一惊。朱笑东，尤其是朱氏当铺，在本地绝对算是很有名头的客户，何况他也是陶都本地人，不可能不知道！

"我跟他谈多大的生意，这个我现在还不能告诉你们，商业机密！"朱笑东笑了笑，又说，"不过，估计一年下来，几千万元、上亿元的生意往来，肯定是有的！"

银行那人又是一怔，听朱笑东的口气，几千万元、上亿元的生意，哪里会还不出来区区几百万元？银行是干什么的，也是要赚钱的！人家能还出来钱，他这么做肯定就不合适了。

“对不起，我们也只是照规矩行事。”女的不屑地看了一眼朱笑东，从公文包里拿出封条，就要往门上柜台上贴。

朱笑东见这女的有些官派儿，当下冷冷地问道：“你们这么做，取得这里老板的同意了吗？他签过字了吗？”

女人脸上一红，也是冷冷地答道：“没你什么事，最好一边去，再要啰唆，我可以告你阻碍公务！”

“呵呵……”朱笑东笑了起来，“还有这讲究，那好，既然这么说，我还真得问问清楚！”

朱笑东拿出先前杨薇给他的电话，拨了一个号码出去，片刻，电话打通，是李嵘接的。

前些天回来，朱笑东亲自到李嵘家里，把梁奇宝的事情说了一遍，李嵘守了大半辈子的谜团终于得解，也算是高兴了一把，至于电话号码，还是以前李嵘给朱笑东的。临走时，这个老家伙一再说，在陶都别的事情也帮不上忙，但是对于超出“法理”这两个字范围的事情，他还是有一定把握的。

所以，今天朱笑东直接就把电话打了过去。

李嵘听说出了这样的事，当下表示，如果说店铺老板实在还不了钱，这欠债还钱本来是天经地义的事，如果事情果然如同朱笑东所说，马上就能还钱，但是对方不给这个机会，那就已经是超出了“法理”的范围，不要说是朱笑东出面，就算是其他的人发生了这样的事，只要他知道了，也断然不会置之不理。

朱笑东说道：“至于是什么人，为什么要这么做，我也不想去追究，但这事很明显就是有鬼，我出面承担了所有的债务，人家都不依，这不明摆着要强抢人家的地皮吗？”

朱笑东经济能力不弱，说话又绝对会算数，这一点，李嵘是深信不疑的，果真如同他所说，连还钱都不成，一定要人家地皮，这件事就肯定不简单。

李嵘沉吟了片刻，让朱笑东先继续跟他们谈谈，至于说什么阻碍公务之类的话，就别去听好了，朱笑东现在是在跟他们磋商解决，不是无理胡闹，就算是走遍天下，这理儿也说得过去！要是这事处理不好，就再跟他打电话。

朱笑东道了谢，然后挂了电话，笑眯眯地看着那个女的，说道："我不要你出示什么正式手续之类的东西，但是最起码，你等上一会儿，等这里的老板回来，稍微交涉一下再做处理，怎么样？"

女人却毫无顾忌地将一张封条贴在柜台上，又拿出来一张，两只眼睛骨碌碌地四处寻找下一个合适的地方，嘴里却说道："对待毫无诚信的商家，没什么交涉可言，让开！"

正说话间，汪兴成回来，果然是一分钱没拿到手，吴百万的人比他还早到，候在那边呢！一进店里，看到这个情况，顿时灰白着脸，指着那个银行的人说道："你！你怎么这样？"

银行的人叹了一口气，说道："老汪，你的贷款期限已经到了，鉴于你实在拿不出来钱，我们就只好如此！"

汪兴成白着脸，争辩道："不是明天才到期吗？凭什么今天就来封我的铺子？"

"我们怀疑你这铺子做了多次性抵押，从某种程度上来说，你这是骗贷，你又没钱还贷，我们也不追究你骗贷的责任，但这铺子……"银行那人苦着脸说道。

朱笑东在一边说道："汪老板这绝对不是骗贷，他是因为要跟我合作……"

一句话还没说完，女人没好气地说道："别说我没提醒你，这汪兴成都到了这个地步，你看看，货架上一件物品都没有，整个店里都没任何生意可做，明明就是已经倒闭了的，你还敢跟他合作。”

“呵呵……”朱笑东笑了起来，笑毕，又说道，“这是我劝他这么做的，因为这个店面的装潢不能满足我们合作的需求，需要重新装修，装修期间，哪有什么生意可做？货架上的东西那都是作为存货处理的，是吧汪老板？”

汪兴成望着朱笑东，脑袋里不知道转了多少遍，始终搞不明白他怎么会出面帮自己，见朱笑东这么问他，一时之间不知道该回答“是”还是“不是”！

还好，徐青青见朱笑东这么说，赶紧回答道：“朱老板答应过，要在这里开一间全陶都最大的珠宝店，这个店面，还有那些低端的存货，都必须要处理好的。”

小美眼泪直转，对那个女人说道：“我们老板就是为这事忙不过来，才没顾上你们那边……”

汪兴成叹了口气，说道：“小朱老板，你真打算……”

“汪老板……”朱笑东赶紧打断汪兴成的话头，“知道你这几天忙，我这不是怕你资金跟不上吗，所以今天特意过来看看。再说，我们谈好的首期交付给你的三千万元，我没来得及顾上而已，想不到，你这边这么困难，你却一声不吭地硬扛着，你叫我这做兄弟的怎么好意思？”

“对了……”朱笑东转过头去，对杨薇说道，“杨薇，待会儿你就跟汪老板一起去银行那边，先替他把那边的账务处理清楚，还有那些其他的，一并处理干净。店面装修不好，我的货进不来，我这边忙得火烧眉毛啊！别让那些鸡零狗碎的小事影响汪老板的进度。”

汪兴成咀嚼朱笑东的话，半晌，才说道：“好，小朱，我这就去办理那些事情，请你在这里等我半小时好吗？”

银行离这里不远，开车子也就三五分钟的时间，办理还贷，这事情更用不了几分钟，汪兴成说半小时，当然是还有其他的事情，那就是还吴百万那边的高利贷！这两处已经压得他喘不过气的债务自然得首先处理掉，至于朱笑东这边，是要拿他的店面还是要他的地皮，汪兴成已经顾不上那么多了。

至少，程孟君他们是想白拿，或者以白菜价格拿走，而朱笑东根本就没说具体价钱，但至少，不会是几万元、几十万元，把这两处的债务还掉，最少都得四五百万元！

本来那女人还想先将汪兴成的铺子封掉，一到明天，就可以把正式的执行手续拿出来了，到时候，他汪兴成就算有天大的本事，想要要回这铺子，都没有可能了。

可是，没想到横里钻出来一个朱笑东，直接就搅了她的好事，汪兴成现在立刻就去还贷，不但让她丢了面子，还丢了底子。

人家在限期内还了钱，所谓银行起诉也就不成立了，起诉都不成立，她这执行力量也就化为乌有了。

还好朱笑东并没多问为什么，只是看着杨薇跟汪兴成两个人的背影，咧嘴笑了笑。

徐青青顾不上别人还在场，走到朱笑东面前说道：“老朱，你这是唱的哪一出?”

小美赶紧在一旁说道：“朱老板，你别介意，青青姐她……她一激动，就会胡说八道!”

朱笑东笑了笑，正要开口说话，手机却响了起来，一看，是胖子打来的。

才接通电话，胖子便在那边吼道：“东哥……你快来京城一趟!”

吼得声嘶力竭，把朱笑东吓了一大跳，还以为出了什么大事，没想到胖子又说道：“东哥，我寂寞啊，没你的日子，我……我……都过不下去了!”

朱笑东没好气地说道：“胖子，怎么回事？是不是你跟王晓娟闹矛盾了？胖子，我告诉你，要是你敢对王晓娟怎么样，当心我剥了你的皮……”

胖子在电话里嘻嘻地笑道：“晓娟儿她现在好得很，我爸妈都把她当祖宗一样供着，我哪儿还敢跟她闹矛盾，就是最近老闲着，特别想念哥儿几个，所以打个电话问候一声。你什么时候来京城，嘿嘿，我有好东西给你们看！”

“唉……”朱笑东叹了口气，“胖子，好好做生意吧，有些东西，不是随便就可以去沾的，你现在又不差钱，何必为了一点好奇心去冒那些险！”

“东哥，这不是你的性格啊！这才几天没见着啊，你怎么变化这么大，是不是嫂子给定了规矩？”胖子在那边嘿嘿笑道。

一说这事，朱笑东就没好气：“胡说八道，我那是尊重，尊重，你懂不懂？哼，我懒得跟你说，我这边有正事儿，忙着呢。”

朱笑东说完，赶快挂了电话，要是跟胖子继续啰唆下去，不但会没完没了，早晚还会整出点儿事来。

跟胖子一顿啰唆，挂了电话，足足过了十多分钟，汪兴成还没回来。那两个执行庭的人也还没走，但是没人去招呼他们。

徐青青没大没小地跟朱笑东闲聊了没几句，又进来一帮人，是黄跃、程孟君，还有他老婆黄玉。

黄跃的新店开张，朱笑东是去过的，那一次还让朱笑东大大地露了一个脸，玉包水，玉中玉，几千元钱，朱笑东转手就赚了好几千万元，他当然记得。

按说，同行如敌国，而且汪兴成这铺子是他绞尽脑汁动用一切手段想要得到的，现在被朱笑东横插了一杠子，让他半年多来的心血全部白费，黄跃见到朱笑东，应该是两眼喷火、一脸愤怒才对。

可是黄跃一见到朱笑东，满脸堆笑，就先问了个好：“朱老板你好，真巧，在这儿碰上了你……”

朱笑东淡淡地笑了笑，两人同住陶都，算是乡里乡亲，但生意上没多大往来，就算是那次黄跃的新店开张，朱笑东去恭贺过，那也只不过是同行间的礼尚往来而已。

“黄公子好！”朱笑东淡淡应道。

身后的那女人一见到黄跃，顿时又趾高气扬起来，刚要开口说话，却被黄跃用眼神堵了回去。

“既然朱老板也在，那就好说了，今儿个高兴，我在那边摆了一桌，待会儿我请朱老板去喝上一杯，如何？”

黄跃什么事也不提，首先就要朱笑东去喝上一杯，估计是跟汪兴成这铺子有关，怎么说也是忙活了半年多的事情，让朱笑东随随便便插一杠子，这事就搅黄了，黄跃哪里肯甘心。

不过，黄西城可是特别交代过，对朱笑东千万不能仗着性子乱来，要好好商量着，他要是不多事那就最好，要是他也看中了这块地皮，那就让程孟君跟黄玉两个道个歉。总之一句话，对朱笑东，千万不可得罪。

黄西城的外号叫黄半城，为人处世当然比程孟君这些毛头小子要圆滑得多了，能发展到今天这个地步靠的是谁？是他的妹夫，陶都那个副市长，可是目前这个阶段正是他妹夫的关键时刻，那可是半点岔子也出不得。其他的人也就罢了，但是这朱笑东的关系，说得浅一点背后有市里的一把手，说得深一点，有些关系连黄西城都不知道，真要把朱笑东惹急了，那可是能来个一锅端的主儿。

所以，当程孟君得意洋洋地拿着那块山子去向黄半城报功的时候，黄半城不但狠狠地训斥了程孟君一顿，还直接让黄跃带他们两口子出来，明里是来向朱笑东道歉，实则是想看看事情还有没有缓和的余地。

黄跃虽然不甘心，但是对于黄半城的授意还不敢违拗，何况，黄半城把话都说到了这个地步，他哪里还有不明白的道理。

朱笑东心里跟明镜似的，他淡淡笑了笑：“黄公子，我们明人不说暗话，今天这事大家都略过不提，黄公子就不必破费了。如果黄公子一定要计较，嘿嘿，恐怕一桌酒席……”

他没有说下去，但那意思也很明白，今天的一切事情，大家都睁一只眼闭一只眼，就当没发生过，也就揭过不提了，要是黄跃这方面还有什么想法，那就另说了……

黄跃尴尬地笑了笑，说道：“朱老板大量，汪兴成这事如果朱老板有兴趣，看在我们朱黄两家多年的情分上，我们自当绝不再插手，呵呵……”

既然把话直接说明了，黄跃也不想绕弯子，权当送对方一个顺水人情。

朱笑东点了点头，说道：“这样也好，我这家珠宝店开张的时候，一定请黄公子过来喝上一杯！”

朱笑东当然不是要巴结黄跃，相反，他还把话都挑明了，这家铺子今后是朱笑东的，而且还是一家珠宝店！

朱笑东把话都说到这个份上了，黄跃自然是明白，为汪兴成这间铺子花费的那些心血算是白白浪费了，白白浪费了不说，还让程孟君这家伙没来由地给朱笑东找了个不痛快。

“来来来，妹夫、妹子，都过来，跟朱老板亲近亲近。呵呵……朱老板，这是我妹夫程孟君、堂妹黄玉，大家都是自己人，今天见过了，以后见着就是朋友，不眼生。”黄跃笑了笑，说道。

黄跃不希望今天这事大家都只是嘴上说说“不再计较”而已，最保险的办法，当然是让朱笑东跟自己亲近一些，跟大家亲近一些，最好能做朋友，既然成了朋友，自然就不会刻意来找朋友麻烦了！

朱笑东打着哈哈笑了笑：“大家本来就是朋友，何况，黄公子、程大少，我们都是知根知底的人，哈哈……程大少你说对不对?”

程孟君一脸悻然，黄玉更是一脸鄙夷，但是在这个时间节点上要与朱笑东交好，不能交恶，这是黄西城老爷子亲自对他们两口子说的，他们两口子还不敢不遵。

虽然一脸悻然，程孟君还是不得不规规矩矩低着脑袋，叫了一声：“朱老板……”

朱笑东笑了笑，说道：“好了，我还有些事情要处理，今天就不陪几位闲聊了。黄公子，以后常联系……”

这是要赶人走的意思！

黄跃呵呵地干笑了一阵，带着程孟君两口子出了铺子。

两个执行庭的人愣了一阵，好半晌才回过神来，可是他们两个不明白，明明说好的事情，还以为黄跃来了，就算不明目张胆地站到他们这边，至少也会给点儿示意，没想到这黄跃打一进门，不但招呼都没跟他们打过，甚至连正眼都没看过他们一眼，就跟朱笑东“嘿嘿哈哈”不着边际地一顿乱侃，然后就被朱笑东直接给赶跑了！

这封条，到底是要贴，还是不贴啊！

不过也就只有这女的还在这么想，那男的早跟在黄跃、程孟君等人屁股后面灰溜溜地走人了。

徐青青激动不已，不知不觉间居然拍起了巴掌，“噼噼啪啪”拍得山响，小美也是搂着徐青青，差点没高声大叫起来。

朱笑东苦笑了一下：“浪费了这半天口水，两位能不能给一杯水喝喝?”

徐青青一怔，一开口，又冒了一句：“我把这事儿又给忘了！对了，老朱，你要矿泉水还是饮料，我请客，管饱……”

说完，徐青青似乎又感觉好像哪里不对。

朱笑东“噗”的一声笑了起来，这丫头，自己说想喝水，其实就是想回会客室去，坐下来再进一步了解一些情况。这凉凉的天儿，还真想喝水啊！还请客管饱！

小美把朱笑东让进会客室，朱笑东刚刚坐定，汪兴成跟杨薇两人也回来了。

朱笑东帮汪兴成解决了债务上的麻烦，免除了后顾之忧，但是汪兴成脸上并没有多少高兴。银行那边还了两百一十五万元，吴百万那边最糟糕，以前给过的利息不算，今天又还了两百三十多万元，汪兴成虽然肉痛，但是也没多说，沾上高利贷，本来就是剜肉补疮的事，疮不痛，剜的肉才痛，其余零零散散的也有几十万元，加起来有五百多万元。

在沙发上落了座，汪兴成怔怔地看着朱笑东，过了很久才问道："小朱老板，一共花了你五百六十二万元，这笔钱……"

朱笑东摇了摇手："这些钱算是我先借给你的，以后你什么时候有了钱，再还给我就是。"

汪兴成想了想，从包里拿出来纸和笔，没几下就写了一张借条，然后递给朱笑东。

朱笑东接过借条，细细看了一遍，上面写的是汪兴成某年某月某日借朱笑东现金五百六十二万元，还款日期限一年以内等，看起来还算是比较详细。

朱笑东扬了扬手里的借据，笑道："汪老板，现在你向我借了这么多钱，我们是不是该谈谈条件了？"

"谈条件？"本来朱笑东平白无故拿钱出来替他还债，就不可能没有条件，这事汪兴成早就有心理准备，甚至连朱笑东想要他这块地皮的可能他都想过。

不过，现在“谈条件”这三个字从朱笑东嘴里说出来，汪兴成的心还是没来由地抽痛了一下，该来的终于还是来了。这间铺子就算是正规出售，能拿到三百万元左右就算不错了，这是汪兴成的底线，但是要说能值五百万元，那就肯定不可能了，这里毕竟不是一二线城市的楼盘。

虽然值不了多少钱，可是自己的东西马上就要成朱笑东的了，哪能不心痛如抽。

“好，小朱老板，您先说说您有什么条件？”

“是这样的。”朱笑东顿了顿，才说，“我想跟汪老板合股，开一家珠宝玉器店……”

“你跟我合股开珠宝店！”汪兴成差点跳了起来，还有这样的好事！这就是朱笑东要谈的条件？

朱笑东慎重地点了点头，问道：“不知道汪老板有兴趣没有？”

“有有有……”汪兴成答道，朱笑东借钱给他还债，本来就算得上是汪兴成的救命恩人，现在又跟他合股做生意，这就是给他汪兴成一条翻身的路子，这份恩德，用再生父母来形容也不为过。

“好，那我们就具体谈谈合作的事！”朱笑东笑了笑说道，“资金、货源我们都不缺，缺的是人手、店面，这一点，恰好汪老板这边很有优势。不过，为了追求一致目标，我想，汪老板这边的店面、人手，都算是合股投资的本钱……”

“这……”汪兴成高兴之余，依旧沉吟了一下，才问道，“我们这珠宝店准备开多大的规模？”

“这样吧，我们集投入资金三千万元算，你的店面也算成投入，人手算一千万元，给你百分之三十五的股份，你觉得如何？”

两家人合股三分之一的股份当然是有点小了，但是目前，汪兴成不要说拿一千万元出来，就算是拿一百万元出来都很困难，铺子是能值点钱，但是没有铺子，别说三千万元，就算三百元，朱笑东也未必会找上他。

现在，朱笑东直接让汪兴成一翻身，从“百万负翁”直接变回“百万富翁”，汪兴成还有什么话好说。

没想到，朱笑东接下来的话，更让汪兴成吃惊。

“做珠宝生意，对员工的要求特别严格，所以我想再拿些股份给手下的员工，这个量，就定在百分之十左右，汪老板觉得如何?”

徐青青跟小美两个人差点晕了过去，为了等几万元的工资，没想到等出来个百万富翁!

两个人怔了半晌，小美突然说道：“水……水……”

“我又把这事给忘了……”徐青青回过神来，赶紧拉上小美，出去买水。

出去买水当然只是个幌子，没准儿两个丫头想要出去发泄一下，早就见过朱笑东手下的员工暴发，没想到自己也等到了这一天！不过，当着朱笑东跟汪兴成的面哭鼻子，肯定不好意思。

如此一来，朱笑东手握百分之五十以上的股份，自然是大股东了。对于大股东的安排，汪兴成自然不会有异议，何况，那百分之十左右的股份要安排哪些员工，这个还得由自己做主，安排给谁，安排多少，这些权利朱笑东都拿给了自己。

最主要的是，货源、经营等细节方面，人家再一次当了甩手掌柜，朱笑东这边货源很充足，也一次性安排与股份相当的货源到位，但是如果有价钱更便宜、质量更高的货源，他也绝对不会阻止，这就要靠汪兴成去发现，去引进。所谓群策群力、财源广进，朱笑东就是这个意思。

这样的合股制度，对汪兴成来说几乎就是天上掉下来的馅饼，所有有利的因素几乎全都被朱笑东转让到他这一边了。如此一来，汪兴成还怕他反悔，要求立刻就签署一份具有法律效力的正式文件。

对此，朱笑东自然也不会有什么异议，一边跟汪兴成磋商，一边形成具体的文字协议。

一切谈妥，并且形成了文字根据，徐青青跟小美两个人才回来，两个人的确是抱了好几瓶水，但是两个人脸上都有哭过的痕迹，把化的妆都搞得有些花了。

“朱老板，我……对不起!”徐青青把一瓶矿泉水递到朱笑东面前，讷讷说道。

杨薇笑着说道：“都是自己人，没什么对不起的，再说，你做得很好啊！还有小美，你们两个都做得很好！不，应该说很了不起！做员工，能做到你们这个份上，是当老板的最宝贵的财富，还好我找到你们这样的姐妹!”

见杨薇跟徐青青、小美两人称起姐妹来，汪兴成也不含糊：“小徐、小美，你们两个人要是愿意继续留下来的话，每个人就拿百分之三的股份，怎么样?”

目前，珠宝在市场上的利润差不多在百分之四十左右，有些东西还不止，就算是百分之四十，这三千万元的投入一年下来能赚多少钱，这还只是原始股份，百分之三的股份，一年能分到多少红利?

徐青青跟小美两个人几乎都不敢想象，往少里说是几十万元，搞不好有百万元吧！两个人拿惯了一个月两千多元的工资，哪里敢去想象。

接下来，朱笑东问了问汪兴成：“这边的店面要多久才能整理出来?”

汪兴成说：“其实，店面装潢什么的都是才搞过没多久的，而且也还不算差，就是原来积压的一些典当货物占着仓库，需要清理两天，另外货架什么的也得改装。不过这些都是很简单的事情，如果资金充足，三两天就能解决好。”

朱笑东点了点头，收好跟汪兴成签好的协议，又说道：“你这里有电脑，你把账号报一下，我现在就转钱给你，你好拿着安排。那些货物存放在我们当铺那边，你随时都可以去拉过来，不过现存的货物大多数是面向普通消费者的，再过些日子，京城那边发的货也该到了，那些是比较高端的，到时候，店铺里高中低各档次的货就可以搭配起来。”

徐青青早去搬了台笔记本放到茶几上，用电脑转账，无论是杨薇还是朱笑东都是熟门熟路，没用几分钟，一笔五百万元的现金就打到了汪兴成的账号上。

汪兴成的手机一阵震动，待他摸出来看时，是一条银行发过来的账户余额变动的信息，汪兴成看着“5”后面的一串零，差点不能自制，要跟徐青青她们一样，落上一回泪。

最后，汪兴成主动提了一个要求，要朱笑东从他那边调一个人过来。这合股的事情，朱笑东又是大股东，有责任派一名财务监管，否则就算朱笑东放心，汪兴成自己也不放心。

朱笑东笑了笑，点点头答应下来：“不过，这财务监管并不好找，我手上没有现成的人才。”

杨薇在一边笑着说道：“凯斯不是闲着吗？不如跟虎子哥商量一下，让她过来帮帮忙！”

朱笑东眼前一亮，让凯斯过来监管财务，的确是个好主意，前些日子，虎子说要“隐退江湖”，这不正好让凯斯也有份正常的职业吗？

朱笑东一拍巴掌：“好，这事就这么敲定了！”

一切安排妥当，汪兴成站了起来，真心诚意地说道：“我在那边摆上一桌，请朱老板、杨小姐一起过去……”

朱笑东“哎”了一声，又说道：“别，不是说我看不上汪老板，实在是我这几天时间紧迫，时间就是金钱。过几天这铺子正式开张，汪老板就算不请，我也要来喝上一杯。”

“这什么话啊！”汪兴成说道，“什么请不请，到时候你必须得来！”

朱笑东呵呵地答道：“那是，那是，不过，今天这饭局就免了吧，还是赶紧把徐小姐她们的事情了了，然后赶紧着手准备新店开张的事。”

“也不急在这一时半会儿啊……”徐青青这句话一出口，小美马上用手去堵徐青青的嘴巴，这乐疯了不是？幸好朱笑东也没什么讲究，要遇上有讲究啥的，徐青青这不自己找死啊！

朱笑东笑了笑，转过头对徐青青说道：“你们两个给我的印象很深，徐青青小姐，好好干吧！”

这会儿，恰好小美死命捂着徐青青的嘴巴，生怕她又要在激动之余，吐出什么糟糕的话来。

听朱笑东这么说，徐青青跟小美两个人一齐拼命地点头，尤其是徐青青，本来想说什么的，但被小美捂着嘴巴，只能点头，样子甚是滑稽。

朱笑东跟杨薇两人走出了铺子，依稀听到徐青青的叫声：“小美，你差点憋死老娘我……”

两人忍不住笑，钻进车子，打道回府。